Tödlicher Irrtum
oder
Feuerprobe der Unschuld

W0314830

Jubiläums-Edition

1

Als er zur Fähre kam, dämmerte es bereits.
Er wäre viel früher dort gewesen, wenn er seine Abfahrt nicht immer wieder hinausgezögert hätte.
Er hatte bei Freunden in Redquay zu Mittag gegessen, und während er sich möglichst unbefangen an der allgemeinen Unterhaltung beteiligte, fürchtete er sich insgeheim vor der ihm bevorstehenden Aufgabe. Er nahm die Einladung seiner Freunde, noch zum Tee zu bleiben, an; nach dem Tee jedoch konnte er seinen Aufbruch nicht länger hinausschieben.
Das Taxi wartete schon auf ihn. Er verabschiedete sich, und bald fuhr er über die zehn Kilometer lange Küstenchaussee bis zu einer waldigen Straße, die landeinwärts führte. Der Fahrer bog in diese Straße ein, und kurz darauf kamen sie zu einem kleinen Steinkai am Fluß.
Dort stieg er aus und läutete die große Glocke am Ufer, bis er die Aufmerksamkeit des Fährmannes auf der gegenüberliegenden Seite des Flusses erregte.
»Soll ich hier auf Sie warten?« fragte der Fahrer.
»Nein, ich habe ein Taxi bestellt, das mich drüben in einer Stunde abholen und direkt nach Drymouth fahren wird.«
Der Mann nahm Fahrgeld und Trinkgeld dankend entgegen, blickte auf den von leichten Nebelschwaden verhangenen Fluß und bemerkte:
»Da kommt die Fähre schon.«
Dann sagte er gute Nacht, wendete seinen Wagen und fuhr davon.
Arthur Calgary blieb allein am Kai zurück, allein mit seinen Gedanken, allein mit der Angst vor seiner schwierigen Mission. Wie wild und verlassen diese Gegend doch ist, dachte er, man könnte meinen, an einem einsamen See in Schottland zu sein; und doch sind die Hotels, die Läden, die Bars und die Menschenmengen von Redquay nur wenige Kilometer entfernt.
Die Ruder des Fährbootes plätscherten leise, als es an dem kleinen Kai anlegte. Arthur Calgary ging den kurzen Pfad hinunter, der zur Anlegestelle führte, und stieg ins Boot. Der Fährmann war alt und grau; er und das Boot schienen fast miteinander verwachsen zu sein. Als sie abfuhren, blies ein kalter Wind vom Meer her.

»Kühl heute abend«, meinte der Fährmann.
Calgary stimmte ihm zu und sagte, es sei viel kälter als gestern. Er glaubte, in den Augen des Fährmannes eine heimliche Neugier zu erkennen. Was wollte dieser Fremde? Die Saison war längst vorbei; außerdem war es schon spät, zu spät, um in dem kleinen Café drüben einzukehren. Der Fremde besaß kein Gepäck, also kam er nur auf einen kurzen Besuch. Calgary fragte sich selbst, warum er so spät am Tag gekommen sei. Sollte er unbewußt diesen Augenblick so lange wie möglich hinausgezögert haben? Die Überquerung des Rubikon ... die Überquerung des Flusses ... des Flusses. Er dachte plötzlich an jenen anderen Fluß, an die Themse. Noch gestern hatte er auf die Themse gestarrt – war es wirklich erst gestern gewesen? Er wandte sein Gesicht wieder dem Mann zu, der ihm gegenübersaß und ihn mit forschenden Augen betrachtete. Eine deutliche Frage lag in diesen Augen.
Man müßte es lernen, seine Gedanken besser zu verbergen, dachte er.

Es war eine höchst unangenehme Angelegenheit, aber er mußte seine Pflicht tun; danach erst durfte er versuchen, das Ganze zu vergessen.
Er entsann sich stirnrunzelnd der gestrigen Unterhaltung, und er hörte wieder die sympathische, ruhige Stimme ...
»Sind Sie wirklich fest entschlossen zu diesem Schritt, Dr. Calgary?«
Er hatte ärgerlich geantwortet:
»Es bleibt mir doch nichts anderes übrig, sehen Sie das denn nicht ein? Wie könnte ich mich davor drücken?«
Die Antwort, die er erhielt, erstaunte ihn.
»Man muß die Dinge von allen Seiten betrachten.«
»Vom Standpunkt der Gerechtigkeit aus gesehen, kann es doch wohl nur einen Weg geben!« erwiderte er erregt. Versuchte der andere etwa, die Angelegenheit zu vertuschen?
»Allerdings, aber die Sache ist verwickelter, als Sie glauben; es handelt sich um mehr als um Gerechtigkeit.«
»Da bin ich anderer Meinung. Man muß schließlich an die Familie denken!«
Die Antwort war sehr rasch gekommen: »Eben daran dachte ich – an die Familie.«

Dr. Calgary konnte ihn beim besten Willen nicht verstehen; der andere fuhr fort: »Sie müssen natürlich das tun, was Sie für gut und richtig halten, Dr. Calgary.«
Das Boot lief auf Sand – er hatte den Rubikon überquert.
»Das macht sechs Pence, oder wollen Sie auch zurück?« sagte der Fährmann.
»Nein, danke, keine Rückfahrt«, erwiderte Calgary.
Er bezahlte und fragte:
»Kennen Sie das Haus Sonneneck?«
Jetzt betrachtete der Mann ihn mit unverhohlener Neugier.
»Ja, natürlich. Dort rechts – hinter den Bäumen –, Sie können es von hier aus sehen. Sie gehen den Hügel hinauf, dann biegen Sie rechts in die neue Straße ein, die durch die Siedlung führt. Es ist das letzte Haus.«
»Vielen Dank.«
»Sie wissen doch, daß Mrs Jackson im Sonneneck...«
»Ja, ich weiß Bescheid«, unterbrach ihn Calgary, der nicht beabsichtigte, sich auf eine Diskussion einzulassen.
Ein sonderbar verschlagenes Lächeln breitete sich auf dem Gesicht des Fährmannes aus. Er sah plötzlich aus wie ein heimtückischer Faun.
»Sie selbst hat dem Haus den Namen gegeben – während des Krieges. Es war ein neues Haus, ohne Namen, aber der Grund und Boden, auf dem es steht, der hatte einen Namen: Schlangennest. Doch so wollte sie das Haus natürlich nicht nennen – wir jedoch sprechen noch immer vom Schlangennest.«
Calgary verabschiedete sich brüsk und begann, den Hügel hinaufzusteigen. Alle Bewohner schienen in ihren Häusern zu sein, und er hatte das Gefühl, daß sie durch die Vorhänge starrten und ihn beobachteten. »Er geht zum Schlangennest«, flüsterten sie. Schlangennest – ein unheimlich zutreffender Name.
Nein, so ging es nicht weiter, er mußte sich zusammennehmen, mußte sich genau überlegen, was er sagen wollte.

Calgary erreichte das Ende der freundlichen neuen Straße mit den freundlichen neuen Häusern. Jede der Villen besaß einen hübschen Garten, und die Bewohner drückten ihren persönlichen Geschmack durch die Wahl der Blumen aus: Chrysanthemen, Rosen, Nelken, Geranien...

Am Ende der Straße war ein Gartentor, auf dem »Sonneneck« stand. Er öffnete das Tor und ging über den kurzen Weg, der zum Haus führte. Es war ein gut gebautes, unpersönliches, modernes Haus mit einem Spitzgiebel und einer kleinen, überdachten Vorhalle – ein Haus, wie man es in vielen Siedlungen und in vielen guten Wohngegenden findet. Calgary stellte fest, daß der Stil des Hauses die wundervolle Aussicht nicht wert war. Am gegenüberliegenden Ufer des Flusses, der hier eine scharfe Kurve beschrieb, lagen bewaldete Hügel. Weiter unten, zur Linken, machte der Fluß wieder eine Biegung. In der Ferne sah man Wiesen und Obstgärten.
Calgary blickte einen Moment versonnen auf den Fluß. Hier hätte man ein Schloß bauen sollen, dachte er, ein verwunschenes Märchenschloß! Von jener Art, wie sie Zuckerbäcker manchmal aus Pfefferkuchenteig formen. Doch das Haus, das man sah, vermittelte den Eindruck von Nüchternheit, Maß und wohlhabender Gediegenheit – ohne einen Funken architektonischer Phantasie.
Aber dafür konnte man seine Bewohner, die Jacksons, natürlich nicht verantwortlich machen. Sie hatten das Haus schließlich nur gemietet, nicht bauen lassen. Allerdings hatten sie – oder zumindest einer von ihnen – es als Domizil der Familie ausgesucht...
Länger kannst du es nun nicht mehr aufschieben, sagte er sich und drückte entschlossen auf die Klingel.
Er wartete einen Augenblick, dann läutete er nochmals. Endlich hörte er Schritte, und die Haustür wurde geöffnet.
Erschrocken trat er ein wenig zurück. In seiner überhitzten Phantasie glaubte er, der Tragik in Person gegenüberzustehen. Das Gesicht war jung, eben deshalb wirkte es um so dramatischer. Die tragische Maske sollte immer jugendlich sein, dachte er. Jugend, die hilflos dem unentrinnbaren Schicksal, der grausamen Zukunft ausgeliefert ist.
Während er sich zu sammeln versuchte, überlegte er: ein irischer Typ; tiefblaue Augen mit dunklen Schatten, welliges schwarzes Haar, vorstehende Backenknochen, ein gewölbter Hinterkopf...
Das junge Mädchen sah ihn aufmerksam und abweisend zugleich an.
»Ja? Sie wünschen?«
»Ist Mr. Jackson zu Hause?«

»Ja, aber für Fremde ist er nicht zu sprechen. Oder kennen Sie ihn?«
»Nein, ich kenne ihn nicht, aber...«
Sie war im Begriff, die Tür wieder zu schließen.
»Dann sollten Sie sich schriftlich anmelden.«
»Entschuldigen Sie, aber ich muß ihn unbedingt sprechen. Sind Sie Miss Jackson?«
»Ich bin Hester Jackson«, gab sie unwillig zu. »Wie ich Ihnen schon sagte, mein Vater empfängt niemanden ohne vorherige schriftliche Anmeldung.«
»Ich komme von weit her...«
Sie blieb ungerührt.
»Das sagen sie alle, aber ich dachte, sie hätten sich nun endlich zufriedengegeben. Ich nehme an, daß Sie ein Reporter sind«, bemerkte sie unfreundlich.
»Nein, durchaus nicht.«
Sie warf ihm einen mißtrauischen Blick zu, als glaube sie ihm nicht.
»Was wollen Sie denn dann?«
Hinter ihr, im Hausflur tauchte ein anderes Gesicht auf – das reizlose, schlichte, von graublondem Kraushaar umrahmte Gesicht einer Frau in mittleren Jahren. Die Frau schien wie ein Drache über dem jungen Mädchen zu wachen.
»Es betrifft Ihren Bruder, Miss Jackson.«
Hester Jackson hielt den Atem an, dann sagte sie mit tonloser Stimme: »Michael?«
»Nein, Ihren Bruder Clark.«
»Ich hab doch gewußt, daß Sie Clarks wegen kommen«, rief sie erregt. »Warum lassen Sie uns nicht in Frieden? Das alles ist längst vorbei und erledigt. Warum muß es wieder und wieder aufgerührt werden?«
»Man kann niemals sagen, daß etwas endgültig erledigt ist.«
»Aber es ist erledigt! Clark ist tot. Es ist alles vorbei. Wenn Sie kein Journalist sind, müssen Sie Arzt sein – ein Psychologe oder so etwas. Bitte, gehen Sie, ich kann meinen Vater jetzt nicht stören. Er ist beschäftigt.«
Bevor sie die Tür schließen konnte, zog Calgary schnell den Brief aus der Tasche und drückte ihn ihr in die Hand.
»Hier ist ein Brief von Mr. Marshall.«

Sie betrachtete den Umschlag nachdenklich, dann sagte sie unsicher: »Von Mr. Marshall aus London?«
Jetzt näherte sich auch die ältere Frau, die bisher im Hintergrund der Diele geblieben war. Sie musterte Calgary feindselig; er dachte plötzlich an einen Besuch im Kloster – ja, sie erinnerte ihn an eine Nonne, an die Schwester hinter dem kleinen Gitter, der man erst genau Auskunft über die eigene Person und den Zweck des Kommens geben mußte, bevor man die Vorhalle des Klosters betreten durfte.
»Sie kommen von Mr. Marshall?« fragte sie streng.
Hester starrte auf den Briefumschlag, dann eilte sie die Treppe hinauf.
Calgary blieb bei der Haustür stehen; der klösterliche Drache ließ ihn nicht aus den Augen.
Er versuchte krampfhaft, Konversation zu machen, aber es fiel ihm nichts ein.
Hesters klare Stimme unterbrach das Schweigen.
»Vater bittet Sie heraufzukommen.«
Seine Wächterin trat unwillig einen Schritt zur Seite. Sie blieb nach wie vor mißtrauisch. Er legte seinen Hut auf einen Stuhl und ging die Treppe hinauf. Hester erwartete ihn am Treppenabsatz.
Das Innere des Hauses machte einen fast übertrieben sauberen Eindruck, es wirkte beinahe wie eine Privatklinik.
Hester führte ihn über einen Korridor; sie ging drei Stufen hinunter, öffnete eine Tür und bedeutete ihm, ihr in das Zimmer zu folgen.
Es war eine Bibliothek, und Calgary sah sich entzückt um. Die Atmosphäre dieses Raumes war anders, als er erwartet hatte, anders als der Rest des Hauses. In diesem Zimmer lebte ein Mensch, arbeitete, entspannte sich. Die mit Büchern gefüllten Regale reichten bis zur Decke, die Sessel waren schäbig, aber bequem. Der Schreibtisch war mit Briefen und Dokumenten aller Art bedeckt, auf kleinen Tischen lagen Bücher und Zeitungen. Er hatte eben noch Zeit, einen Blick auf eine sehr reizvolle junge Dame zu werfen, die das Zimmer verließ, während er es betrat. Dann richtete sich seine Aufmerksamkeit auf den Mann, der aufstand und ihn mit dem geöffneten Brief in der Hand begrüßte.

Leo Jackson wirkte auf den ersten Blick wie der Schatten eines Mannes – zart, bleich, beinahe durchsichtig. Seine Stimme war weich und sympathisch.
»Dr. Calgary?« sagte er. »Bitte nehmen Sie Platz.«
Calgary setzte sich und nahm dankend die ihm angebotene Zigarette. Jackson ließ sich ihm gegenüber nieder. Alle seine Bewegungen waren sehr langsam. Calgary hatte das Gefühl, in einer Welt zu sein, in der Zeit keine Rolle spielte. Leo Jackson lächelte sanft und klopfte mit einem Finger auf den Brief; dann begann er zu sprechen.
»Mr. Marshall schreibt, daß Sie uns etwas Wichtiges mitzuteilen haben, er sagt jedoch nicht, um was es sich handelt. Rechtsanwälte vermeiden es immer, sich festzulegen, finden Sie nicht auch?« sagte er freundlich.
Calgary stellte leicht erstaunt fest, daß der Mann, der ihm gegenübersaß, einen glücklichen Eindruck machte. Es war kein überschäumendes Glück, eher eine stille Zufriedenheit. Hier war ein Mensch, der froh war, nichts mit der Außenwelt zu tun zu haben.
»Ich bin Ihnen sehr dankbar, daß Sie mich empfangen haben«, erwiderte Calgary höflich. »Ich hielt es für besser, mit Ihnen zu sprechen, als Ihnen einen Brief zu schreiben.« Er machte eine kurze Pause, dann fuhr er in plötzlicher Erregung fort: »Es ist schwierig, sehr, sehr schwierig...«
»Bitte nehmen Sie sich Zeit.«
Leo Jackson war noch immer liebenswürdig und zurückhaltend. Er beugte sich vor und versuchte, Calgary auf seine sanfte Art zu helfen.
»Da Sie mir einen Brief von Marshall bringen, nehme ich an, daß Ihr Besuch etwas mit meinem armen Clark zu tun hat.«
Calgary konnte sich nicht mehr an die sorgfältig vorbereiteten Worte und Phrasen erinnern, und doch mußte er irgendwie sprechen. Wieder stammelte er:
»Es ist so entsetzlich schwierig...«
Nach einem kurzen Schweigen meinte Leo zögernd:
»Vielleicht kann ich Ihnen die Sache erleichtern: Wir wußten, daß unser Clark kaum mit normalen Maßstäben zu messen war. Nichts, was Sie uns zu sagen haben, wird uns überraschen. Ich bin fest davon überzeugt, daß Clark nicht die volle Verantwortung für die furchtbare Tragödie trägt.«

»Natürlich war er nicht verantwortlich«, warf Hester ein.
Calgary blickte erstaunt auf; einen Augenblick lang hatte er ihre Anwesenheit vergessen. Sie saß hinter ihm auf einer Sessellehne, und als er sich zu ihr umwandte, fuhr sie eifrig fort:
»Clark war schon als kleiner Junge ein Scheusal – wenn er die Geduld verlor, ergriff er den ersten besten Gegenstand und ging damit auf einen los.«
»Aber Hester – Hester!« meinte Jackson vorwurfsvoll.
Das Mädchen legte rasch die Hand auf den Mund. Es errötete und sagte verlegen: »Ich bitte um Entschuldigung... ich hab's gut gemeint... aber ich hätte das nicht sagen sollen, nicht jetzt, nachdem – nachdem –«
»Nachdem der Fall erledigt ist«, vollendete Jackson ihren Satz. »Das alles gehört der Vergangenheit an. Ich möchte nur noch hinzufügen, daß wir uns bemühen, den Jungen als einen Invaliden zu betrachten, als eine Abnormität – das ist wohl der beste Ausdruck.« Er sah Calgary an. »Geben Sie uns da recht?«
»Nein«, erwiderte Calgary.
Es folgte ein kurzes Schweigen. Das scharfe Nein hatte seine Zuhörer anscheinend verblüfft. Er versuchte, die Wirkung zu mildern, und fügte hinzu:
»Es – es tut mir leid, aber Sie wissen ja noch nicht, worum es sich handelt.«
»Allerdings.« Jackson schien zu überlegen. Er wandte sich an seine Tochter. »Vielleicht solltest du uns kurz allein lassen, Hester.«
»Nein, auf keinen Fall. Ich muß unbedingt hören, was er uns zu sagen hat.«
»Das kann aber sehr peinlich sein.«
»Und was für eine Rolle spielt das jetzt noch? Was Clark auch Furchtbares getan haben mag – es ist ja längst vorbei.«
»Bitte, glauben Sie mir, es kann keine Rede davon sein, daß Ihr Bruder etwas *getan* hat – ganz im Gegenteil«, warf Calgary rasch ein.
»Ich weiß nicht, was Sie meinen.«
Die Tür am anderen Ende des Zimmers wurde geöffnet, und die junge Dame, die Calgary bei seinem Eintreten bemerkt hatte, trat herein. Sie trug nun einen Mantel und ein kleines Köfferchen. Sie sah Jackson an.

»Ich gehe jetzt – oder ist noch irgend etwas zu erledigen?«
Nach kurzem Zögern, Calgary hatte bereits bemerkt, daß Jackson immer zögerte, bevor er etwas sagte, legte er eine Hand auf ihren Arm und bat sie:
»Setz dich zu uns, Gwenda. Darf ich bekannt machen: Dr. Calgary – Miss Smith, die seit... seit« – wieder zögerte er –, »die seit Jahren meine Sekretärin ist.« Dann fügte er hinzu: »Dr. Calgary ist hierhergekommen, um uns etwas zu erzählen – oder um uns etwas zu fragen – über Clark.«
»Um Ihnen etwas mitzuteilen«, unterbrach Calgary, »und obwohl Sie sich nicht klar darüber sind, machen Sie es mir mit jeder Minute schwerer.«
Alle sahen ihn erstaunt an, doch glaubte er in Gwenda Smiths Augen ein gewisses Verstehen aufflackern zu sehen.
Sie ist wirklich sehr reizvoll, dachte er, nicht mehr ganz jung – vielleicht schon Ende der Dreißig. Ihre Haare und Augen waren dunkel, ihre Figur vollschlank. Sie machte den Eindruck eines gesunden, vitalen und gleichzeitig tüchtigen, intelligenten Menschen.
Jackson sagte kühl: »Ich weiß wirklich nicht, inwiefern wir Ihnen Ihre Aufgabe erschweren, Dr. Calgary – nichts liegt mir ferner. Aber vielleicht könnten Sie jetzt zur Sache kommen...«
»Ja – und bitte verzeihen Sie meine Worte. Sie wurden dadurch hervorgerufen, daß Sie und Ihre Tochter immer wieder betonten, daß alles vorbei und erledigt sei. Aber das ist keineswegs der Fall. Die Sache ist nicht erledigt. Wenn Sie gehört haben, worum es geht, werden Sie mein Zögern verstehen«, fuhr Calgary fort. »Zunächst einmal muß ich Ihnen etwas über mich selbst erzählen. Ich bin Geologe, und ich war bis vor kurzem Mitglied einer Südpolexpedition. Wir sind erst vor wenigen Wochen nach England zurückgekehrt.«
»Waren Sie bei der Hayes-Bentley-Expedition?« fragte Gwenda.
Er schaute sie dankbar an.
»Ja. Ich erzähle Ihnen das vor allem, um zu erklären, daß ich seit fast zwei Jahren von der Welt und den Ereignissen des Tages abgeschnitten war.«
Sie bemühte sich, ihm zu helfen.
»Sie meinen Ereignisse wie Mordprozesse.«
»Sehr richtig, genau das meine ich, Miss Smith.«

Er wandte sich an Jackson.
»Ich möchte Ihnen nicht weh tun, aber ich muß Sie leider bitten, mir einige Daten und Zeiten zu bestätigen. Im vorigen Jahr, am neunten November, gegen achtzehn Uhr, kam Ihr Sohn Clark in Ihr Haus und hatte eine Unterhaltung mit seiner Mutter, Mrs. Jackson.«
»Ja.«
»Er teilte ihr mit, daß er sich in einer schwierigen Lage befinde. Er verlangte Geld – und zwar nicht zum ersten Mal.«
»Das stimmt, er hat oft Geld von uns verlangt«, seufzte Leo Jackson.
»Mrs. Jackson schlug ihm seine Bitte ab. Er wurde sehr ärgerlich, und bevor er fortging, drohte er wiederzukommen und sie zu zwingen, ihm Geld zu geben. ›Du willst doch nicht, daß ich ins Gefängnis komme, oder?‹ sagte er, und sie erwiderte: ›Ich fange an zu glauben, daß das vielleicht das beste für dich wäre.‹«
Leo Jackson wurde unruhig.
»Meine Frau und ich hatten uns darüber ausgesprochen. Wir waren sehr unglücklich über unseren Jungen. Wieder und wieder halfen wir ihm und versuchten, ihm noch einmal eine Chance zu geben. Wir glaubten, daß die Gefängnisdisziplin ihm möglicherweise...« Seine Stimme wurde unhörbar. Schließlich sagte er: »Bitte, fahren Sie fort.«
»Am späten Abend dieses Tages wurde Ihre Frau ermordet – mit einem Feuerhaken erschlagen. Auf dem Feuerhaken befanden sich Fingerabdrücke Ihres Sohnes, und eine größere Geldsumme war aus dem Schreibtisch Ihrer Frau verschwunden. Die Polizei fand Ihren Sohn in Drymouth. Das Geld trug er bei sich – hauptsächlich in Fünfpfundscheinen. Auf der Rückseite eines dieser Scheine stand eine Adresse – und so konnte der Bankbeamte, der Ihrer Frau das Geld am gleichen Morgen ausgehändigt hatte, den Schein identifizieren. Bei dem darauffolgenden Prozeß gegen Ihren Sohn lautete das Urteil: vorsätzlicher Mord.«
Das schicksalsschwere Wort war gefallen – MORD.
Calgary fuhr nach einer kurzen Pause fort: »Ich hörte von dem Verteidiger, Mr. Marshall, daß Ihr Sohn bei seiner Verhaftung seine Unschuld wiederholt und ausdrücklich beteuert habe. Er

behauptete, ein einwandfreies Alibi für die Zeit zu besitzen, während der Mord, nach Aussagen der Polizei, verübt worden war – nämlich zwischen sieben und halb acht.
Clark Jackson sagte, daß er um diese Zeit mit einem Auto, dessen Fahrer ihn auf der Landstraße von Redmyn nach Drymouth, etwa anderthalb Kilometer von hier, kurz vor sieben mitgenommen hatte, in Drymouth einfuhr. Da es schon dunkel war, konnte er die Automarke nicht erkennen, aber er wußte, daß die schwarze oder dunkelblaue Limousine von einem Mann in mittleren Jahren gefahren wurde. Man bemühte sich vergeblich, eine Spur des Wagens und seines Fahrers zu entdecken, und schließlich waren selbst seine Verteidiger davon überzeugt, daß der Angeklagte diese Geschichte frei erfunden hatte.
Beim Prozeß stützte sich die Verteidigung in der Hauptsache auf die Aussagen der Psychologen und versuchte, auf Unzurechnungsfähigkeit zur Tatzeit – infolge der psychischen Labilität des Angeklagten – zu plädieren. Diese ›Beweise‹ wurden vom Richter in einer sarkastischen Zusammenfassung zerpflückt; Clark wurde für schuldig befunden und zu lebenslänglich Zuchthaus verurteilt. Sechs Monate später starb der Gefangene an einer Lungenentzündung.«
Drei Augenpaare waren auf Calgary gerichtet. Gwendas Augen spiegelten Interesse und Aufmerksamkeit – Hesters Mißtrauen – Leo Jacksons blickten ausdruckslos.
»Würden Sie mir bestätigen, daß diese Tatsachen korrekt sind?« bat Calgary.
»Ja – sie sind korrekt«, stellte Leo fest. »Ich weiß nicht, warum diese schmerzlichen Dinge, die wir vergessen möchten, wieder aufgerührt werden mußten.«
»Ich habe den Eindruck, daß Sie mit dem Urteil des Richters übereinstimmen, oder irre ich mich?«
»Sie irren sich nicht; die Tatsachen lassen sich nicht leugnen, und man muß zu der logischen Schlußfolgerung kommen, daß es zweifellos – ein Mord war. Sobald man sich jedoch eingehender mit der Persönlichkeit des Täters befaßt, wird man ihm mildernde Umstände zubilligen. Der arme Junge war ein sehr unausgeglichener Mensch, aber leider war sein Zustand, vom gerichtlichen Standpunkt aus gesehen, nicht als anormal zu bezeichnen. Ich kann Ihnen versichern, daß Rachel, meine verstorbene Frau, ihm

bestimmt als erste verziehen hätte. Sie war ein unendlich gütiger Mensch, außerdem war sie eine sehr fortschrittliche Frau, die mit allen psychologischen Faktoren durchaus vertraut war. *Sie* hätte ihn nicht verurteilt.«
»Sie wußte am besten, wie abscheulich Clark sein konnte«, meinte Hester. »Er war schon immer so – es war wohl seine Natur.«
»Keiner von Ihnen zweifelte also an seiner Schuld«, sagte Calgary langsam.
Hester sah ihn erstaunt an.
»Wie konnten wir daran zweifeln? Natürlich war er schuldig.«
»Nein, *schuldig* ist nicht das richtige Wort«, meinte Leo.
»Es ist bestimmt nicht das richtige Wort.« Calgary holte tief Atem. »Clark Jackson war – unschuldig!«

2

Zu Calgarys Erstaunen rief diese Äußerung keine Sensation hervor. Er hatte Verwirrung erwartet, ungläubige Fragen, dankbare Erleichterung, nicht aber das nun folgende kalte und mißtrauische Schweigen.
»Wollen Sie damit sagen, daß Sie meiner Ansicht sind, Dr. Calgary?« fragte Leo Jackson schließlich zögernd. »Glauben Sie, daß er für seine Taten nicht verantwortlich war?«
»Ich glaube, daß er es nicht getan hat, nicht getan haben *kann,* und daß er nur durch eine Kette unglückseliger Umstände daran gehindert wurde, seine Unschuld zu beweisen. *Ich* hätte sie beweisen können.«
»Sie?«
»Ich war der Mann im Auto.«
Calgary sprach so ruhig, daß sie den Sinn seiner Worte im ersten Augenblick nicht zu begreifen schienen. Bevor sie Zeit hatten, sich zu sammeln, öffnete sich die Tür, und die Frau, die Calgary bei seiner Ankunft im Hausflur gesehen hatte, kam mit energischen Schritten ins Zimmer.
Sie sagte ohne Umschweife: »Ich kam zufällig draußen vorbei und hörte diesen Mann sagen, daß Clark Mrs. Jackson nicht umgebracht hat. Warum sagt er das? Woher weiß er das?«

Ihr herausforderndes Gesicht begann plötzlich zu zucken. »Ich muß auch wissen, um was es geht«, setzte sie kläglich hinzu, »sonst fühle ich mich ausgeschlossen.«
»Das sollen Sie keinesfalls, Kirsty. Sie gehören zur Familie.«
Leo Jackson stellte vor: »Miss Lindstrom – Dr. Calgary. Dr. Calgary hat uns eben die unglaublichsten Dinge mitgeteilt.«
Calgary wunderte sich über den schottischen Namen Kirsty. Sie sprach ausgezeichnet Englisch, aber ihr Tonfall war eindeutig der einer Ausländerin. Jetzt sagte sie vorwurfsvoll:
»Warum kommen Sie hierher, warum sagen Sie diese Dinge? Wir haben genug durchgemacht. Müssen Sie uns wieder daran erinnern? Was auch geschehen sein mag – es war Gottes Wille.«
Ihre selbstsichere Art wirkte abstoßend auf Calgary. Vielleicht gehört sie zu den Menschen, für die Unheil und Katastrophen eine willkommene Abwechslung in ihrem öden Dasein sind, dachte er. Nun, diese Illusion würde er ihr nehmen.
Er sprach schnell und trocken.
»Ich stoppte an jenem Abend, um fünf Minuten vor sieben, auf der Landstraße von Redmyn nach Drymouth, um einen jungen Anhalter ein Stück mitzunehmen. Ich fuhr mit ihm nach Drymouth. Unterwegs unterhielten wir uns, und ich fand ihn nett und sympathisch.«
»Clark besaß viel Charme und war allgemein beliebt«, bestätigte Gwenda. »Doch er war auch sehr jähzornig und nicht aufrichtig – aber das zeigte sich natürlich nicht sofort.«
»Bitte fahren Sie fort, Dr. Calgary«, bat Leo Jackson. »Warum haben Sie uns das alles nicht damals mitgeteilt?«
»Ja, warum?« warf Hester atemlos dazwischen. »In allen Zeitungen standen Aufrufe – wie konnten Sie nur so egoistisch sein, so gemein ...«
»Hester, Hester!« mahnte ihr Vater. »Laß Dr. Calgary erst einmal zu Ende erzählen.«
»Ich weiß, wie Ihnen zumute ist«, sagte Calgary zu Hester. »Aber hören Sie mich bitte an. An diesem Abend war viel Verkehr auf den Straßen, und es war schon nach halb acht, als ich den mir unbekannten jungen Mann in Drymouth absetzte. Da die Polizei davon überzeugt ist, daß der Mord zwischen sieben und halb acht begangen wurde, ist seine Unschuld hiermit bewiesen.«
»Ja, aber Sie ...«, begann Hester wieder erregt.

»Bitte, haben Sie noch etwas Geduld. Um Ihnen alles verständlich zu machen, muß ich ein wenig ausholen.
Ich war seit zwei Tagen in Drymouth, und zwar wohnte ich in der Wohnung eines Freundes, der zu der Zeit auf einer Seereise war. Er gestattete mir, sein Auto zu benutzen, das in einer Privatgarage stand. Ich beabsichtigte, am Abend des 9. November nach London zurückzufahren; am Nachmittag besuchte ich meine alte Kinderfrau, die in einem kleinen Häuschen in Polgarth lebt, etwa sechzig Kilometer westlich von Drymouth.
Obwohl sie sehr alt und geistig nicht mehr ganz auf der Höhe ist, erkannte sie mich sofort wieder und freute sich sehr, mich zu sehen. Sie hatte sogar in der Zeitung von meiner bevorstehenden Polarexpedition gelesen. Ich blieb nicht lange dort, um sie nicht zu ermüden, und da es noch ziemlich früh war, entschloß ich mich, nicht auf dem direkten Weg nach Drymouth zurückzufahren, sondern dem alten Pfarrer Peasmarsh in Redmyn einen Besuch abzustatten und einen Blick in seine umfangreiche Bibliothek zu werfen, die viele seltene Bücher enthält.
Der alte Herr besaß kein Telefon, und so mußte ich es dem Zufall überlassen, ob ich ihn zu Hause antreffen würde. Ich hatte Pech – das Haus war verschlossen und verriegelt. Ich verbrachte einige Zeit in der Kathedrale, bevor ich über die Hauptstraße zurück nach Drymouth fuhr. Ich hatte reichlich Zeit, um mein Gepäck abzuholen und das Auto in die Garage zu bringen, bevor ich in den Zug nach London stieg. Auf dem Weg nach Drymouth hielt ich an, um, wie ich Ihnen bereits erzählte, einen unbekannten jungen Mann mit in die Stadt zu nehmen.
Als ich auf dem Bahnhof ankam, stellte ich fest, daß ich noch Zeit hatte, mir Zigaretten zu kaufen. Ich verließ den Bahnhof, und als ich im Begriff war, die Straße zu überqueren, bog ein Lastwagen in voller Fahrt um die Ecke und warf mich zu Boden.
Nach Aussagen von Passanten stand ich sofort wieder auf; ich benahm mich ganz normal und schien nicht verletzt zu sein. Ich sagte, ich müßte einen Zug erreichen, und eilte zurück zum Bahnhof. Als der Zug in Paddington einfuhr, war ich bewußtlos und wurde von einem Rettungswagen ins Krankenhaus gebracht. Dort stellte man fest, daß ich eine Gehirnerschütterung erlitten hatte – die Reaktion darauf soll sich häufig erst nach einiger Zeit einstellen.

Als ich ein paar Tage später wieder bei Bewußtsein war, konnte ich mich weder an den Unfall noch an meine Reise nach London erinnern. Ich wußte nur, daß ich auf dem Weg nach Polgarth gewesen war, um meine alte Kinderfrau zu besuchen; danach – völlige Leere. Es bestand kein Grund anzunehmen, daß die Stunden, an die ich mich nicht erinnern konnte, irgendwelche Bedeutung haben könnten. Weder ich noch irgend jemand sonst wußte, daß ich an jenem Abend über die Redmyn-Drymouth-Straße gefahren war.
Ich mußte England bald danach verlassen. Man hatte mir absolute Ruhe verordnet, ich durfte nicht einmal Zeitungen lesen. Vom Krankenhaus fuhr ich direkt zum Flughafen, um nach Australien zu fliegen und mich dort der Südpolexpedition anzuschließen. Obwohl ich noch nicht sehr kräftig war, ließ ich mich von meinem Vorhaben nicht abbringen, und ich war viel zu intensiv mit den notwendigen Vorbereitungen beschäftigt, um mich für Mordberichte zu interessieren; als es zum Prozeß kam, war ich bereits auf dem Weg zum Südpol.«
Er machte eine Pause. Alle sahen ihn gespannt an.
»Erst vor etwa einem Monat, gleich nach meiner Rückkehr nach England, machte ich die furchtbare Entdeckung. Ich bat meine Wirtin um etwas Packpapier, und sie brachte mir einen Stoß alter Zeitungen. Als ich eine davon auf dem Tisch ausbreitete, sah ich die Fotografie eines jungen Mannes, dessen Gesicht mir bekannt vorkam. Ich versuchte vergeblich, mich zu erinnern, woher ich ihn kannte und wer er war. Seltsamerweise fiel mir nur ein, daß ich mich mit ihm über Aale unterhalten hatte; er war sehr interessiert, von mir Einzelheiten über die Lebensweise des Aals zu erfahren. Aber wann und wo? Ich las, daß der junge Mann Clark Jackson hieß, des Mordes angeklagt war und daß er der Polizei gegenüber behauptete, von einem Mann in einer schwarzen Limousine mitgenommen worden zu sein.
Und da erwachte plötzlich die Erinnerung an die verlorenen Stunden wieder. *Ich* hatte den jungen Mann nach Drymouth mitgenommen und mich dort von ihm verabschiedet, war in die Wohnung zurückgegangen, zum Bahnhof, überquerte die Straße, um Zigaretten zu kaufen – ich entsann mich jetzt sogar des Lastwagens –, aber von dem Moment an setzte mein Erinnerungsvermögen noch immer aus, bis zu dem Augenblick, da ich

im Krankenhaus erwachte Ich las den Artikel noch einmal durch. Der Prozeß hatte vor über einem Jahr stattgefunden, der Fall war fast vergessen.
Ich ließ mir die Zeitungen kommen, in denen über den Prozeß berichtet wurde, dann ging ich zu dem Verteidiger Marshall und erfuhr, daß der unglückliche junge Mann im Zuchthaus an einer Lungenentzündung gestorben war. Wenn es nun auch zu spät war, um das ihm zugefügte Unrecht wiedergutzumachen, so sollte doch wenigstens seinem Andenken Gerechtigkeit widerfahren. Ich ging mit Mr. Marshall zur Polizei. Die Staatsanwaltschaft beschäftigt sich jetzt mit dem Fall; Mr. Marshall nimmt an, daß er an den Innenminister weitergeleitet werden wird.
Marshall wird Ihnen selbstverständlich einen genauen Bericht geben, aber ich bestand darauf, Sie zunächst persönlich zu informieren. Ich werde mein Schuldgefühl Ihnen gegenüber niemals verlieren, auch wenn ich im Grunde genommen unschuldig an der Tragödie bin.«
»Wir wissen, daß Sie nichts dafür können«, beruhigte Gwenda Smith ihn. »Es war eine katastrophale Verkettung unglücklicher Umstände.«
»Hat man Ihnen geglaubt?« fragte Hester.
Er sah sie erstaunt an.
»Hat die Polizei Ihnen geglaubt? Vielleicht haben Sie sich das Ganze nur ausgedacht.«
Er lächelte unwillkürlich.
»Ich bin ein sehr glaubwürdiger Zeuge«, erwiderte er freundlich. »Ich bin persönlich unbeteiligt, habe einen guten Ruf, und es ließ sich leicht nachweisen, daß ich um diese Zeit in Drymouth war. Mr. Marshall schien natürlich zunächst etwas mißtrauisch – wie alle Anwälte –, und er wollte Ihnen keine Hoffnungen machen, bevor er des Erfolges sicher war.«
Jetzt sprach Leo Jackson zum ersten Mal.
»Was verstehen Sie eigentlich unter Erfolg?«
»Bitte verzeihen Sie mir«, sagte Calgary schnell, »das Wort ist schlecht gewählt. Ihr Sohn ist eines Verbrechens beschuldigt worden, das er nicht verübte; man hat ihn verurteilt, und er ist im Gefängnis gestorben. Aber wir werden dafür sorgen, daß wenigstens sein guter Name wiederhergestellt wird. Der Innen-

minister wird wahrscheinlich bei der Königin vorstellig werden und um eine Begnadigung bitten.«
Hester lachte.
»Warum Begnadigung – wenn er kein Verbrechen begangen hat?«
»Sie haben recht, diese juristische Bezeichnung trifft hier nicht zu, aber der Fall wird vors Unterhaus kommen, und danach werden die Zeitungen Clark Jackson rehabilitieren – sie werden schreiben, daß er das ihm zu Lebzeiten zur Last gelegte Verbrechen nicht begangen hat.«
Er schwieg, alle schwiegen. Er nahm an, daß sein Bericht als ein schwerer Schock empfunden wurde – aber letzten Endes mußte er doch auch eine große Befriedigung für alle sein.
Er stand auf.
»Ich fürchte«, meinte er unsicher, »mehr kann ich dazu nicht sagen ... Ich kann nur wiederholen, wie leid mir das alles tut, wie unglücklich ich über diese verhängnisvolle Entwicklung der Dinge bin ... bitte, verzeihen Sie mir – das alles wissen Sie ja nur zu gut. Die tragischen Umstände, die dazu beigetragen haben, sein Leben zu beenden, belasten nun das meine.«
Seine Stimme bekam einen bittenden, beschwörenden Ton. »Das Ganze *muß* irgendeinen Sinn haben ... zu wissen, daß er diese grauenvolle Tat nicht begangen hat, daß sein Name ... Ihr Name ... in den Augen der Welt seine Ehre zurückerhält ...?«
Falls er gehofft hatte, eine Antwort zu erhalten, sah er sich enttäuscht.
Leo Jackson saß zusammengekauert in seinem Sessel, Gwendas Augen ruhten auf seinem Gesicht. Hester starrte Löcher in die Luft, Miss Lindstrom murmelte etwas Unverständliches und schüttelte den Kopf.
Calgary blieb hilflos an der Tür stehen und blickte zurück.
Schließlich stand Gwenda Smith auf, kam auf ihn zu, legte eine Hand auf seinen Arm und sagte leise:
»Ich glaube, Sie sollten jetzt gehen, Dr. Calgary. Sie müssen uns Zeit lassen, mit dieser neuen Entwicklung fertig zu werden.«
Er nickte und ging aus dem Zimmer; Miss Lindstrom folgte ihm mit der Bemerkung:
»Ich werde Sie hinausbringen.«
Auf dem Treppenabsatz stellte sie sich vor ihn hin und sagte

ärgerlich: »Sie können ihn nicht zurück ins Leben bringen! Welchen Sinn hat es also, alles wieder aufzurühren?
Alle hatten sich damit abgefunden – jetzt werden sie leiden –, es ist immer ein Fehler, sich einzumischen.«
»Seine Unschuld muß doch bewiesen werden«, erklärte Arthur Calgary ein wenig hilflos.
»Das ist alles schön und gut, aber Sie haben ja keine Ahnung, was Sie angerichtet haben. Männer können eben nicht denken!« Sie stampfte mit dem Fuß auf. »Ich liebe die ganze Familie. Ich bin 1940 hergekommen, als Mrs. Jackson das Heim für Kinder gründete, die ihre Familie bei den Luftangriffen verloren hatten. Nichts war ihr zu gut für diese Kinder, sie hatten hier den Himmel auf Erden. Das ist nun schon über zwanzig Jahre her, und ich bin noch immer da – selbst nach ihrem Tod –, um dafür zu sorgen, daß die Familie ein gemütliches Heim hat. Ich liebe sie alle, auch Clark habe ich geliebt – obwohl er ein schlechter Kerl war.«
Sie wandte sich plötzlich ab und schien vergessen zu haben, daß sie ihn hinausführen wollte. Calgary ging langsam die Treppe hinunter. Während er versuchte, die Haustür zu öffnen, hörte er leichte Schritte hinter sich auf der Treppe, dann stand Hester neben ihm.
Ihr tragisch-vorwurfsvoller Blick war ihm unbegreiflich.
»Warum mußten Sie nur kommen?« flüsterte sie.
Er sah sie verwirrt an.
»Ich verstehe Sie nicht. Liegt Ihnen denn nichts daran, daß der Name Ihres Bruders von seinem Makel befreit wird? Legen Sie keinen Wert auf Gerechtigkeit?«
»Gerechtigkeit...«, wiederholte sie verächtlich. »Was hat Clark jetzt noch davon? Er ist tot. Es kommt auf *uns* an, nicht auf ihn.«
»Was soll das heißen?«
»Es kommt nicht auf die Schuldigen an – nur auf die Unschuldigen.«
Sie preßte ihre Finger in seinen Arm.
»Auf *uns* kommt es an, begreifen Sie wirklich nicht, was Sie uns angetan haben?«
Er starrte sie verständnislos an.
Ein Mann kam über den dunklen Gartenpfad.

»Dr. Calgary?« sagte er. »Ihr Taxi ist da. Sie wollten doch nach Drymouth fahren?«
»Ja – ja, natürlich.«
Calgary blickte sich noch einmal um, aber Hester war bereits im Haus verschwunden.
Die Haustür fiel zu.

3

Hester ging langsam die Treppe hoch, wobei sie sich heftig und gedankenverloren zugleich die dunklen Haare aus der Stirn strich. Kirsten Lindstrom wartete schon oben auf sie.
»Ist er weg?«
»Ja, er ist gegangen.«
»Das war ein Schock, Hester, nicht wahr?« Kirsten Lindstrom legte ihr mitfühlend die Hand auf die Schulter. »Komm, ich schenk dir einen kleinen Brandy ein. All das war zuviel für dich.«
»Ich glaube, ich möchte keinen Brandy, Kirsty.«
»Natürlich nicht – aber er wird dir trotzdem guttun.«
Unschlüssig, was sie nun wirklich wollte oder nicht, ließ sie sich den Flur entlang in Kirsten Lindstroms kleines Zimmer bugsieren. Sie nahm den angebotenen Brandy und trank ihn in kleinen Schlucken.
Mit scharfer Stimme, der die Verärgerung deutlich anzumerken war, sagte Kirsten:
»Das kam alles viel zu plötzlich. Warum hat uns niemand vorgewarnt, warum hat Mr. Marshall nicht erst mal geschrieben?«
»Ich denke, weil Dr. Calgary dagegen war. Er wollte kommen und uns die Geschichte selbst erzählen.«
»Kommen und selbst erzählen, wahrhaftig! Was hat er sich wohl vorgestellt, wie wir auf diese Neuigkeiten reagieren – was sie für uns bedeuten?«
»Ich vermute«, meinte Hester mit einer ihr fremden, tonlosen Stimme, »er glaubte, wir würden hocherfreut sein.«
»Erfreut oder nicht erfreut – auf jeden Fall war es ein Schock. Er hätte es nicht tun sollen.«
»Aber irgendwie war es auch mutig von ihm«, sagte Hester.

Langsam kehrte wieder Farbe ın ihr Gesicht zurück.
»Es ist für ihn bestimmt nicht leicht gewesen – hierherzukommen und einer ihm unbekannten Familie mitzuteilen, daß der Sohn und Bruder, der als Mörder zum Tode verurteilt wurde und im Zuchthaus gestorben ist, in Wahrheit unschuldig war. Ja, ich glaube, es war sogar sehr mutig von ihm – aber ich wünschte trotzdem, er hätte geschwiegen.«
»Das ... wünschen wir wohl alle«, beschied Miss Lindstrom sie brüsk.
Hester blickte sie mit neu erwachtem Interesse an.
»Du denkst also auch so, Kirsty? Ich glaubte, nur ich ...«
»Ich bin keine Närrin«, erklärte Kirsten Lindstrom hart. »Ich kann mir einige mögliche Folgen dieser Eröffnungen vorstellen, an die dein Dr. Calgary wohl kaum gedacht hat.«
Hester stand auf.
»Ich muß nach Vater schauen«, sagte sie.
Kirsten Lindstrom stimmte ihr zu.
»Ja. Man wird überlegen müssen, was nun am besten zu tun ist.«

Gwenda Smith war am Telefon, als Hester die Bibliothek betrat. Ihr Vater bedeutete ihr freundlich zu bleiben, und Hester setzte sich auf die Armlehne seines Sessels.
»Wir versuchen Mary und Micky zu erreichen«, erklärte er. »Wir müssen ihnen umgehend Bescheid sagen.«
»Ist Mrs. Durrant zu Hause?« sagte Gwenda ins Telefon. »Ach, du bist es, Mary. Dein Vater möchte dich sprechen.«
Leo stand auf und ging zum Apparat.
»Wie geht es dir, Mary? Und Philip? ... Gut. Hier hat sich etwas Merkwürdiges ereignet ... Ein Dr. Calgary war eben da und brachte einen Brief von Andrew Marshall ... Es handelt sich um Clark ... Es sieht so aus, als habe Clark beim Prozeß die Wahrheit gesagt, als er behauptete, jemand habe ihn im Auto nach Drymouth mitgenommen ... Ja, eben dieser Dr. Calgary ... Nein, ich kann dir jetzt nicht alle Einzelheiten berichten, Mary. Der Mann hatte einen Unfall und durch eine Gehirnerschütterung das Gedächtnis verloren ... Ich halte es für wichtig, daß wir alle so rasch wie möglich zusammenkommen und über diese Angelegenheit sprechen. Könnt ihr beide herkommen ...? Ja, ich weiß, aber ich halte es für ungeheuer wichtig ... Gut, ruf mich

später an. Ich will jetzt versuchen, Micky zu erreichen. Auf Wiederhören.«
»Soll ich bei Micky anrufen?« fragte Gwenda Smith.
»Kann ich erst mal mit Donald telefonieren?« fragte Hester.
»Selbstverständlich«, erwiderte Leo. »Du gehst heute abend mit ihm aus, nicht wahr?«
»Ich wollte.«
Ihr Vater sah sie prüfend an.
»Hast du dich sehr aufgeregt, Kind?«
»Ich weiß nicht – ich weiß selbst nicht, wie mir zumute ist.«
Hester wählte eine Nummer.
»Könnte ich Dr. Craig sprechen? Ja, hier Hester Jackson.«
Wenige Augenblicke später sagte sie: »Donald? Ich wollte dir nur sagen, daß ich heute abend leider nicht mit zu dem Vortrag kommen kann... Nein, nein, ich bin nicht krank, wir haben nur gerade eine sehr sonderbare Nachricht erhalten...«
Sie legte ihre Hand über die Muschel und flüsterte, zu ihrem Vater gewandt:
»Es ist doch kein Geheimnis?«
»Nein, durchaus nicht«, meinte Leo, »ich würde dir nur raten, Donald zu bitten, vorläufig nicht darüber zu sprechen. Du weißt, wie schnell sich Gerüchte verbreiten und phantastische Formen annehmen.«
»Ja, natürlich.«
Sie sprach wieder ins Telefon. »In gewisser Weise ist es gut, aber es war ein Schock... Ich möchte am Telefon lieber nicht darüber reden... nein, bitte komm heute abend nicht zu uns... komm morgen... es handelt sich um meinen Bruder Clark; wir haben eben gehört, daß er meine Mutter nicht ermordet hat... bitte sprich mit keinem Menschen darüber, Donald... ja, morgen werde ich dir über alles ausführlich berichten...« Sie legte den Hörer auf, und Gwenda meldete ein Gespräch nach Drymouth an.
»Warum gehst du nicht mit Donald zu dem Vortrag?« fragte Leo. »Es würde dich auf andere Gedanken bringen.«
»Ich möchte nicht – wirklich nicht –, ich könnte es nicht ertragen, Vater.«
»Donald muß nach diesem Gespräch den Eindruck haben, daß wir die Nachricht als schlecht empfinden, aber das stimmt nicht.

Du weißt genau, daß wir sehr glücklich darüber sind, Hester... sehr glücklich.«
»Wir werden es jedenfalls behaupten, nicht wahr?«
»Kind, Kind...«, mahnte Leo vorwurfsvoll.
»Micky ist am Apparat«, meldete Gwenda.
Leo nahm ihr den Hörer aus der Hand und sprach mit seinem Sohn. Micky reagierte ganz anders auf die Nachricht als Mary Durrant. Er war weder ungläubig noch besonders erstaunt.
»Donnerwetter«, staunte Micky, »nach so langer Zeit? Der fehlende Zeuge! Der arme Clark hat wirklich Pech gehabt.« Und dann: »Ja, ich bin ganz deiner Meinung, wir sollten alle möglichst schnell zusammenkommen und Marshall bitten, uns zu beraten.«
Micky lachte kurz auf. Schon als kleiner Junge hat er oft so abrupt gelacht, dachte Leo. »Wer von uns war der Täter? Wollen wir eine Wette abschließen?«
Leo legte entrüstet den Hörer auf.
Auf Gwendas Frage wiederholte er, was Micky gesagt hatte.
»Ein sehr alberner Witz«, meinte Gwenda mißbilligend.
Leo sah sie von der Seite an. »Vielleicht war es gar kein Witz«, sagte er leise.

Mary Durrant ging durch das Zimmer, hob ein paar Blumenblätter auf und beförderte sie sorgfältig in den Papierkorb. Sie war siebenundzwanzig Jahre alt, groß, schlank und ruhig, und trotz der Glätte ihres Gesichts wirkte sie eher älter, wie ein reifer, abgeklärter Mensch. Sie war keine strahlende Schönheit, aber eine gutaussehende Frau. Sie besaß regelmäßige Züge, einen frischen Teint, lebhafte blaue Augen und blondes Haar; sie trug einen Knoten, nicht etwa, weil diese Frisur zufällig modern war, sondern weil sie ihre persönliche Note jeder Mode vorzog. Mary Durrant wirkte ebenso gepflegt und ordentlich wie ihr Haus. Schmutz und Unordnung waren ihr verhaßt.
Der Mann im Rollstuhl beobachtete sie spöttisch, während sie die Blumenblätter auflas.
»Bei dir muß immer alles seine Ordnung haben«, bemerkte er spitz, aber Mary Durrant ließ sich nicht aus der Ruhe bringen.
»Dir würde es auch nicht gefallen, in einem unordentlichen Haus zu leben, Philip«, erwiderte sie freundlich.
»Wenigstens habe ich keine Gelegenheit, es in Unordnung zu

bringen«, stellte ihr Mann mit einer leichten Spur von Bitterkeit in der Stimme fest.
Philip Durrant war kurz nach ihrer Hochzeit an spinaler Kinderlähmung erkrankt, und für Mary war der geliebte Mann nun auch zu ihrem Kind geworden. Philip fühlte sich oft von ihrer übergroßen Liebe und Fürsorge erdrückt; seine Frau begriff nicht, daß er darunter litt, so völlig abhängig von ihr zu sein.
»Ich muß schon sagen – die Sache ist phantastisch. Ich bewundere deine Ruhe«, sagte Philip.
»Wahrscheinlich habe ich es noch gar nicht ganz begriffen; zuerst dachte ich, daß Vater einen Scherz machen wollte. Wenn Hester es mir erzählt hätte, würde ich annehmen, daß sie sich die ganze Geschichte ausgedacht hat – du kennst sie ja.«
Philip Durrants Ausdruck wurde etwas weicher, als er sagte: »Ein ungestümes, leidenschaftliches Geschöpf ... wenn man, wie Hester, Katastrophen erwartet, müssen sie sich einfach ereignen.«
Mary ging nicht auf diese Feststellung ein; der Charakter anderer interessierte sie nicht.
»Ob es wirklich stimmt? Vielleicht bildet dieser Mann sich das Ganze nur ein.«
»Das glaube ich kaum«, erwiderte Philip, »jedenfalls scheint Andrew Marshall die Angelegenheit ernst zu nehmen, und ich kann mir nicht vorstellen, daß ein so erfahrener Anwalt sich da täuscht.«
»Welche Folgen wird diese Aussage haben?« fragte Mary stirnrunzelnd.
»Clarks Unschuld wird bewiesen werden.«
»Das wäre jedenfalls sehr erfreulich«, meinte Mary mit einem leichten Seufzer.
Philip lachte bitter.
»Polly, du bist urkomisch!«
Polly war sein Kosename für seine Frau. Nur er nannte sie so. Sie sah ihn erstaunt an.
»Ich weiß wirklich nicht, warum du mich jetzt komisch findest.«
»Macht nichts – *wenn ihr's nicht fühlt, ihr werdet's nicht erjagen ...*«.
»Ist es vielleicht nicht erfreulich, daß wir nun doch keinen Mörder in der Familie haben?« fragte Mary gereizt. »Mich hat es jedenfalls sehr bedrückt – die Neugier und die Anteilnahme der Leute – ich fand das alles entsetzlich.«

»Du wußtest dich zu wehren«, stellte Philip fest. »Ein Blick deiner kalten blauen Augen genügte, um die Leute zu Eis erstarren und sich ihrer Neugier schämen zu lassen. Wundervoll, wie du es verstehst, deine Gefühle zu verbergen.«
»Ich habe sehr darunter gelitten, aber dann starb Clark, und damit war der Fall erledigt«, sagte Mary Durrant. »Und jetzt wird natürlich alles wieder aufgerührt werden – sehr peinlich!«
»Ja«, meinte Philip Durrant nachdenklich; dann schloß er die Augen und versuchte mit schmerzverzerrtem Gesicht die rechte Schulter in die Höhe zu ziehen. Seine Frau war sofort an seiner Seite.
»Hast du Schmerzen?« fragte sie besorgt. »Komm, ich schiebe dir ein Kissen in den Rücken.«
»Du hättest Krankenschwester werden sollen«, brummte Philip.
»Ich habe aber nicht die geringste Lust, andere Leute zu pflegen – nur dich«, erwiderte Mary schlicht und herzlich.
Das Telefon läutete; Mary nahm den Hörer ab.
»Hallo! – Ach, du bist es, Micky ... ja, Vater hat uns auch schon angerufen, wir wissen Bescheid ... ja, natürlich. Philip sagt, es muß stimmen, wenn die Anwälte der gleichen Meinung sind ... Warum bist du so aufgeregt, Micky ... ich versteh dich nicht ... Hallo, Hallo! ...« Sie runzelte ärgerlich die Stirn. »Er hat aufgelegt. Ich kann Micky wirklich nicht begreifen, Philip.«
»Was hat er gesagt?«
»Daß ich begriffsstutzig sei, wenn mir noch immer nicht aufgegangen ist, daß wir jetzt alle in Teufels Küche kommen können. Aber warum? Ich verstehe ihn nicht!«
»Er hat recht«, sagte Philip nach kurzem Überlegen. »Gewisse Folgen werden unvermeidlich sein.«
Mary machte einen leicht irritierten Eindruck.
»Du glaubst, daß das Interesse an dem Fall erneut aufflackern wird, nicht wahr? Ich bin natürlich froh, daß Clarks Unschuld bewiesen ist, aber es wäre mir sehr peinlich, wenn die Leute wieder die Köpfe zusammenstecken und darüber tratschen würden.«
»Das wäre noch nicht das Schlimmste.«
Sie sah ihn fragend an.
»Auch die Polizei wird sich wieder für den Fall interessieren.«
»Die Polizei?« fragte Mary scharf. »Was hat denn die Polizei noch damit zu tun?«

»Denk doch mal nach, Kind. jetzt zählt dieser Mord wieder zu den ungeklärten Verbrechen«, erläuterte Philip.
»Was, nachdem sie den armen Clark zu Unrecht verurteilt haben, wollen sie den Fall noch einmal aufnehmen?«
»Vielleicht wollen sie es nicht, aber es wird Ihnen gar nichts anderes übrigbleiben, als ihre Pflicht zu tun.«
»Ich bin überzeugt davon, daß du dich irrst, Philip. Die Sache wird zunächst etwas Aufsehen erregen, aber das hält bestimmt nicht lange an.«
»Und dann leben wir wieder herrlich und in Freuden«, sagte Philip ironisch.
»Warum nicht?«
Er schüttelte den Kopf. »So einfach ist das leider nicht. Dein Vater hat recht. Wir müssen sobald wie möglich eine Zusammenkunft der Familie mit Mr. Marshall arrangieren.«
»Du meinst – im Sonneneck?«
»Ja.«
»Oh, das geht nicht!«
»Warum nicht?«
»Es wird sich nicht machen lassen Du bist krank und –«
»Ich bin nicht krank«, unterbrach Philip sie heftig. »Ich fühle mich sogar ausgesprochen kräftig und wohlauf – ich kann lediglich meine Beine nicht mehr bewegen...«
»Ich glaube nicht, daß dir ein Besuch im Sonneneck guttun würde. All diese unerfreulichen Dinge, die da jetzt geklärt werden müssen –«
»Ich persönlich bin davon nicht weiter betroffen.«
»Außerdem würde es nicht gut sein, das Haus unbewohnt zu lassen. Es hat hier in der Gegend in letzter Zeit eine Reihe von Einbrüchen gegeben.«
»Dann engagier eben jemanden, der während unserer Abwesenheit hier schläft.«
»Das sagst du so – als wär das die einfachste Sache von der Welt.«
»Die alte Mrs. Whatchername kann jeden Tag vorbeikommen und nach dem Rechten sehen. Laß diese Einwände der sorgenden Hausmutter, Polly. In Wirklichkeit willst du eben einfach nicht.«
»Nein, das stimmt nicht.«
»Wir müssen ja nicht lange bleiben«, versuchte Philip, ihr das Unternehmen schmackhaft zu machen. »Aber ich finde, wir

sollten dabeisein, wenn es um so wichtige Dinge geht. In einem solchen Augenblick muß eine Familie der Welt geschlossen gegenübertreten und zeigen, wo sie steht.«

Calgary aß im Hotel in Drymouth früh zu Abend, dann ging er auf sein Zimmer. Der Besuch im Sonneneck hatte ihn tief erschüttert. Er war auf eine schwere Aufgabe gefaßt gewesen, zu deren Ausführung er sich nur mit größter Willenskraft durchgerungen hatte. Aber mit den Schwierigkeiten und Problemen, auf die er gestoßen war, hatte er nicht gerechnet. Er warf sich aufs Bett und zündete sich eine Zigarette an, während ihm die Gedanken durch den Kopf rasten.

Am klarsten stand ihm Hesters Gesicht vor Augen, und ihre verächtlichen Worte: »Gerechtigkeit... was hat Clark jetzt noch davon?« klangen ihm noch immer in den Ohren. »Es kommt nicht auf die Schuldigen an – nur auf die Unschuldigen. Begreifen Sie wirklich nicht, was Sie uns angetan haben?«

Nein, er begriff es nicht.

Und die anderen? Diese Dänin oder Norwegerin mit dem schottischen Namen Kirsty? Warum war sie so ablehnend, so vorwurfsvoll?

Auch Leo Jacksons betont reservierte Haltung war merkwürdig. Keine Spur von freudiger Erleichterung. Wäre es nicht die natürliche Reaktion eines Vaters gewesen zu sagen: »Gott sei Dank, mein Sohn war unschuldig!«

Und seine Sekretärin? Sie hatte sich bemüht, ihm gegenüber freundlich und hilfsbereit zu sein, aber auch ihre Reaktionen waren sonderbar. Er entsann sich, daß sie ihren Arm schützend und tröstend um Jackson legte, als er das Zimmer verließ. Warum wollte sie ihn trösten? Weil sich herausgestellt hatte, daß sein Sohn kein Mörder war? Und sicherlich war sie für ihn mehr als nur eine Sekretärin, daran zweifelte er nicht. Doch warum benahmen sich alle diese Menschen auf eine ihm unverständliche, unerklärliche Weise? Warum?

Das Telefon auf seinem Nachttisch klingelte. Er nahm den Hörer ab.

»Hallo?«

»Dr. Calgary? Ein Herr wünscht Sie zu sprechen.«

»Mich?«

Er war sehr erstaunt, denn niemand wußte, daß er die Nacht in Drymouth verbrachte.
»Wer ist der Herr?«
»Ein Mr. Jackson«, teilte ihm die Telefonistin nach einer kurzen Pause mit.
»Bitte sagen Sie ihm, daß ich...« Arthur Calgary unterbrach sich. Nein – er würde nicht hinuntergehen, denn da Leo Jackson ihm nach Drymouth gefolgt war und herausgefunden hatte, wo er sich aufhielt, mußte er ihm etwas Wichtiges mitzuteilen haben; die überfüllte Hotelhalle eignete sich kaum für Gespräche privater Natur.
»Bitten Sie ihn heraufzukommen«, sagte Calgary.
Er erhob sich und ging im Zimmer auf und ab, bis er ein Klopfen hörte.
Er öffnete die Tür.
»Bitte treten Sie ein, Mr. Jackson...«
Erstaunt trat er einen Schritt zurück, denn vor ihm stand nicht Leo Jackson, sondern ein junger Mann Anfang der Zwanzig, dessen hübsches, dunkles Gesicht finster wirkte.
»Mich haben Sie wohl nicht erwartet, was? Ich bin Michael Jackson.«
Calgary schloß die Tür, bat seinen Besucher, Platz zu nehmen, und bot ihm eine Zigarette an. Dann fragte er: »Woher wußten Sie, daß ich hier bin?«
»Das war ganz einfach«, erklärte Michael Jackson mit einem unangenehmen Lachen. »Ich hab die beiden besten Hotels der Stadt angerufen, und beim zweiten Mal hatte ich Glück...«
»Und warum wollen Sie mich sprechen?«
»Ich wollte Sie kennenlernen«, sagte Michael Jackson langsam und betrachtete Calgary aufmerksam. »Sie waren, wie ich hörte, ein Mitglied der Südpolexpedition? Sie sehen allerdings nicht sehr kräftig aus.«
Arthur Calgary lächelte.
»Der Schein trügt oft«, erwiderte er. »Ich bin sehr zäh, außerdem kommt es nicht nur auf die Muskeln an – Ausdauer, Geduld und technische Erfahrungen sind ebenso wichtig.«
»Wie alt sind Sie? Fünfundvierzig?«
»Achtunddreißig.«
»Sie sehen älter aus.«

»Schon möglich.« Er seufzte und warf einen traurigen Blick auf den kräftigen jungen Mann, der ihm gegenübersaß.
»Warum wollen Sie mich sprechen?« wiederholte er.
»Das können Sie sich doch denken«, gab Michael Jackson brüsk zurück. »Es handelt sich um meinen armen verstorbenen Bruder.«
Calgary antwortete nicht.
Michael Jackson fuhr fort: »Ihre Aussagen können ihm nun nicht mehr nützen. Warum sind Sie erst jetzt mit der Wahrheit rausgerückt? Hatten Sie wirklich eine Gehirnerschütterung?«
Calgary erklärte ihm geduldig die Zusammenhänge. Sonderbarerweise gefiel ihm die rauhe Art des jungen Burschen, der immerhin etwas für seinen unglücklichen Bruder zu empfinden schien.
»Auf diese Weise hat Clark ein einwandfreies Alibi, nicht wahr? Aber sind Sie auch wirklich ganz sicher, daß Ihre Zeitangaben stimmen? Wissenschaftler sind oft etwas geistesabwesend.«
»Sie irren sich, mein Lieber, wenn Sie mich für einen zerstreuten Professor halten. Sie können sich darauf verlassen, daß meine Zeitangaben korrekt sind. Ich habe Ihren Bruder kurz vor sieben mitgenommen, und er ist fünf Minuten nach halb acht in Drymouth aus meinem Auto gestiegen.«
»Ihre Armbanduhr oder die Uhr in Ihrem Auto könnten falsch gegangen sein.«
»Beide Uhren gingen richtig und stimmten genau überein.«
»Vielleicht hat Clark Sie an der Nase herumgeführt; er hat die Leute ja immer gern auf den Arm genommen.«
»Davon kann keine Rede sein. Warum wollen Sie mir unbedingt einreden, daß ich mich irre? Ich hatte erwartet, daß es nicht leicht sein würde, die Behörden davon zu überzeugen, daß sie einen Mann zu Unrecht verurteilt haben; auf die Ungläubigkeit seiner Familie war ich allerdings nicht gefaßt.«
»Sie fanden es also nicht leicht, uns zu überzeugen?«
»Die Reaktion der Familie erschien mir ziemlich – sonderbar.«
Micky sah ihn prüfend an.
»Wollten sie Ihnen nicht glauben?«
»Ich hatte fast den Eindruck.«
»Und sie hatten recht! Es ist letzten Endes auch ganz natürlich.«
»Natürlich? Das verstehe ich nicht. Ihre Mutter wurde ermordet,

Ihr Bruder des Verbrechens bezichtigt und verurteilt. Jetzt stellt sich heraus, daß er unschuldig ist. Sie sollten dankbar und glücklich sein – schließlich war er Ihr eigener Bruder!«
»Er war nicht mein Bruder, und sie war nicht meine Mutter«, stellte Micky klar.
»Was?«
»Wußten Sie das nicht? Wir wurden alle adoptiert. Mary, meine älteste ›Schwester‹, in New York, wir anderen während des Krieges in England. Meine ›Mutter‹ konnte selbst keine Kinder kriegen, deshalb hat sie sich eine nette kleine Familie zusammenadoptiert – Mary, Tina, Clark, Hester und mich. Wir hatten ein behagliches, elegantes Heim plus einer gehörigen Portion Mutterliebe. Ich glaube, sie vergaß schließlich völlig, daß wir nicht ihre leiblichen Kinder waren. Nur mit Clark hat sie Pech gehabt.«
»Davon hatte ich keine Ahnung«, sagte Calgary ein wenig außer Fassung.
»Mein sogenannter Bruder Clark war ein Schuft.«
»Aber kein Mörder«, bemerkte Calgary nachdrücklich.
Micky sah ihn an und nickte.
»Sie bleiben also dabei – Clark hat sie nicht ermordet. Aber wer hat sie umgebracht? Das haben Sie sich wohl noch nicht überlegt? Bitte, denken Sie einmal darüber nach, vielleicht wird Ihnen dann endlich klar, was Sie uns allen angetan haben und noch weiter antun.«
Er stand plötzlich auf und verließ abrupt das Zimmer.

4

»Ich bin Ihnen sehr dankbar, daß Sie mich nochmals empfangen, Mr. Marshall«, sagte Calgary entschuldigend.
»Das ist doch selbstverständlich«, erwiderte der Anwalt höflich.
»Ich nehme an, daß Sie bereits über meinen Besuch bei Clark Jacksons Familie unterrichtet sind.«
»Ja, ich bin im Bilde, Dr. Calgary.«
»Sie werden sich vielleicht wundern, warum ich noch einmal zu Ihnen komme, aber die Dinge haben sich nicht ganz so entwikkelt, wie ich es erwartet hatte...«

»Nein, ich verstehe«, meinte der Anwalt. Seine Stimme war ebenso trocken und unbeteiligt wie gewöhnlich, und doch fühlte sich Calgary durch seinen Ton ermutigt fortzufahren.
»Ich glaubte, daß die ganze Angelegenheit nach meinem Besuch erledigt sein würde. Natürlich war ich auf eine gewisse Verstimmung seitens der Familie vorbereitet – obwohl man mir die Gehirnerschütterung wirklich nicht zum Vorwurf machen kann –, andererseits hoffte ich, daß diese Verstimmung schnell einem Gefühl der Dankbarkeit weichen würde, weil Clark Jacksons guter Name durch mein Auftauchen wiederhergestellt worden ist. Aber ich habe mich gründlich geirrt.«
»Ich verstehe.«
»Haben Sie vielleicht mit etwas Derartigem gerechnet, Mr. Marshall? Ihr Benehmen bei meinem ersten Besuch hat mich – ehrlich gesagt – ein wenig befremdet. Haben Sie diese Entwicklung vorausgesehen?«
»Sie haben mir bisher noch nicht erklärt, was für eine Entwicklung Sie meinen, Dr. Calgary.«
Arthur Calgary rückte seinen Stuhl weiter vor.
»Ich glaubte, daß mein Besuch in gewisser Weise das Ende eines Kapitels darstellen würde; statt dessen hatte ich das feste Gefühl, daß ich, anstatt etwas zu beenden, etwas angefangen habe – etwas ganz Neues. Verstehen Sie, was ich meine?«
Mr. Marshall nickte bedächtig.
»Ja, ich weiß, was Sie meinen, und ich muß zugeben, daß ich bei Ihrem ersten Besuch das Gefühl hatte, Sie seien sich über die Tragweite Ihres Unterfangens nicht im klaren. Das war auch gar nicht anders zu erwarten, da Ihnen die Hintergründe dieses Falles, die in den Prozeßberichten nicht zur Sprache kamen, unbekannt waren.«
»Das ist nur zu wahr«, bestätigte Calgary und fuhr erregt fort: »Sie empfanden weder Erleichterung noch Dankbarkeit – im Gegenteil, sie waren zutiefst beunruhigt. Sie scheinen die Weiterentwicklung der Dinge zu fürchten. Habe ich recht?«
»Das ist durchaus möglich, aber ich muß hinzufügen, daß ich mir da persönlich kein Urteil erlauben kann«, reagierte der Anwalt vorsichtig.
»Ich habe das Gefühl, daß ich unter diesen Umständen nicht ruhig zu meiner Arbeit zurückkehren kann, bevor ich die Proble-

me der Menschen gelöst habe, die durch meine Intervention in eine schwierige Situation geraten sind. Ich kann sie jetzt nicht einfach ihrem Schicksal überlassen.«

Der Anwalt räusperte sich.

»Ist das nicht vielleicht etwas übertrieben, Dr. Calgary?«

»Nein, ich glaube nicht. Man muß die Verantwortung für seine Handlungen übernehmen, und nicht nur für die *Handlungen*, sondern auch für deren *Resultate*. Es war mein Wunsch, da ich leider nicht rechtzeitig verhindern konnte, was geschehen ist, wenigstens etwas wiedergutzumachen – es ist mir nicht gelungen. Statt dessen habe ich Menschen neues Leid zugefügt, die bereits schwer gelitten haben. Warum das so ist, verstehe ich allerdings noch immer nicht.«

»Das ist auch kaum zu erwarten«, erwiderte Marshall. »Sie lebten während der letzten achtzehn Monate von der Außenwelt abgeschnitten. Ich bin jederzeit gern bereit, Ihnen alle fehlenden Informationen zu geben.

Wir haben uns zunächst die Frage vorzulegen: Falls Clark Jackson das Verbrechen nicht begangen hat – und das scheint nach Ihren Aussagen festzustehen –, *wer hat es begangen?*

Damit kommen wir zurück zu den besonderen Umständen des Mordes. Er geschah zwischen sieben und halb acht, an einem Novemberabend, in einem Haus, in dem die Ermordete von ihrer Familie und Mitgliedern ihres Haushaltes umgeben war. Die Haustür war fest verschlossen, ebenso die Fensterläden. Falls jemand von draußen hereingekommen wäre, hätte er im Besitz eines Schlüssels sein müssen – es sei denn, Mrs. Jackson ließe ihn selbst herein. Der Täter muß jemand gewesen sein, den sie kannte. Sie werden nun vielleicht verstehen, warum die Familie eher betreten als erfreut reagiert hat, als Sie ihr diese Nachricht brachten.«

»Sie meinen, es wäre ihnen lieber gewesen, daß Clark Jackson schuldig war?« fragte Calgary nach einer längeren Pause.

»Ja, zweifellos«, erwiderte Marshall. »Es mag zynisch klingen – aber Clark Jacksons Schuld war für die Familie die ideale Lösung. Er war stets ein schwieriges Kind gewesen, dann ein jugendlicher Krimineller, ein Mann mit einem zügellosen Temperament. Die Familie entschuldigte seine Tat sich und anderen gegenüber mit der Begründung, daß er ein pathologischer Fall war – ja, es war eine sehr einleuchtende Erklärung.«

»Und jetzt...« Calgary hielt inne.
»Jetzt stehen sie einer völlig veränderten und vielleicht sogar alarmierenden Sachlage gegenüber«, stellte Marshall fest.
»Wenn ich mich nicht irre, war auch Ihnen mein Erscheinen eher peinlich, nicht wahr?« fragte Calgary scharf.
»Ich gebe zu, daß ich unangenehm überrascht war. Ein Fall, der zufriedenstellend abgeschlossen worden war – ja, ich wiederhole: ›zufriedenstellend‹ –, wird nun wiederaufgenommen.«
»Ist das offiziell?« fragte Calgary. »Wird die Polizei den Fall wiederaufnehmen?«
»Zweifellos«, erwiderte Marshall. »Die Polizei betrachtete den Fall als abgeschlossen, nachdem Clark Jackson im Prozeß für schuldig befunden worden war. Die Geschworenen waren schon nach vierzehn Minuten zu ihrem einhelligen Urteil gelangt. Aber da er jetzt, nach seinem Tod, rehabilitiert werden soll, muß das Ganze selbstverständlich wieder aufgerollt werden.«
»Wird die Polizei neue Untersuchungen anstellen?«
»Das erscheint mir unvermeidlich«, meinte Marshall. »Ob die Untersuchungen allerdings nach dieser langen Zeit und in diesem besonderen Fall irgendwelche Ergebnisse zeitigen werden, ist mehr als fraglich. Sie mögen vermuten, daß jemand im Haus schuldig ist, sie mögen eine bestimmte Person in Verdacht haben, aber es wird ihnen schwerfallen, ihren Verdacht zu erhärten.«
»Ja – ja, jetzt verstehe ich endlich, was sie meinte«, sagte Calgary nachdenklich.
»Von wem sprechen Sie?« fragte der Anwalt.
»Von Hester Jackson.«
»Von Hester? Was hat sie gesagt?« fragte Marshall neugierig.
»Sie erwähnte die Unschuldigen«, erwiderte Calgary. »Sie sagte, es käme nicht auf die Schuldigen an, sondern auf die Unschuldigen. Jetzt weiß ich, was sie meinte – daß nun wieder die ganze Familie unter Verdacht steht, und...«
Marshall unterbrach ihn.
»Von ›wieder‹ kann gar keine Rede sein. Die Familie hat niemals unter Verdacht gestanden, weil man sofort annahm, daß Clark Jackson der Täter sei.«
»Jedenfalls ist es unvermeidlich, daß die Familie *jetzt* verdächtigt wird«, antwortete Calgary ungeduldig. »Ein Mitglied der Familie mag schuldig sein, aber die anderen wissen nicht, welches. Sie

werden sich gegenseitig ansehen und sich fragen ... ja, das ist am schlimmsten ... dieses gegenseitige Mißtrauen.«
Schweigen. Marshall betrachtete Calgary mit einem ruhigen, aufmerksamen Blick, sagte jedoch kein Wort.
»Es ist schrecklich, verstehen Sie ...«, versuchte Calgary erneut, in Worte zu fassen, was ihn bewegte.
Sein schmales, ausdrucksstarkes Gesicht spiegelte deutlich den Aufruhr seiner Gefühle wider.
»Ja, es ist schrecklich ... Jahr für Jahr miteinander – nebeneinander – zu leben, einander anzuschauen, zu belauern ... Alles wird zerstört, Liebe, Vertrauen ...«
Marshall räusperte sich.
»Lassen Sie Ihrer Phantasie da nicht etwas zu freien Lauf?«
»Nein«, Calgary schüttelte den Kopf, »das glaube ich nicht. Bitte, nehmen Sie es mir nicht übel, Mr. Marshall, aber ich sehe diese Dinge vielleicht klarer als Sie. Ich kann mir eben vorstellen, was es bedeutet ...«
Erneutes Schweigen.
»Es bedeutet«, fuhr Calgary nach längerer Pause endlich fort, »daß die Unschuldigen leiden ... und das darf nicht geschehen. Nur einer ist schuldig. Und darum – darum kann ich nicht so tun, als ginge mich das alles gar nichts an. Ich kann nicht einfach wieder abreisen und mir sagen: ›Du hast das Richtige getan, du hast deine Pflicht getan – du hast der Sache der Gerechtigkeit gedient.‹ Denn ich habe, wie leicht zu sehen, keineswegs der Gerechtigkeit zum Sieg verholfen. Der Schuldige ist keineswegs gefunden und seiner – gerechten – Strafe zugeführt worden, und der Schatten der Schuld ist nicht von den Unschuldigen genommen.«
»Ich finde, Sie steigern sich etwas zu sehr in diese Sache hinein, Dr. Calgary«, versuchte Marshall ihn zu beruhigen. »Gewiß, was Sie sagen, entbehrt nicht einer gewissen Grundlage, aber ich sehe, ehrlich gestanden, nicht, was *Sie* dabei tun könnten.«
»Da haben Sie völlig recht«, gab Calgary freimütig zu. »Aber ich muß es wenigstens probieren. Und aus diesem Grund bin ich auch zu Ihnen gekommen, Mr. Marshall. Ich wollte Sie bitten, mir die Vorgeschichte zu erzählen.«
»Das will ich gern tun, sie ist durchaus kein Geheimnis«, entgegnete Marshall in etwas ermutigenderem Ton. »Ich kann Sie mit

allen Tatsachen vertraut machen, die Sie zu wissen wünschen. Darüber hinaus vermag ich Ihnen jedoch nicht viel zu sagen, da ich mit keinem Familienmitglied persönlich befreundet war. Ich war lediglich der langjährige Rechtsberater von Mrs. Jackson, die ich recht gut kannte; auch Mr. Jackson war mir bekannt. Dagegen konnte ich mir über die Atmosphäre im Sonneneck kein eigenes Urteil bilden. Temperament und Charakter der übrigen Hausbewohner sind mir nur aus zweiter Hand bekannt – aus Mrs. Jacksons Schilderungen.«

»Ich verstehe, aber ich muß irgendwo einen Anfang machen«, sagte Calgary. »Stimmt es, daß alle fünf Kinder adoptiert worden sind?«

»Ja, das stimmt. Mrs. Rachel Jackson war eine geborene Konstam, die einzige Tochter des schwerreichen Mr. Rudolph Konstam. Ihre Mutter, eine Amerikanerin, war ebenfalls eine sehr reiche Frau. Rudolph Konstam war als Philanthrop bekannt, und seine Tochter interessierte sich seit ihrer frühesten Jugend für seine wohltätigen Stiftungen. Er und seine Frau kamen bei einem Flugzeugunglück ums Leben; Rachel verwendete das große Vermögen, das sie daraufhin erbte, hauptsächlich dazu, die philanthropischen Unternehmungen ihres Vaters fortzuführen. Sie arbeitete sogar selbst in einigen der Heime, und bei dieser Gelegenheit lernte sie Leo Jackson kennen, der damals Dozent in Oxford war und sich besonders für soziale Reformen einsetzte.

Die große Tragödie in Mrs. Jacksons Leben war, daß sie keine Kinder haben konnte. Nachdem ihr von mehreren berühmten Spezialisten versichert worden war, daß sie niemals Mutter werden würde, entschloß sie sich, ein Kind aus den Slums von New York zu adoptieren – und zwar die jetzige Mrs. Durrant. Außerdem betätigte sich Mrs. Jackson weiter als Helferin in ihren eigenen Stiftungen – fast ausschließlich in Kinderheimen. Bei Ausbruch des Krieges, im Jahre 1939, gründete sie, mit Genehmigung der Behörden, ein Kriegskinderheim; zu diesem Zweck kaufte sie Haus Sonneneck.«

»Damals Schlangennest genannt«, warf Calgary ein.

»Ja, so hieß es ursprünglich. Soviel ich weiß, und rückblickend, möchte man fast feststellen, daß es der geeignetere Name war. Im Jahre 1940 nahm sie sechzehn Kinder auf, die zum großen Teil aus unglücklichen Verhältnissen kamen oder aus irgendeinem

Grund nicht mit den Eltern evakuiert werden konnten. Diese Kinder wurden mit allem erdenklichen Luxus umgeben und derart verwöhnt, daß ich mich veranlaßt sah, Mrs. Jackson darauf hinzuweisen, wie schwer es den Kindern nach mehreren Kriegsjahren fallen werde, sich wieder an ihre eigenen bescheidenen Verhältnisse zu gewöhnen.
Meine Warnung wurde jedoch nicht beachtet. Mrs. Jackson liebte die Kinder von ganzem Herzen, und sie beschloß, die Waisen und die Kinder, die aus einem besonders ärmlichen Heim stammten, zu adoptieren. So entstand ihre fünfköpfige Familie: Mary, die jetzt mit Philip Durrant verheiratet ist. Michael, der eine Stellung in Drymouth hat, Tina, ein Mischlingskind, Hester und natürlich Clark.
Die heranwachsenden Kinder betrachteten die Jacksons als ihre Eltern. Sie wurden in die besten Schulen geschickt, und sie genossen alle Vorteile, die eine gute Erziehung und eine harmonische Umgebung für eine positive Entwicklung mit sich bringen. Clark war von Anfang an schwierig. Er wurde relegiert, nachdem er in der Schule Geld gestohlen hatte; und später, auf der Universität, passierte das gleiche. Zweimal wäre er um ein Haar ins Gefängnis gekommen, und er besaß schon immer ein zügelloses Temperament. Die Jacksons kamen zweimal für Unterschlagungen auf, die er begangen hatte, und zweimal finanzierten sie ihm geschäftliche Unternehmungen, die jedoch beide mit einem Bankrott endeten. Nach seinem Tode setzten sie seiner Witwe eine Monatsrente aus, die sie noch immer erhält.«
Calgary beugte sich erstaunt vor.
»Seiner Witwe? Ich hatte keine Ahnung, daß er verheiratet war.«
»Das hätte ich natürlich auch gleich erwähnen sollen«, meinte der Anwalt entschuldigend. »Ich vergaß ganz, daß Sie das ja gar nicht wissen können. Übrigens wußte seine Familie auch nicht, daß er verheiratet war, aber als seine Frau, gleich nach Clarks Verhaftung, verzweifelt im Sonneneck erschien, wurde sie von Mr. Jackson freundlich empfangen. Die junge Frau war vor ihrer Heirat Eintänzerin im ›Palais de Danse‹ in Drymouth gewesen; wenige Wochen nach Clarks Tod heiratete sie einen Elektrotechniker – die beiden leben heute in Drymouth.«
»Ich muß sie unbedingt sprechen; können Sie mir ihre Adresse geben?« fragte Calgary.

»Selbstverständlich; ich hätte Sie wirklich sofort von ihrer Existenz informieren sollen, aber sie spielte praktisch keine Rolle bei dem Fall, selbst die Zeitungen wußten nicht viel über sie zu schreiben. Sie besuchte ihren Mann nicht einmal im Gefängnis und zeigte keinerlei Interesse an seinem Schicksal.«
Calgary war sehr nachdenklich geworden. Schließlich fragte er: »Können Sie mir genau sagen, wer am Abend des Mordes im Sonneneck war?«
Marshall sah ihn scharf an.
»Leo Jackson und Hester, die jüngste Tochter. Mary Durrant und ihr Mann, der gerade aus dem Krankenhaus gekommen war, weilten im Sonneneck zu Besuch. Außerdem war Kirsten Lindstrom da – Sie haben sie wahrscheinlich kennengelernt. Sie ist eine schwedische Krankengymnastin und Masseuse, die ursprünglich als Helferin für das Kriegskinderheim angestellt wurde und auch nach dem Krieg bei den Jacksons geblieben ist. Michael und Tina waren nicht im Haus; Michael ist Autoverkäufer in Drymouth, Tina ist bei der Volksbibliothek in Redmyn angestellt, und sie hat dort eine eigene Wohnung. Miss Smith, Leo Jacksons Sekretärin, war ebenfalls anwesend, jedoch hatte sie das Haus bereits verlassen, als die Leiche gefunden wurde.«
»Ich hatte den Eindruck, daß sie – daß sie sehr an Leo Jackson hängt.«
»Ja, das stimmt; ich glaube, daß die Verlobung der beiden bald bekanntgegeben wird.«
»Wirklich?«
»Mr. Jackson war seit dem Tode seiner Frau sehr einsam«, erklärte der Anwalt.
»Das läßt sich denken«, meinte Calgary trocken. Dann fragte er: »Was mag das Motiv für den Mord gewesen sein, Mr. Marshall?«
»Darüber kann ich mir leider kein Urteil erlauben.«
»Ich glaube doch; Sie sagten selbst, daß Sie mit allen Tatsachen vertraut seien.«
»Niemand hatte einen direkten finanziellen Nutzen zu erwarten. Mrs. Jackson hatte ihr Vermögen in mehrere Fonds aufgeteilt, die alle für ihre Kinder bestimmt sind und von drei Treuhändern verwaltet werden. Ich selbst bin einer dieser Treuhänder, der zweite ist Leo Jackson, und der dritte ist ein amerikanischer Rechtsanwalt, ein entfernter Verwandter von Mrs. Jackson.«

»Hat Mrs. Jackson ihrem Mann nicht einen Teil ihres Vermögens hinterlassen?«
»Wie ich Ihnen bereits sagte, hat sie praktisch ihren ganzen Besitz in verschiedene Fonds gesteckt; sie vermachte ihrem Mann nur einen kleinen Rest ihres Vermögens.«
»Und Miss Lindstrom?«
»Mrs. Jackson setzte ihr eine beträchtliche Jahresrente aus; diese Bestimmung war schon vor Jahren getroffen worden. Nein, Ihre Frage nach einem Motiv kann ich wirklich nicht beantworten«, fügte Marshall hinzu, »jedenfalls war es nicht finanzieller Art.«
»Könnte es emotional bedingt gewesen sein? Gab es innerhalb der Familie oft Unstimmigkeiten?«
»In diesem Punkt kann ich Ihnen leider gar nicht helfen«, erklärte Marshall. »Ich hatte, wie gesagt, nie Gelegenheit, das Familienleben zu beobachten.«
»Wer könnte mir darüber Auskunft geben?«
Marshall überlegte einen Augenblick, dann sagte er zögernd: »Vielleicht sollten Sie sich mit dem dortigen Arzt in Verbindung setzen, er heißt, glaube ich, Dr. MacMaster. Er hat sich zwar inzwischen zur Ruhe gesetzt, aber er wohnt noch in der Gegend. Er war während des Krieges Arzt im Kinderheim und muß über das Leben und Treiben im Sonneneck Bescheid wissen. Ich kann Ihnen natürlich nicht versprechen, daß er bereit sein wird, Ihnen zu helfen... außerdem begreife ich nicht recht, wozu Sie sich die Mühe machen. Glauben Sie wirklich, daß Sie mehr erreichen können als die Polizei?«
»Ich weiß es nicht«, erwiderte Calgary. »Wahrscheinlich nicht, ich weiß nur eins: Ich muß es versuchen.«

5

Kriminaloberkommissar Finney bemühte sich vergeblich, die Augenbrauen bis zu seinem ergrauten Haaransatz hinaufzuziehen. Er blickte zur Decke empor, und dann wieder auf die Akten auf seinem Schreibtisch.
»Es spottet jeder Beschreibung«, sagte er schließlich.

»Sehr richtig, Sir«, erwiderte der junge Mann, dessen Aufgabe es war, dem Oberkommissar die gewünschten Antworten zu geben.
»Verfluchte Geschichte«, zischte Finney und trommelte mit den Fingern auf der Schreibtischplatte. »Ist Superintendent Huish da?«
»Jawohl, er ist vor fünf Minuten gekommen.«
»Gut, schicken Sie ihn herein«, verlangte der Oberkommissar.
Superintendent Huish war ein großer, etwas melancholisch aussehender Mann. Niemand sah ihm an, daß er oft witzig und amüsant war und eine ganze Gesellschaft bei guter Laune halten konnte.
»Morgen, Huish«, brummte der Oberkommissar. »Schöne Bescherung – was halten Sie davon?«
Huish ließ sich schweratmend auf den ihm angebotenen Stuhl fallen.
»Nach den Aussagen dieses Dr. Calgary zu schließen, müssen wir vor zwei Jahren Fehler gemacht haben«, erwiderte er.
»Es scheint so – aber vielleicht ist er ein zerstreuter Professor, der die Zeiten nicht so genau im Kopf hat«, bemerkte der Oberkommissar hoffnungsvoll.
»Leider nicht, glaube ich«, meinte Huish. »Jedenfalls nimmt die Staatsanwaltschaft seine Aussagen sehr ernst.«
»Dann bleibt uns nichts anderes übrig, als dasselbe zu tun«, sagte der Oberkommissar mißmutig. »Es läuft also darauf hinaus, daß wir den Fall wiederaufnehmen müssen. Haben Sie die Gerichtsakten mitgebracht?«
»Ja.«
Der Superintendent breitete die verschiedenen Dokumente auf dem Tisch aus.
»Haben Sie die Akten noch einmal durchgelesen?« fragte der Oberkommissar.
»Ja, ich hab sie gestern abend noch mal genau studiert. Aber ich konnte mich sowieso noch recht gut erinnern – so alt ist der Fall ja nicht, und seinerzeit schien alles so klar und eindeutig.«
»Bitte glauben Sie nur nicht, daß ich Ihnen Vorwürfe mache, auch ich hielt den Fall damals für geklärt«, beruhigte ihn Oberkommissar Finney.
»Wir hätten auch kaum zu einem anderen Schluß kommen können«, meinte Huish nachdenklich. »Als wir von dem Mord

hörten, erfuhren wir, daß der junge Mann seine Mutter bedroht hatte. Auf dem Feuerhaken und auf den Geldscheinen entdeckte man seine Fingerabdrücke. Als wir ihn verhafteten, fanden wir das Geld noch in seiner Tasche.«
»Was für einen Eindruck hat er damals auf Sie gemacht?«
Huish überlegte einen Augenblick.
»Einen schlechten«, erwiderte er schließlich. »Zu frech, zu selbstsicher, und er hatte sein Alibi bis auf die Minute parat. Sein Benehmen war herausfordernd, und wie viele Verbrecher kam er sich klug vor. Zweifellos ein übler Bursche.«
»Hm, das ging auch aus seiner Vergangenheit hervor, aber waren Sie fest davon überzeugt, daß er ein Mörder ist?«
»Davon kann man niemals fest überzeugt sein«, meinte der Superintendent. »Meiner Ansicht nach war Clark Jackson der Typ, der sich leicht zu einem Mörder entwickeln kann.«
»In diesem Fall scheinen wir uns nun mal geirrt zu haben«, stellte der Oberkommissar fest. »Aber wer *hat* sie getötet?«
»Wer weiß, ob wir das jemals herauskriegen werden«, sagte Superintendent Huish mit einem tiefen Seufzer.
»Sie halten es also für schwierig?«
»Ja, sogar für besonders schwierig, da alle Spuren längst verwischt sind, wird es schwer sein, Beweise zu finden. Ganz abgesehen davon, daß schon damals nicht sehr viel Material vorhanden war.«
»Glauben Sie, daß es einer der Bewohner des Sonnenecks war oder jedenfalls jemand, der ihnen nahestand?«
»Ich kann es mir nicht anders vorstellen«, erwiderte der Superintendent. »Der Mörder muß sich entweder bereits im Haus befunden haben, oder er muß von Mrs. Jackson hereingelassen worden sein. Bei den Jacksons gab es keine unverschlossenen Türen; nachdem in der Nachbarschaft einige Einbrüche verübt worden waren, hatten sie überall Riegel und Sicherheitsschlösser anbringen lassen.«
Huish machte eine kurze Pause, dann fuhr er fort: »Leider haben wir uns damals nicht weiter umgesehen, da Clark Jacksons Schuld anscheinend feststand; jetzt wird deutlich, daß der Mörder daraus Vorteil zog.«
»Sie meinen, er machte sich die Tatsache zunutze, daß Clark im Haus gewesen war und Drohungen gegen seine Mutter ausgestoßen hatte?«

»Ja. Der Täter brauchte nichts zu tun, als das Zimmer zu betreten, den Feuerhaken, den Clark hingeworfen hatte, in die behandschuhte Hand zu nehmen, sich dem Schreibtisch zu nähern, an dem Mrs. Jackson saß und schrieb, und sie zu erschlagen.«

»Aber warum?«

»Das fragen wir uns auch, und das müssen wir herausfinden«, erwiderte Huish. »Unsere größte Schwierigkeit ist das Fehlen eines Motivs.«

»Wir stellten damals fest, daß Mrs. Jackson, wie viele reiche Leute, ihre Kinder bereits zu ihren Lebzeiten bedachte, um die Erbschaftssteuer zu vermeiden. Diese Trusts sind, wie Sie wissen, durchaus legal. Es steht fest, daß keines der Kinder nach dem Tod der Mutter weitere Zahlungen zu erwarten hatte.«

Nach einer kurzen Pause fuhr der Oberkommissar fort: »Mrs. Jackson war weder herrschsüchtig noch geizig. Ihre Kinder waren niemals knapp bei Kasse, und sie stellte allen Kapital zur Verfügung, damit sie sich eine Existenz aufbauen konnten.«

»Stimmt, und niemand schien ein Interesse daran zu haben, Mrs. Jackson aus dem Weg zu räumen«, bestätigte Huish. »Allerdings hörte ich kürzlich, daß Mr. Jackson daran denke, sich wieder zu verheiraten, und zwar mit Gwenda Smith, seiner langjährigen Sekretärin.«

»Tatsächlich? Das ist interessant«, meinte Oberkommissar Finney. »Vielleicht sollten wir in dieser Richtung nach einem Motiv suchen ... Halten Sie es für möglich, daß sie bereits zur Zeit des Mordes ein Verhältnis hatten?«

»Nein, das glaube ich kaum«, erwiderte der Superintendent. »Das hätte sich bestimmt sehr rasch im Dorf herumgesprochen.«

»Er mag kein Verhältnis mit ihr gehabt haben, sondern nur den glühenden Wunsch, sie zu heiraten«, gab der Oberkommissar zu bedenken.

»Möglich – Gwenda Smith ist zwar keine ausgesprochene Schönheit, aber eine sehr reizvolle Frau«, stellte Huish fest.

»Jedenfalls könnten wir hier nach einem Motiv suchen. Außerdem müssen wir uns auch etwas eingehender mit der schwedischen Hausdame beschäftigen. Vielleicht hatte sie Mrs. Jackson nicht so gern, wie es schien; sie mag aus irgendeinem Grund einen heimlichen Groll gegen sie gehegt haben – wer weiß! Aber auch sie hatte von Mrs. Jacksons Tod keine finanziellen Vorteile zu erwarten, da sie ihr bereits vor langer Zeit eine nicht unbeträchtliche Jahresrente ausgesetzt hatte. Sie macht einen netten, anständigen Eindruck; man würde ihr kaum zutrauen, daß sie imstande wäre, ihre Brötchengeberin mit einem Feuerhaken zu erschlagen – aber man kann nie wissen.«

»Könnte es nicht doch ein Außenstehender gewesen sein?« fragte der Oberkommissar.

»Wir haben keine Spuren gefunden. Die Geldschublade stand offen, und man hatte das Zimmer in Unordnung gebracht, um den Anschein eines Einbruchs zu erwecken.«

»Die Sache mit dem Geld ist mir allerdings völlig unverständlich«, sagte der Oberkommissar.

»Mir auch«, erwiderte Huish. »Eine der Fünfpfundnoten, die Clark Jackson bei sich hatte, war Mrs. Jackson am gleichen Tag bei der Bank ausgezahlt worden; eine Mrs. Bottleberry hatte ihren Namen auf die Rückseite des Geldscheines geschrieben. Er sagte, seine Mutter habe ihm das Geld gegeben, aber Mr. Jackson und Gwenda behaupten, daß Mrs. Jackson um sechs Uhr fünfundvierzig in die Bibliothek gekommen sei und erklärt habe, sie hätte sich kategorisch geweigert, ihm noch einen Penny zu geben.«

»Jetzt kann man natürlich die Möglichkeit, daß die beiden gelogen haben, nicht mehr ganz ausschließen«, meinte der Oberkommissar.

»Es wäre allerdings auch denkbar, daß jemand den Streit und Clarks Drohungen mithörte, die günstige Gelegenheit ergriff, das Geld aus der Schublade nahm, Clark nachlief, ihm die Scheine in die Hand drückte und sagte, seine Mutter habe es sich anders überlegt. Auf diese Weise hätte der Täter den Verdacht in raffinierter Weise auf Clark gelenkt. Natürlich wäre der Betreffende darauf bedacht gewesen, keine Fingerabdrücke auf dem Feuerhaken zu hinterlassen.«

»Diese Theorie erscheint mir höchst unwahrscheinlich«, sagte der Oberkommissar in gereiztem Ton. »Wer war sonst noch an diesem Abend zu Hause? Hester und Miss Lindstrom?«

»Ja, auch die älteste Tochter und ihr Mann.«

»Er sitzt im Rollstuhl, nicht wahr? Er kann es also nicht gewesen sein. Welchen Eindruck haben Sie von Mary Durrant?«

»Sie macht einen ruhigen, ausgeglichenen Eindruck, Sir. Ich

kann mir nicht vorstellen, daß sie jemals die Geduld verlieren oder gar in einem Anfall wilder Erregung einen Mord begehen könnte.«

»Und die Dienstboten?« erkundigte sich Oberkommissar Finney.

»Wohnen nicht im Haus; sie gehen alle spätestens um sechs Uhr fort.«

»Ich möchte mich noch einmal über die genauen Zeiten informieren«, verlangte Finney.

Der Superintendent schob ihm die Akten hin.

»Aha... um drei Viertel sieben berichtete Mrs. Jackson ihrem Mann im Beisein von Gwenda Smith von Clarks Drohungen. Gwenda Smith ging kurz vor sieben nach Hause. Hester Jackson sah ihre Mutter wenige Minuten vor sieben, danach wurde Mrs. Jackson nicht mehr gesehen, bis Miss Lindstrom um halb acht ihre Leiche fand. Hester und Gwenda Smith hätten zwischen sieben und halb acht Gelegenheit gehabt, sie umzubringen. Miss Lindstrom hätte Mrs. Jackson ermorden können, bevor sie die Leiche ›entdeckte‹. Leo Jackson war von zehn Minuten nach sieben bis halb acht allein in der Bibliothek. Während dieser Zeit hätte er ins Wohnzimmer seiner Frau gehen und sie erschlagen können. Auch Mary Durrant hätte während dieser halben Stunde hinunterkommen und ihre Mutter ums Leben bringen können.«

Finney fügte nachdenklich hinzu: »Und außerdem mochte Mrs. Jackson selbst während dieser Zeit dem Mörder die Haustür geöffnet haben. Sie werden sich an Leo Jacksons Aussage erinnern – er behauptete, Klingeln und das Öffnen und Schließen der Haustür gehört zu haben, jedoch konnte er sich nicht an die genaue Zeit erinnern. Wir nahmen an, daß es Clark war, der zurückkehrte und seine Mutter ermordete.«

»Er hätte nicht zu läuten brauchen, da er, wie alle anderen, einen Hausschlüssel besaß«, bemerkte Huish.

»Was wissen wir über Michael – den anderen Bruder?«

»Er lebt in Drymouth und ist Autoverkäufer.«

»Bitte versuchen Sie festzustellen, wo er an diesem Abend war«, sagte der Oberkommissar.

»Nach zwei Jahren? Kaum anzunehmen, daß sich irgend jemand erinnern wird«, erwiderte Superintendent Huish.

»Ist er damals verhört worden?«

»Ja; er sagte, er habe eine Probefahrt mit einem Kunden gemacht,

aber da auch er einen Hausschlüssel besaß, wäre es auch für ihn technisch möglich gewesen, Mrs. Jackson zu ermorden.«
»Ich weiß wirklich nicht, wie Sie diesen Fall anpacken wollen, Superintendent.«
»Ich werde alles daransetzen herauszufinden, wer sie ermordet hat«, erklärte Huish.

6

Im Odeon-Palast verlöschten langsam die Lichter, und die Reklamespots begannen, über die Leinwand zu huschen. Die Platzanweiserinnen wanderten durch die Gänge und boten Eis und Limonade zum Kauf an. Arthur Calgary beobachtete sie aufmerksam: Er sah ein rundliches Mädchen mit braunem Haar, eine große Schwarzhaarige und eine kleine Blonde, deretwegen er gekommen war. Clarks Frau, oder vielmehr seine Witwe, war jetzt mit einem Mann namens Joe Clegg verheiratet. Calgary kaufte ihr eine Portion Eis ab und betrachtete dabei ihr hübsches, ausdrucksloses Gesicht, das mit einer dicken Puderschicht bedeckt war, die stark geschminkten Lippen und das glanzlose, durch eine billige Dauerwelle steif gekräuselte Haar. Er beabsichtigte, sie später aufzusuchen, aber zunächst einmal wollte er sie ungestört beobachten. Mrs. Jackson hätte sich bestimmt eine andere Schwiegertochter gewünscht, dachte er und begriff, warum Clark seinen Eltern ihre Existenz verheimlicht hatte.
Er seufzte, verstaute den ungeöffneten Eisbecher unter seinem Sitz, stand auf und verließ das Kino.
Am nächsten Morgen um elf stand er vor einem bescheidenen Mietshaus, stieg drei Treppen hoch und läutete. Maureen Clegg öffnete die Tür. Ohne die fesche Uniform und ungeschminkt sah sie völlig verändert aus – dumm, uninteressant, aber gutmütig. Jetzt jedoch blickte sie ihn mißtrauisch an. Er stellte sich vor.
»Mein Name ist Calgary, Arthur Calgary. Soviel ich weiß, hat Ihnen Mr. Marshall meinen Besuch angekündigt.«
Ihr Gesicht hellte sich auf.
»Ach, Sie sind es, kommen Sie doch bitte herein. Entschuldigen Sie die Unordnung, ich hatte noch keine Zeit aufzuräumen.«

Sie nahm einige zerdrückte Kleidungsstücke von einem Stuhl und schob das Frühstücksgeschirr zur Seite.
»Bitte, nehmen Sie Platz. Wie nett von Ihnen, mich zu besuchen!«
»Ich wollte Sie doch wenigstens kennenlernen«, erwiderte Calgary.
Sie lachte verlegen.
»Mr. Marshall schreibt, daß die Geschichte, die sich Clark damals ausgedacht hat, wirklich wahr sein soll«, sagte sie. »Mir schwirrt noch immer der Kopf; Joe und ich haben die halbe Nacht davon gesprochen. Wirklich, hab ich gesagt, es ist wie im Kino. Zwei Jahre danach taucht der rettende Zeuge auf. Eigentlich sehr aufregend, finden Sie nicht?«
»In gewisser Weise...«, meinte Calgary, peinlich berührt.
»Ja, bestimmt, genauso läuft es immer in den Filmen – und dann sagt man immer, das ist ja alles Blödsinn, so was gibt es ja gar nicht im Leben, nicht? Da passiert so was nie, nicht? Und nun ist es doch geschehen! Man weiß gar nicht, was man dazu sagen soll, nicht?«
Maureen plauderte unbeirrt weiter.
»Aber der arme Clark ist tot, ihm kann's nun nichts mehr nützen. Schrecklich! Er hat sich nämlich damals im Zuchthaus eine Lungenentzündung geholt, wahrscheinlich von der Feuchtigkeit. Ich war sehr traurig, aber dann dachte ich, vielleicht ist es am besten für ihn so – zu sterben, meine ich –, besser als Jahre und Jahre im Zuchthaus zu sitzen.«
»Ich kann gut verstehen, daß Sie es damals so empfunden haben.«
»Joe wollte, daß ich mich von Clark scheiden lasse. Welchen Sinn hat es, an einen Mann gebunden zu sein, der lebenslänglich im Zuchthaus sein wird, sagte er. Ich hatte Clark wirklich lieb, obgleich er immer furchtbar unzuverlässig war, und eigentlich war ich davon überzeugt, daß unsere Ehe eines Tages in die Brüche gehen würde.«
»Hatten Sie die Scheidung noch vor seinem Tod in die Wege geleitet?«
»Wie man's nimmt; ich bin damals zu einem Rechtsanwalt gegangen, weil Joe darauf bestand. Er hat Clark niemals leiden können und ihn immer für einen schlechten Kerl gehalten, aber ich war ja noch ein halbes Kind und wußte nicht Bescheid. Jetzt bin ich natürlich besser dran. Joe hat eine gute Stellung beim

Elektrizitätswerk, und ich bin im Odeon-Palast angestellt. Aber eines muß ich sagen, der arme Clark hat eine reizende Art gehabt...«
»Ja, das höre ich von allen Seiten«, bestätigte Calgary.
»Er hatte großen Erfolg bei Frauen, ich weiß eigentlich nicht, warum, denn er hat nicht einmal besonders gut ausgesehen. Ich hab ihn immer Äffchen genannt.
Einmal hat ihm sein Glück bei einer Frau sogar die Stellung gerettet. Es war kurz nach unserer Heirat. Clark arbeitete damals in einer Garage, und er hatte einen Riesenkrach mit dem Eigentümer – wegen Geld, das in der Kasse fehlte. Jedenfalls war der Chef furchtbar wütend, und dann hat Clark sich schnell an dessen Frau herangemacht. Sie war schon ziemlich alt, so um die Fünfzig, aber Clark schmeichelte ihr und himmelte sie an, bis sie sich Hals über Kopf in ihn verliebte – danach hätte sie alles für ihn getan. Sie hat's dann auch schließlich erreicht, daß ihr Mann versprach, Clark nicht zu verklagen, falls er das Geld zurückzahlte, aber natürlich hatte er keine Ahnung, daß sich Clark das Geld von seiner eigenen Frau verschafft hatte. Clark und ich haben uns heimlich ins Fäustchen gelacht.«
Calgary sah Maureen leicht angewidert an.
»Fanden Sie das so komisch?«
»Na und ob – irrsinnig komisch! So 'ne alte Frau und so verrückt nach Clark, daß sie ihm ihre ganzen Ersparnisse gab!«
Calgary seufzte. Ereignisse und Menschen waren nie so, wie man sie sich vorgestellt hatte. Mit jedem Tag wurde ihm der Charakter des Mannes unsympathischer, dessen guten Namen er um jeden Preis wiederherzustellen versuchte. Er war nahe daran, die Einstellung und die Gefühle im Sonneneck zu verstehen und zu teilen.
»Ich bin nur deshalb zu Ihnen gekommen, weil ich hoffte, das Geschehene auf irgendeine Weise wiedergutmachen zu können, Mrs. Clegg.«
Sie sah ihn erstaunt an.
»Das ist sehr nett von Ihnen«, erwiderte sie. »Aber was wollen Sie für uns tun? Uns geht's nicht schlecht, wir sind ganz zufrieden.«
»Das freut mich aufrichtig. Es muß ein schwerer Schlag für Sie gewesen sein.«

Sie starrte ihn mit weitaufgerissenen blauen Augen verständnislos an.
»Hm – zuerst war es allerdings entsetzlich – das Gerede der Nachbarn, die dauernden Aufregungen –, aber eins muß ich sagen, die Polizei hat sich sehr nett und höflich benommen.«
Er fragte sich, ob sie jemals irgendwelche Gefühle für den Verstorbenen gehabt haben konnte. Dann sagte er ganz plötzlich und ohne Umschweife:
»Glauben Sie, daß er es getan hat?«
»Na ja – eigentlich hab ich's vielleicht geglaubt. Er hat zwar behauptet, er hätte es nicht getan, aber man konnte sich ja nie auf ihn verlassen. Clark konnte nämlich ganz gemein werden, wenn man sich ihm widersetzte. Ich wußte, daß er in der Tinte saß, aber ich wußte nicht genau, um was es sich handelte. Als ich ihn fragte, brüllte er mich an, aber dann sagte er, es würde alles wieder in Ordnung kommen. Seine Mutter würde das Geld schon ausspuken, sagte er, es würde ihr gar nichts anderes übrigbleiben – na, und das hab ich ihm natürlich geglaubt.«
»Seine Verhaftung muß ein großer Schock für Sie gewesen sein«, sagte Calgary nach einer kurzen Pause.
»Na und ob. Ich konnte nicht begreifen, daß er *das* getan haben sollte, obwohl ich wußte, wie jähzornig er manchmal war.«
Calgary beugte sich vor.
»Wollen Sie damit sagen, daß Sie im Grunde nicht überrascht gewesen wären, wenn Ihr Mann seine Mutter mit einem Feuerhaken erschlagen hätte?«
»Entschuldigen Sie, Mr. Calgary, aber das klingt ja furchtbar gemein. Nein, ich glaube nicht, daß er sie umbringen *wollte*; aber sie weigerte sich, ihm das Geld zu geben, und da nahm er den Feuerhaken in die Hand, um ihr zu drohen, und dann hat er aus Versehen zu fest zugeschlagen – das war sein Pech. Aber er mußte das Geld unbedingt haben, sonst wäre er ins Gefängnis gekommen.«
»Sie machten ihm also keinen Vorwurf?«
»Doch ... glauben Sie vielleicht, daß ich es für richtig halte, seine eigene Mutter zu erschlagen? Nein, ich fand es grauenhaft, und ich dachte, Joe hat ganz recht, und ich sollte wirklich nichts mehr mit Clark zu tun haben, aber das war alles nicht so einfach. Sehen Sie, Joe war immer einer von der soliden Sorte. Rundum

zuverlässig. Ich kenne ihn schon lange. Clark war da ganz anders. Er war auf 'ner feinen Schule, sogar auf der Universität und all so was. Es schien ihm auch immer gutzugehen, er schmiß oft mit dem Geld geradezu um sich. Und ich hab Ihnen ja erzählt, daß er sich immer zu helfen wußte. Er kriegte jeden rum. ›Du wirst es eines Tages noch bereuen, mein Mädchen‹, sagte Joe immer wieder zu mir. Ich dachte dann, das sei bei ihm wohl so wie mit dem Fuchs und den sauren Trauben – Sie verstehen, was ich meine? Aber zum Schluß hat sich ja herausgestellt, daß Joe doch recht hatte.«
»In welcher Hinsicht?« fragte Calgary und dachte still bei sich, ob die Frau überhaupt begriffen hatte, was seine Aussage im Hinblick auf Clark bedeutete.
»Nun, daß er wohl doch eher der richtige Mann für mich ist. Ich meine, ich komme schließlich aus einer anständigen Familie. Mutter hatte immer ein Auge auf mich. Bei uns zu Hause gab es keinen Krach und Ärger. Und dann kommt plötzlich die Polizei und verhaftet meinen Mann! Und alle Nachbarn kriegen es mit! In allen Zeitungen schreiben sie darüber. Und ständig kommen irgendwelche Reporter und wollen was von einem wissen. Das alles hat mich in eine ganz dumme Situation gebracht.«
Calgary betrachtete sie nachdenklich.
»Sind Sie sich darüber klar, daß er die Tat nicht begangen haben kann, mein Kind?«
Sie sah ihn einen Augenblick erstaunt an.
»Natürlich, das hätte ich fast vergessen, aber immerhin war er bei ihr und hat Krach geschlagen und sie bedroht, nicht wahr? Sonst hätten sie ihn ja nicht verhaftet.«
»Das ist richtig«, stimmte Calgary zu.
Vielleicht war das dumme Geschöpf realistischer als er.
»Zuerst wußte ich überhaupt nicht, was ich tun sollte, und dann sagte meine Mutter, ich müßte zu seinen Leuten gehen und sehen, daß die was für mich täten, wie sich's gehört. Na, und da bin ich eben hingegangen.
Die ausländische Dame machte mir auf, und zuerst schien sie mich gar nicht zu verstehen. Sie sagte immerfort: ›Das ist unmöglich, ganz unmöglich, mit *Ihnen* kann unser Clark doch nicht verheiratet sein.‹ Das hat mich sehr gekränkt. ›Wir sind

aber richtiggehend verheiratet, mit Kirche und Pfarrer und allem Drum und Dran‹, sagte ich wütend. Aber sie wollte mir nicht glauben, und dann kam Mr. Jackson, und der war ganz reizend. Er meinte, ich solle mir keine zu großen Sorgen machen und daß sie den besten Verteidiger für Clark hätten, und ob ich Geld brauchte. Dann hat er mir jeden Monat welches geschickt, und das tut er jetzt immer noch. Joe sagt, ich solle es nicht annehmen, aber das seh ich gar nicht ein – die schwimmen doch im Geld! Mr. Jackson ist ein sehr netter Herr.«

Die Tür wurde geöffnet, und sie wandte den Kopf.

»Da ist Joe ja schon!«

Joe war ein hellblonder junger Mann mit verkniffenem Mund. Er hörte sich Maureens Erklärungen stirnrunzelnd an.

»Ich dachte, das wäre alles längst erledigt«, sagte er. »Welchen Sinn hat es, die Vergangenheit wiederaufzurühren? Maureen hatte Pech, aber jetzt hat sich alles wieder eingerenkt.«

»Da haben Sie allerdings recht«, erwiderte Calgary.

»Natürlich hab ich das«, bekräftigte Joe Clegg. »Sie hätte sich einfach nie mit einem solchen Kerl einlassen sollen. *Ich* hab immer gewußt, daß er nichts taugt. Schon vorher ist er zweimal nur auf Bewährung freigekommen. Wenn einer schon mal mit so was anfängt, macht er auch weiter. Es beginnt damit, daß man Frauen um ihr Geld bringt, und endet damit, daß man einen umbringt.«

»Aber er hat niemanden umgebracht«, widersprach Calgary.

»Das sagen Sie, Sir«, meinte Joe. Und ließ deutlich durchblicken, daß er keineswegs davon überzeugt war.

»Clark Jackson hat ein hieb- und stichfestes Alibi für die Tatzeit. Er war zusammen mit mir im Auto auf der Fahrt nach Drymouth. Sie sehen also, Mr. Clegg, er kann das Verbrechen überhaupt nicht begangen haben.«

»Da mögen Sie schon recht haben, Sir«, gab Joe Clegg zu. »Aber trotzdem – entschuldigen Sie, wenn ich das so offen sage – ist es ein Jammer, daß die ganze Sache noch mal aufgerührt werden muß. Schließlich ist er tot, und ihm nützt es nichts mehr. Aber die Nachbarn fangen wieder an zu tuscheln und machen sich so ihre Gedanken.«

Calgary erhob sich.

»Von Ihrem Standpunkt aus kann man das vielleicht so sehen. Aber es gibt ja wohl noch so etwas wie Gerechtigkeit – Sie

verstehen, Mr. Clegg?«
»Ich hab immer gedacht, daß ein englisches Gerichtsverfahren die gerechteste Sache von der Welt ist«, beharrte Clegg.
»Auch im besten System der Welt können Fehler gemacht werden«, sagte Calgary. »Die Gerechtigkeit liegt in den Händen von Menschen – und Menschen sind nun mal fehlbar.«
Nachdem Calgary das Haus verlassen hatte, ging er sehr nachdenklich durch die Straßen. Wäre es vielleicht wirklich besser gewesen, wenn sein Erinnerungsvermögen nicht zurückgekehrt wäre? Clark war tot, ihm konnte das alles nichts mehr helfen. Er stand vor einem Richter, der niemals einen Fehler machte...
Aber plötzlich stieg Ärger in ihm auf. Und doch ist meine Aussage von ausschlaggebender Bedeutung, dachte er, und *irgend jemand* sollte froh darüber sein. Warum war das nicht der Fall? Maureens Reaktion schien ihm verständlich, denn sie hatte Clark niemals wirklich geliebt, wahrscheinlich war sie überhaupt unfähig zu lieben. Aber die anderen...?

Die Bibliothek in Redmyn, in der Christina Jackson arbeitete, war nicht sehr stark besucht an diesem Abend. Arthur Calgary sah sich in der hellen, freundlichen Halle, deren Wände mit Bücherregalen vollgestellt waren, um. Ein älterer Herr in grauem Staubkittel gab ihm bereitwillig Auskunft:
»Miss Jackson? Dort, am zweiten Schreibtisch.«
Calgary wartete einen Augenblick, um sie zu beobachten.
Sie war klein, adrett, ruhig und gewandt. Sie trug ein dunkelblaues Kleid mit weißem Kragen und Manschetten. Ihr blauschwarzes Haar war zu einem Knoten gewunden. Ihre Haut war dunkel, einen guten Ton dunkler als die Haut einer Engländerin, und sie war viel feingliedriger. Sie war das Mischlingskind, das Mrs. Jackson in ihre Familie aufgenommen hatte.
Die dunklen Augen, die ihn anblickten, wirkten undurchsichtig, geheimnisvoll.
Ihre Stimme klang tief und sympathisch.
»Womit kann ich Ihnen dienen?«
»Sind Sie Miss Christina Jackson?«
»Ja.«
»Ich bin Arthur Calgary. Sie haben wohl schon von mir gehört...«

»Ja, mein Vater hat mir von Ihrem Besuch berichtet.«
»Ich würde mich gern mit Ihnen unterhalten.«
Sie sah auf die Uhr.
»Die Bibliothek wird in einer halben Stunde geschlossen. Könnten Sie solange warten?«
»Selbstverständlich. Würden Sie dann vielleicht eine Tasse Tee mit mir trinken?«
»Ja, gern.«
Dann wandte sie sich an einen Mann, der hinter ihm stand. »Sie wünschen?«
Arthur Calgary wanderte in der Bibliothek umher; während er hier und da ein Buch aus dem Regal nahm, beobachtete er Tina Jackson verstohlen. Sie blieb auch weiter ruhig und sachlich. Endlich läutete eine Glocke, und sie nickte ihm freundlich zu.
»Ich komme in ein paar Minuten raus.«
Er mußte nicht lange warten. Sie trug einen schweren, dunklen Mantel, aber keinen Hut.
»Ich kenne mich in Redmyn nicht aus. Wohin wollen wir gehen?« fragte er.
»In der Nähe der Kathedrale ist eine Teestube, die zwar nicht besonders gut ist, aber dafür auch nicht überfüllt. Dort können wir uns in Ruhe unterhalten.«
Bald saßen sie an einem kleinen Tisch, und eine Kellnerin nahm ihre Bestellung mit gelangweilter Miene entgegen.
»Ich möchte Ihnen erklären, warum ich Sie aufgesucht habe«, sagte Calgary. »Ich habe alle Mitglieder Ihrer Familie kennengelernt, bis auf Ihre verheiratete Schwester. Auch mit der Frau Ihres Bruders Clark – oder vielmehr mit seiner Witwe – habe ich bereits gesprochen.«
»Sie hielten es also für nötig, uns alle persönlich kennenzulernen?«
»Ich kann Ihnen versichern, daß es nicht aus Neugier geschah«, bemerkte er trocken. »Ich hielt es lediglich für meine Pflicht, Ihnen allen mein tiefstes Bedauern darüber auszusprechen, daß es mir nicht möglich war, die Unschuld Ihres Bruders beim Prozeß zu beweisen.«
»Ich verstehe ...«
»Haben Sie ihn geliebt?«
»Nein, geliebt habe ich Clark nicht«, erwiderte sie nach kurzem Überlegen.

»Ich höre von allen Seiten, daß er viel Charme besaß.«
»Das stimmt, aber ich traute ihm nicht über den Weg, und ich konnte ihn nicht leiden.«
»Verzeihen Sie die Frage: Sie zweifelten nicht daran, daß er der Mörder Ihrer Mutter war?«
»Ich bin nie auf den Gedanken gekommen, daß es eine andere Erklärung geben könnte.«
Die Kellnerin brachte den Tee, der schwach und nicht sehr heiß war. Das Gebäck war trocken, die Brötchen altbacken.
Calgary trank einen Schluck, dann sagte er:
»Man hat mir angedeutet, daß meine Informationen, aus denen hervorgeht, daß Ihr Bruder unschuldig war, für Sie alle unangenehme Folgen haben könnten...«
»Weil der Fall wiederaufgenommen werden wird?«
»Ja – darüber haben Sie also schon nachgedacht?«
»Mein Vater hält es für unvermeidlich.«
»Es tut mir schrecklich leid...«
»Warum tut es Ihnen leid, Dr. Calgary?«
»Weil es mir sehr unangenehm ist, neue Unruhe in ihrer aller Leben zu tragen.«
»Hätten Sie es über sich bringen können zu schweigen?«
»Nein.«
»Sie halten Gerechtigkeit für wichtiger als alles andere?«
»Ja – obwohl ich mich jetzt doch frage, ob es nicht noch wichtigere Dinge gibt.«
»Zum Beispiel?«
Er dachte an Hester.
»Unschuld – vielleicht.«
Ihre Augen wurden noch undurchsichtiger.
»Woran denken Sie, Miss Jackson?«
»Ich denke an die Worte der Magna Charta: *Wir wollen einem jeden Gerechtigkeit widerfahren lassen.*«
»Ich verstehe, Miss Jackson«, sagte er.

7

Dr. MacMaster war ein alter Mann mit buschigen Augenbrauen, klugen grauen Augen und einem trotzigen Kinn. Er lehnte sich in einem schäbigen Lehnstuhl zurück und betrachtete seinen Besucher eingehend – er gefiel ihm.

Auch Calgary fand den Arzt sympathisch, und er hatte das Gefühl, zum ersten Mal seit seiner Rückkehr nach England auf volles Verständnis zu stoßen.

»Es ist sehr liebenswürdig von Ihnen, mich zu empfangen, Herr Doktor«, sagte er.

»Durchaus nicht«, erwiderte Dr. MacMaster. »Seit ich meine Praxis aufgegeben habe, langweile ich mich unsäglich; meine jüngeren Kollegen haben leider darauf bestanden, daß ich auf mein schwaches Herz Rücksicht nehme, und ich habe mich unter Protest schließlich ihren Wünschen gefügt. Sie brauchen sich also nicht zu entschuldigen, weil Sie meine Zeit in Anspruch nehmen. Aber darf ich wissen, warum genau Sie zu mir gekommen sind?«

»Zuerst einmal«, begann Calgary, »möchte ich Ihnen erklären – oder wenigstens zu erklären versuchen –, warum mich die ganze Sache noch immer beschäftigt. Logisch wäre es doch so: Ich habe erledigt, weshalb ich hergekommen war, habe meine Geschichte von Gehirnerschütterung und Gedächtnisverlust getreulich berichtet und den unschuldig Verurteilten vom Makel der Tat befreit – und sollte jetzt eigentlich ruhigen Gewissens wieder abfahren und versuchen, die ganze unerfreuliche Begebenheit so rasch wie möglich zu vergessen. Das wäre doch gesund und normal – nicht?«

»Kommt darauf an«, meinte Dr. MacMaster. »Irgend etwas hat Sie irritiert?«

»Genau«, erwiderte Calgary. »Alles mögliche hat mich irritiert. Meine Eröffnungen wurden nicht so aufgenommen, wie ich es erwartet hatte – Sie verstehen?«

»O ja, sehr gut sogar«, antwortete Dr. MacMaster. »Daran ist nichts Ungewöhnliches. So was passiert jeden Tag. Wir stellen uns etwas ganz genau vor, egal was es ist – die Konsultation eines Kollegen, das Vorbringen eines Heiratsantrags, ein ernstes Gespräch mit dem Sohn über dessen Schulprobleme –, und wenn's dann soweit ist, läuft alles anders als gedacht. Und obwohl einem so was immer wieder passiert, ist man jedesmal von neuem völlig konsterniert – verwirrt. Die Antworten fallen nie so aus wie erwartet. Darum geht's doch, nicht wahr?«

»So ist es«, bestätigte Calgary.

»Was *haben* Sie denn erwartet?«

»Ich«, Calgary stockte einen Moment, »Vorwürfe? Vielleicht. Anklagen? Gut möglich. Aber auch Dankbarkeit.«

MacMaster brummte.

»Hm – und da war keine Dankbarkeit, was? Und keine Vorwürfe, jedenfalls nicht von der Art, mit der Sie gerechnet hatten?«

»Sie haben es getroffen«, gestand Calgary.

»Kein Wunder – schließlich kannten Sie die Hintergründe nicht, als Sie dort plötzlich auftauchten. Sind Sie deshalb zu mir gekommen?«

»Ja, ich möchte mit Ihrer Hilfe versuchen, die Familie Jackson besser zu verstehen«, erklärte Calgary. »Ich bin nur mit dem äußeren Rahmen vertraut: eine gute, selbstlose Frau mit einwandfreiem Charakter, die ihre Adoptivkinder mit Liebe und Wohlstand umgibt – auf der anderen Seite ein junger Mensch, der bereits als Kind schwierig war. Weiter ist mir nichts bekannt, und ich weiß so gut wie nichts über Mrs. Jacksons Persönlichkeit.«

»Sie haben ganz recht, das ist der springende Punkt, denn es ist genaugenommen das Interessanteste an jedem Mord, herauszufinden, was für ein Mensch das Opfer war. Die meisten Leute bemühen sich nur, den Charakter des Täters zu ergründen. Sie sind wahrscheinlich zu dem Schluß gekommen, daß Mrs. Jackson ihr furchtbares Ende nicht verdient hat?«

»Ich nehme an, daß man allgemein dieser Ansicht ist.«

»Selbstverständlich, und vom ethischen Standpunkt aus gesehen mit vollem Recht.«

Dr. MacMaster rieb sich nachdenklich die Nase.

»Wußten Sie, daß die Chinesen Wohltätigkeit nicht für eine Tugend, sondern vielmehr für eine Sünde halten? Und es ist etwas Wahres dran. Der Wohltäter hat das erhebende Gefühl, seinen Mitmenschen zu helfen, aber der Empfänger der Wohltaten ist dem Geber oft nicht sehr zugetan, obwohl er ihm von Rechts wegen dankbar sein sollte. Mrs. Jackson war eine wundervolle Mutter, aber sie hat Mutterliebe und Fürsorge wohl übertrieben.«

»Es waren halt nicht ihre eigenen Kinder«, meinte Calgary nachdenklich.
»Das ist es ja eben«, erwiderte MacMaster. »Ich kannte viele Frauen mit einem ausgeprägten Mutterinstinkt, die erst dann glücklich waren, wenn sie Kinder bekamen. Aber nach einiger Zeit begannen sie, sich wieder für ihren Mann, ihre Freunde und die Ereignisse der Welt zu interessieren, denn ihr Mutterinstinkt war befriedigt.
Mrs. Jackson war diese ›natürliche‹ Befriedigung jedoch versagt – es war ihr nicht beschieden, eigene Kinder zu haben. So konzentrierte sie sich ausschließlich auf ihre Adoptivkinder. Tag und Nacht dachte sie nur an sie, selbst ihr Mann spielte nur noch eine untergeordnete Rolle in ihrem Leben. Die Kinder wurden viel zu sehr verwöhnt und verzärtelt, und nichts war gut genug für sie. Alles drehte sich um die Kinder – ihre Gefühle, ihre Kleidung, ihre Spiele, ihre Ausbildung. Aber das, was die Kinder am meisten gebraucht hätten, gab sie ihnen nicht: ein bißchen Freiraum, eine gesunde ›Vernachlässigung‹, um überhaupt atmen zu können.
Sie durften nicht etwa einfach nach draußen in den Garten zum Spielen gehen wie die Kinder sonst hier auf dem Land. Nein, da gab es jede Menge sinnreicher Konstruktionen wie künstliche Kletterbäume und Steinpyramiden, ein Baumhaus und sogar einen kleinen Privatstrand am Fluß, für den der Sand eigens hergekarrt wurde.
Auch für ihre Ernährung war das normale Alltagsessen nicht gut genug – das Gemüse wurde püriert, bis sie fünf Jahre alt waren, die Milch sterilisiert, das Wasser ständig überprüft und ihre Vitaminzufuhr überwacht.
Mrs. Jackson selbst war nicht meine Patientin, sie besuchte einen Spezialisten in London – allerdings nicht oft, denn sie war eine kerngesunde, robuste Frau. Ich wurde nur geholt, wenn eins der Kinder nicht ganz in Ordnung war, obwohl Mrs. Jackson oft behauptete, ich nähme deren kleine Erkrankungen nicht ernst genug. Sie war außer sich, wenn ich ihr riet, die Kinder etwas weniger zu verwöhnen, leichte Temperaturerhöhungen nicht weiter zu beachten, sich nicht aufzuregen, wenn eins der Kinder mal mit nassen Füßen nach Hause kam. Ihre Überängstlichkeit war bestimmt nicht gut für die Kinder.«

»Vor allem nicht für Clark, nicht wahr?« fragte Arthur Calgary.
»Ich dachte nicht nur an Clark, obwohl er von Anfang an ein Problem für die Jacksons war – ein Kind mit schweren Komplexen, würde man heutzutage sagen. Ich bin im Laufe der Jahre so manchem ›Clark‹ begegnet, und viele Eltern sagten dann, wenn es zu spät war: ›Hätten wir den Jungen in seiner Jugend doch nur etwas strenger angefaßt!‹ Ich persönlich glaube allerdings nicht, daß die Erziehung da einen großen Unterschied macht; wenn ein Kind einen schlechten Charakter hat, ist Hopfen und Malz verloren. Manche entwickeln sich zu Verbrechern, weil sie ein unglückliches Heim und zuwenig Liebe hatten, andere weil sie zu sehr verwöhnt wurden; viele wären in jedem Fall auf die schiefe Bahn geraten – und zu denen gehörte Clark.«
»Sie waren also nicht überrascht, als er unter Mordverdacht verhaftet wurde?«
»Ich war überrascht, aber, offen gestanden, nicht, weil ich Clark keinen Mord zugetraut hätte. Er war ein gewissenloser Mensch. Erstaunt war ich lediglich über die Art und Weise, *wie* der Mord verübt worden war.
Ich hätte es Clark zugetraut, mit anderen einen Mord zu *planen*, aber die eigentliche Tat – vielleicht im letzten Augenblick – einem Komplizen zu überlassen. Er war der Typ, der andere zu einem Verbrechen anstiftet, aber nicht den Mut gehabt hat, es selbst auszuführen – offenbar habe ich mich nun doch geirrt.«
Calgary blickte auf den abgeschabten Teppich, dessen Muster kaum mehr erkennbar war.
»Ich konnte nicht ahnen, welchen Schwierigkeiten ich begegnen und welche Wirkung mein Erscheinen auf die Familie haben würde.«
Der Arzt nickte.
»Sie waren sich nicht darüber klar, daß die veränderten Umstände zu schwerwiegenden Konflikten innerhalb der Familie führen mußten«, sagte er.
»Ja, und darüber wollte ich mit Ihnen sprechen, Herr Doktor, und über die sonderbare Tatsache, daß – wenigstens auf den ersten Blick – kein Motiv vorhanden zu sein scheint.«
»Nein, auf den ersten Blick nicht«, bestätigte der Arzt, »aber bei genauerer Betrachtung ergeben sich doch verschiedene Gründe, aus denen ihr jemand nach dem Leben getrachtet haben mochte.«

»Ja? Das ist interessant.«
»Keines der Kinder war imstande, sein eigenes Leben zu führen, solange Mrs. Jackson am Leben war.«
»Inwiefern?«
»Obwohl sie finanziell für ihre Kinder gesorgt hatte, waren sie nur theoretisch selbständig – in der Praxis mußten sie sich nach den Wünschen ihrer Mutter richten.
Es war faszinierend zu beobachten, wie sie alle versuchten, sich der mütterlichen Bevormundung zu entziehen. Sie plante die Zukunft ihrer Kinder, und ihre Pläne waren nicht schlecht. Sie verschaffte ihnen ein gemütliches Heim, eine gute Erziehung, ein reichliches Taschengeld und eine gründliche Ausbildung für den Beruf, den sie für jedes der Kinder ausgewählt hatte. Sie wollte sie so behandeln, als wären sie ihre leiblichen Kinder, aber das war ja nicht der Fall – sie hatten völlig andere Veranlagungen und Wünsche als ihre Adoptiveltern.
Micky ist inzwischen Autoverkäufer geworden.
Hester lief von zu Hause fort, um Schauspielerin zu werden. Sie verliebte sich in einen unmöglichen Menschen und besaß außerdem überhaupt kein schauspielerisches Talent. Es blieb ihr nichts anderes übrig, als ins Sonneneck zurückzukehren und zuzugeben, daß ihre Mutter recht gehabt hatte.
Mary Durrant bestand während des Krieges darauf, einen Mann zu heiraten, vor dem ihre Mutter sie gewarnt hatte. Er war intelligent und tapfer, besaß jedoch keine Spur von Geschäftssinn. Dann bekam er spinale Kinderlähmung und wurde als Rekonvaleszent ins Sonneneck gebracht. Mrs. Jackson versuchte, das junge Paar dazu zu bewegen, ständig bei ihr zu leben. Aber Mary Durrant wehrte sich mit aller Macht gegen diesen Plan ihrer Mutter, obwohl ihr Mann nichts dagegen einzuwenden hatte. Sie wollte ihr Heim und ihren Philip für sich behalten. Wenn ihre Mutter nicht gestorben wäre, hätte sie zweifellos doch noch irgendwann nachgeben müssen.
Micky hatte einen Minderwertigkeitskomplex, weil seine eigene Mutter ihn verlassen hatte. Er hat als Kind sehr darunter gelitten und es auch als Erwachsener niemals ganz verwunden. Ich glaube, daß er seine Adoptivmutter im Grunde seines Herzens gehaßt hat.
Nun kommen wir zu der schwedischen Masseuse. Sie konnte

Mrs. Jackson nicht leiden, aber sie mochte Leo Jackson, und sie liebte die Kinder. Mrs. Jackson war sehr gut zu ihr, und wahrscheinlich bemühte sie sich, dankbar zu sein, ohne daß ihr das so recht gelang. Allerdings war ihre Abneigung wohl nicht so groß, daß sie ihre Wohltäterin mit einem Feuerhaken erschlagen hätte – sie konnte schließlich das Haus jederzeit verlassen. Was Leo Jackson anbetrifft...«

»Ja, was halten Sie von ihm?«

»Er wird wieder heiraten, und ich wünsche ihm von Herzen alles Gute«, sagte Dr. MacMaster. »Gwenda ist ein reizendes Mädchen, warmherzig, gutmütig, zuverlässig – und sie liebt ihn schon seit Jahren.

Was hielt sie von Mrs. Jackson? Nun, das werden Sie sich selbst denken können. Für sie wurde durch Mrs. Jacksons Tod vieles leichter. Leo Jackson ist nicht der Mann, der zu Lebzeiten seiner Frau ein Verhältnis mit seiner Sekretärin beginnt, er wäre auch nicht auf den Gedanken gekommen, seine Frau zu verlassen.«

»Ich habe beide gesehen und mit beiden gesprochen«, meinte Calgary nachdenklich, »ich kann mir nicht denken, daß einer von ihnen...«

»Ich auch nicht«, stimmte Dr. MacMaster ihm zu, »und doch: Ein Mitglied der Familie muß es getan haben.«

»Glauben Sie wirklich?«

»Ich kann es mir nicht anders vorstellen. Auch die Polizei ist davon überzeugt, daß es kein Außenstehender war, und sie hat wahrscheinlich recht.«

»Aber *wer war es*?«

Dr. MacMaster zuckte die Achseln

»Man weiß es einfach nicht.«

»Aber haben Sie denn niemand besonders in Verdacht? Sie kennen doch alle ziemlich gut.«

»Nein, wirklich nicht – und selbst wenn ich einen bestimmten Verdacht hätte, würde ich ihn nicht aussprechen. Was habe ich schließlich in der Hand? Ich halte keinen von ihnen für einen Mörder, und doch sieht es so aus, als sei einer der Hausbewohner der Schuldige.«

»Nein«, fügte er nach einer Pause langsam hinzu. »Ich fürchte, wir werden die Wahrheit niemals erfahren. Die Polizei wird Untersuchungen anstellen und alles tun, was in ihren Kräften

steht, um der Sache auf den Grund zu gehen. Aber Beweise zu finden nach so langer Zeit und bei so wenig Anhaltspunkten...« Er schüttelte den Kopf.
»Nein«, wiederholte er, »ich glaube nicht, daß die Wahrheit jemals ans Licht kommt. Man liest über dergleichen immer mal wieder. Da gibt es Fälle, die fünfzig – hundert Jahre zurückliegen, bei denen weiß man genau, es kommen nur drei oder vier oder fünf Personen für die betreffende Tat in Frage, einer von diesen wenigen muß der Verbrecher sein, aber *wer*, das wird man nie herausfinden, weil zu wenig Beweismaterial vorhanden ist.«
»Und Sie glauben, im Fall Jackson wird es genauso sein?«
»Nun«, erwiderte Dr. MacMaster zögernd, »ja, das glaube ich...«
Er warf einen raschen Blick auf Calgary.
»Und das ist furchtbar, nicht wahr?«
»Das wäre furchtbar«, bestätigte Calgary. »Der Unschuldigen wegen – das waren ihre Worte.«
»Wessen Worte?«
»Hesters – sie sagte, die Unschuldigen müßten für die Schuldigen leiden – und wenn wir die Wahrheit nicht erfahren sollten –«
»Sie haben recht.« Dr. MacMaster nickte. »Ja, wenn wir die Wahrheit wenigstens wüßten. Auch wenn niemand verhaftet oder verurteilt oder bestraft würde. Nur *wissen* müßte man sie. Sonst...«
Er schwieg.
»Ja?« versuchte Calgary ihn zum Weitersprechen zu bringen.
»Sie können sich selbst vorstellen, was dann geschieht«, wehrte MacMaster müde ab. »Ich brauche es Ihnen nicht zu sagen. Aber es erinnert mich lebhaft an den Bravo-Fall – er liegt schon über hundert Jahre zurück, aber immer wieder wird darüber geschrieben: Die Ehefrau könnte es gewesen sein oder Mrs. Cox oder Dr. Gully – und vielleicht hatte Charles Bravo das Gift doch selbst genommen. Jede Menge plausible Theorien gab es – aber keiner konnte überführt werden.
Und so starb Florence Bravo, von der Familie fallengelassen, am Alkohol, Mrs. Cox, von allen geächtet, lebte mit ihren drei Jungen bis ins hohe Alter unter Leuten, die sie für eine Mörderin hielten, und Dr. Gully war persönlich und beruflich ruiniert...«
»Einer war schuldig – und lebte mit dieser Schuld. Die anderen waren unschuldig – doch ihr Leben war zerstört.«

»Ja«, sagte der Arzt. »Es wäre tragisch, wenn der Schuldige nicht zur Verantwortung gezogen würde und der Verdacht weiter auf einem der Unschuldigen ruhte; das darf nicht geschehen.«
»Nein, das darf nicht geschehen«, wiederholte Calgary erregt. »Das darf auf keinen Fall geschehen.«

8

Hester Jackson betrachtete ihr Spiegelbild. Ihr Blick verriet keine Eitelkeit, sondern eher die Scheu eines unsicheren Menschen. Sie strich sich das Haar aus der Stirn und kämmte es zur Seite, dann betrachtete sie stirnrunzelnd das Resultat. Sie zuckte nervös zusammen, als hinter ihr im Spiegel ein anderes Gesicht auftauchte.
»Aha, du hast Angst«, stellte Kirsten Lindstrom fest.
»Angst, Kirsty? Vor wem?«
»Vor mir. Du glaubst, daß ich mich heimlich herangeschlichen habe, um dich hinterrücks zu erschlagen.«
»Mach dich nicht lächerlich, Kirsty. Warum sollte ich denn auf einen solchen Gedanken kommen?«
»Du bist darauf gekommen, und mit vollem Recht«, beharrte Kirsten. »Wir fürchten uns vor jedem Schatten, wir blicken mißtrauisch in jede Ecke, wir alle wissen jetzt, daß wir in diesem Haus nicht sicher sind.«
»Wie dem auch sei, vor dir brauche ich keine Angst zu haben, Kirsty!«
»Woher weißt du das?« fragte Kirsten. »Ich habe neulich erst in der Zeitung von einer Frau gelesen, die jahrelang bei einer Freundin wohnte, bis sie diese eines Tages plötzlich umbrachte. Sie erwürgte sie – versuchte ihr die Augen auszukratzen – und warum? Weil sie glaubte, die Freundin sei vom Teufel besessen, weil sie davon überzeugt war, daß sie den Teufel ausrotten müsse.«
»Ja, ich erinnere mich auch, aber diese Frau war verrückt«, sagte Hester.
»Sie selbst wußte nicht, daß sie verrückt war, und den Menschen ihrer Umgebung war es auch nicht aufgefallen. Wer weiß, was in

so einem armen, verwirrten Gehirn vorgeht? Weißt du, wie es in meinem Kopf aussieht? Vielleicht bin ich auch verrückt, vielleicht habe ich eines Tages geglaubt, deine Mutter sei der Antichrist, und es sei meine Pflicht, sie zu vernichten.«

»Was ist das alles für ein Unsinn, Kirsty!«

Kirsten Lindstrom seufzte und ließ sich auf einen Stuhl fallen. »Natürlich ist es Unsinn. Ich hab deine Mutter sehr gern gehabt, und sie ist immer gut zu mir gewesen. Ich versuche nur, dir klarzumachen, daß du niemandem trauen kannst.«

Hester drehte sich um und sah Kirsten Lindstrom nachdenklich an.

»Ich glaube, du meinst es wirklich ernst.«

»Ja, es ist mir sehr ernst«, erwiderte Kirsten. »Es hat keinen Sinn, den Kopf in den Sand zu stecken und so zu tun, als wäre nichts geschehen. Dieser Dr. Calgary hat uns bewiesen, daß Clark den Mord nicht begangen haben kann, folglich muß ein anderer der Mörder sein – einer von uns.«

»Nein, nein, das ist unmöglich, Kirsty! Vielleicht war es ein Einbrecher oder jemand, der einen Groll gegen Mutter hegte.«

»Glaubst du, deine Mutter hätte den Betreffenden ins Haus gelassen?«

»Ich halte es für durchaus möglich«, erwiderte Hester. »Du weißt doch, daß sie immer bereit war, sich die Geschichten von Leuten anzuhören, die vom Pech verfolgt waren. Glaubst du nicht, daß Mutter eine solche Person hereingelassen hätte?«

»Nein, das glaube ich nicht«, sagte Kirsten bestimmt. »Jedenfalls hätte sie nicht ruhig zugesehen, wie diese Person den Feuerhaken hochhob, um sie zu erschlagen. Nein, es muß jemand gewesen sein, den sie kannte, dem sie vertraute.«

»Bitte, bitte, hör auf, Kirsty! Warum mußt du das alles wieder hervorzerren?«

»Weil andere das bereits getan haben. Aber ich will jetzt nicht weiter darüber sprechen, ich will dich nur noch mal warnen: Sei auf der Hut – vor mir, vor Mary, vor deinem Vater und vor Gwenda Smith.«

»Wie soll ich in einer solchen Atmosphäre des Mißtrauens leben?«

»Ich möchte dir einen guten Rat geben: Verlaß dieses Haus!«

»Das geht im Augenblick nicht.«

»Warum nicht? Wegen des jungen Arztes?«
»Ich weiß nicht, wen du meinst, Kirsty«, sagte Hester errötend.
»Dr. Craig! Er ist ein sehr netter junger Mann und ein guter, gewissenhafter Arzt. Trotzdem hielte ich es für besser, wenn du ausziehen würdest.«
»Unsinn, Unsinn!« rief Hester ärgerlich. »Ich wünschte, dieser Calgary wäre nie hierhergekommen!«
»Das wünschte ich auch – von ganzem Herzen«, sagte Kirsten.

Leo Jackson unterzeichnete den Brief, den Gwenda Smith ihm vorlegte.
»Ist das der letzte?« fragte er.
»Ja.«
»Wir sind fleißig gewesen heute«, stellte er lächelnd fest.
Nachdem Gwenda alle Briefe frankiert hatte, fragte sie:
»Wie steht es eigentlich mit deiner Reise?«
»Mit der Reise?« erwiderte Leo Jackson unsicher.
»Ja, du wolltest doch nach Rom und nach Siena wegen der Dokumente, von denen Kardinal Massilini dir vor kurzem berichtet hat.«
»Ja, ich entsinne mich.«
»Soll ich einen Flug buchen, oder möchtest du lieber mit dem Zug fahren?«
Leo schien tief in Gedanken versunken zu sein; er lächelte zerstreut.
»Du willst mich offenbar unbedingt loswerden, Gwenda?«
Sie trat schnell auf ihn zu und kniete vor seinem Sessel nieder.
»Wie kannst du nur so etwas sagen, Liebling! Ich möchte mich nie von dir trennen, niemals! Aber im Augenblick halte ich es für besser, daß du fortfährst, nachdem ...«
»Nachdem uns Dr. Calgary in der vorigen Woche gewisse Dinge mitgeteilt hat.«
»Ich wünschte, er hätte dieses Haus nie betreten«, sagte Gwenda.
»Ich wünschte für uns alle, es wäre alles beim alten geblieben.«
»Dann würde Clark weiterhin für ein Verbrechen haftbar gemacht werden, das er nicht beging «
»Ich hätte es ihm zugetraut, und ich halte es für einen reinen Zufall, daß er es nicht getan hat«, meinte Gwenda heftig.
»Ich hielt es eigentlich zuerst nicht für möglich«, sagte Leo

nachdenklich. »Natürlich änderte ich meine Meinung, als alle Beweise gegen ihn zu sprechen schienen, doch selbst dann hatte ich noch meine Zweifel.«

»Warum? Er war schon als Kind böse und reizbar.«

»Das stimmt, er pflegte andere Kinder zu verprügeln, und meist waren es kleinere Kinder als er, aber Rachel hätte er, glaube ich, nicht angegriffen, weil er zuviel Respekt oder besser Angst vor ihr hatte.«

»Eben deshalb nehme ich an, daß er...« Gwenda unterbrach sich. Ja, er hat Respekt *und* Angst vor ihr gehabt, dachte sie. Sie war so selbstsicher und von sich überzeugt, sie hielt sich für eine Königin, deren Wünschen wir alle nachzukommen hatten. Genügt das nicht, einen Menschen dazu zu treiben, den Feuerhaken zu ergreifen und die Tyrannin ein für allemal zum Schweigen zu bringen?

»Warum können wir nicht sofort heiraten, anstatt bis zum März zu warten?« fragte sie unvermittelt.

Leo sah sie an und erwiderte nach kurzem Zögern:

»Nein, das halte ich nicht für richtig, Gwenda.«

»Warum nicht?«

»Man soll die Dinge nicht überstürzen.«

»Das verstehe ich nicht – und werden wir, wie geplant, im März heiraten?«

»Ich hoffe – ich hoffe bestimmt.«

»Warum bist du plötzlich so unsicher? Liebst du mich nicht mehr, Leo?«

Er legte die Hände auf ihre Schultern.

»Wie kannst du so etwas nur denken, Gwenda! Ein Leben ohne dich wäre unvorstellbar für mich, du bedeutest mir alles! Aber wir müssen abwarten, wir müssen ganz sicher sein.«

»Sicher? Inwiefern?«

Er antwortete nicht.

»Du denkst doch nicht etwa...?«

»Ich denke gar nichts.«

Die Tür wurde geöffnet, und Kirsten Lindstrom erschien mit einem Tablett, das sie auf den Schreibtisch stellte.

»Hier ist Ihr Tee, Mr. Jackson. Soll ich Ihnen auch eine Tasse bringen, oder wollen Sie unten Tee trinken, Gwenda?«

»Ich komme hinunter, ich muß ohnehin die Briefe wegbringen.«

Sie nahm die Briefe mit leicht zitternden Händen vom Schreibtisch und verließ das Zimmer. Kirsten Lindstrom blickte ihr nach, dann wandte sie sich an Leo Jackson.
»Was haben Sie zu ihr gesagt? Warum ist sie so nervös?«
»Sie irren sich, ich habe nichts Besonderes zu ihr gesagt«, erwiderte Leo mit müder Stimme.
Kirsten Lindstrom zuckte die Achseln und verließ schweigend das Zimmer.
Leo spürte ihre Mißbilligung, ihre unausgesprochene Kritik. Er lehnte sich seufzend in seinem Stuhl zurück, dann goß er sich eine Tasse Tee ein und vergaß, sie zu trinken. Er starrte ins Leere, während seine Gedanken zurück in die Vergangenheit wanderten.

Er hatte Rachel Konstam in einem Jugendklub kennengelernt, im Arbeiterviertel des Londoner Ostens. Ihr Bild stand ihm klar vor Augen: ein kräftig gebautes, mittelgroßes Mädchen, gut, aber solide gekleidet, ein Mädchen mit einem runden, ernsthaften Gesicht, dessen Warmherzigkeit und Naivität ihm sofort gefiel. Sie stürzte sich mit Enthusiasmus in die Sozialarbeit, sie fand es schön und lohnend, helfen zu können.
Für sie handelte es sich um »Fälle«, nicht um Menschen mit besonderen Eigenarten und Reaktionen. Schon damals bat er sie, nicht zuviel zu erwarten, aber sie hörte nicht auf ihn – sie erwartete immer zuviel, und sie wurde meistens enttäuscht. Er verliebte sich sehr bald in sie und stellte zu seiner angenehmen Überraschung fest, daß sie die Tochter reicher Eltern war.
Er war sich darüber klar, daß ihre hauptsächliche Anziehungskraft auf ihn in ihrer Gutherzigkeit bestand, und es war sein Unglück, daß ihre Wärme letzten Endes nicht für ihn bestimmt war. Natürlich liebte sie ihn, aber es war ihr Herzenswunsch, ihm Kinder zu gebären – und dieser Wunsch blieb unerfüllt.
Sie konsultierte zahllose Ärzte, berühmte Spezialisten ebenso wie Quacksalber, aber keiner von ihnen konnte ihr helfen. Sie mußte sich wirklich damit abfinden, daß sie unfruchtbar war. Sie tat ihm unendlich leid, und er stimmte ihrem Vorschlag, ein Kind zu adoptieren, sofort zu. Sie waren bereits mit einem Adoptionsbüro in Verbindung getreten, als sie bei einem Besuch in New York vor einer ärmlichen Mietskaserne mit ihrem Auto ein kleines Mädchen anfuhren.

Rachel war aus dem Wagen gesprungen und auf der Straße neben dem Kind niedergekniet, das glücklicherweise nur ein paar Schrammen davongetragen hatte. Sie bestand jedoch darauf, das bildhübsche, blonde, blauäugige Mädchen in ein Krankenhaus zu bringen, um sich zu vergewissern, daß alles in Ordnung war. Sie besuchte die Verwandten des Kindes, eine schlampige Tante und deren betrunkenen Mann. Diese beiden, die das Kind nach dem Tod seiner Eltern zu sich genommen hatten, machten sich offenbar nicht viel aus ihm und stimmten Rachels Vorschlag, das Kind für ein paar Tage bei sich zu behalten, begeistert zu.

Die kleine Mary fühlte sich im Hotel sofort wohl; das weiche Bett, das elegante Badezimmer und die neuen Kleider, die Rachel ihr kaufte, entzückten das kleine Mädchen. Und dann kam der Augenblick, da Mary sagte: »Ich möchte nicht wieder nach Hause gehen, ich möchte für immer bei euch bleiben!«

Rachel warf ihrem Mann einen glücklichen, gerührten Blick zu, und sobald sie allein waren, sagte sie: »Ich will sie behalten und als unser eigenes Kind aufziehen! Diese Frau und ihr Mann werden bestimmt froh sein, wenn wir die Kleine adoptieren.«

Er stimmte sofort zu. Rechtsanwälte wurden konsultiert, Urkunden unterzeichnet, und aus der kleinen Mary O'Shaugnessy wurde Mary Jackson, die mit ihnen nach England fuhr. Endlich schien Rachel glücklich zu sein – auf eine unruhige, fiebrige Art. Das Kind ließ sich nach allen Regeln der Kunst verwöhnen, aber es blieb freundlich und folgsam; und doch war Leo im geheimen etwas beunruhigt. Vielleicht, weil die Kleine sich zu leicht in die veränderten Umstände einfügte, oder weil sie niemals Heimweh hatte, vor allem jedoch, weil sie zwar Zuneigung, aber keine Liebe zu ihrer Adoptivmutter zeigte.

Von dieser Zeit an war Leo in den Hintergrund gerückt. Rachel war von Natur aus sowieso mehr Mutter als Frau, und nachdem sie Mary adoptiert hatten, waren ihre mütterlichen Instinkte nicht etwa befriedigt, sondern im Gegenteil stärker geworden als je zuvor. Ein Kind genügte ihr nicht.

Von jetzt an interessierte sie sich ausschließlich für Kinder – verkrüppelte Kinder, zurückgebliebene Kinder, verwaiste Kinder. Sie gründete Stiftungen für Waisenhäuser und Kinderheime aller Art und ging völlig in ihrer Arbeit auf.

Leo aber schuf sich allmählich einen eigenen Lebens- und Interessenkreis. Er begann, sich mit den historischen Hintergründen der Volkswirtschaft zu beschäftigen, er las, er schrieb wissenschaftliche Abhandlungen, und er zog sich mehr und mehr in seine Bibliothek zurück. Gleichzeitig bestärkte er seine Frau in ihrer Tätigkeit.

Und Rachel war in ihrem Element – aktiv, geschäftig, glücklich führte sie das Haus und erweiterte ihr Engagement ständig. Es mußte ja so viel getan werden, so viel war wert, daß es getan wurde. Und immer, wenn sie von einem neuen Projekt berichtete, hörte er höflich und aufmerksam zu und sagte: ›Das ist aber eine wirklich gute Sache, meine Liebe.‹ oder ›Das hört sich vielversprechend an, das sollte man in Angriff nehmen, da bin ich ganz deiner Meinung.‹

Nur selten mahnte er zu ein wenig mehr Zurückhaltung: ›Das solltest du dir noch einmal genau überlegen. Vielleicht ist dies Unternehmen doch zu viel für dich.‹

Aber sie hörte nie auf ihn. Zwar bat sie ihn stets um seinen Rat, doch das war mehr pro forma. Sie wußte immer, was das Richtige war, sie wußte, was das Beste war.

Nach und nach versuchte er nicht mal mehr, sie von irgend etwas abzuhalten. Es war ja doch zwecklos. Rachel brauchte ihn nicht – nicht seine Hilfe, nicht seine Liebe. Sie hatte ihre Arbeit, war zufrieden und schrecklich dynamisch.

Im Jahre 1939, bei Kriegsausbruch, verdoppelte sie ihre Aktivitäten. Sie wollte ein Kriegskinderheim für arme Londoner Kinder einrichten, und sie setzte sich sofort mit ihren einflußreichen Freunden und mit dem Gesundheitsamt in Verbindung. Nachdem sie die Genehmigung für das geplante Heim erhalten hatte, kaufte sie ein passendes Haus auf dem Land, ein neues, modernes Haus, in einer wahrscheinlich bombensicheren Gegend, in dem sie achtzehn Kinder unterbringen konnte. Die Kinder, die im Alter von zwei bis sieben Jahren waren, stammten oft nicht nur aus ärmlichen, sondern auch aus unglücklichen Elternhäusern. Einige waren Waisen, andere uneheliche Kinder. Vier der Kinder brauchten eine orthopädische Behandlung, und für sie wurde eine schwedische Krankengymnastin und Masseuse engagiert. Außerdem waren zwei Krankenschwestern und mehrere Dienstboten in dem Heim beschäftigt, das fast einem Luxushotel glich. Im weiteren Verlauf des Krieges wurden die Krankenschwestern für Lazarette angefordert, und die Dienstboten gingen in die Munitionsfabriken. Schließlich blieb nur Kirsten Lindstrom übrig, die sich nicht scheute, auch die Hausarbeit zu übernehmen. Rachel war glücklich und zufrieden, obgleich ihr die Kinder hin und wieder Sorgen bereiteten. Leo entsann sich, daß einmal einer der kleinen Jungen – es war Micky – an Appetitlosigkeit litt und ständig abnahm. Der Arzt konnte nichts feststellen, nahm jedoch zu Recht an, daß das Kind Heimweh hatte. Aber sie verwarf diese Diagnose entschieden.

»Das ist unmöglich! Sie kennen sein ›Zuhause‹ nicht. Er ist herumgeschubst worden, schlecht behandelt. Es muß die Hölle gewesen sein für ihn.«

»Mag ja sein«, hatte Dr. MacMaster eingeräumt. »Auf jeden Fall kommen wir nicht weiter, wenn der Kleine kein Wort sagt. Man müßte ihn zum Sprechen bringen.«

Und eines Tages brach es aus Micky heraus. Schluchzend lag er im Bett und schrie, indem er Rachel mit den Fäusten wegstieß:

»Ich will nach Hause. Ich will nach Hause zu meiner Mutter und zu Ernie.«

Rachel war verwirrt, entsetzt – und wollte es nicht glauben.

»Er *kann nicht* zu seiner Mutter zurück wollen. Sie hat sich einen Pfifferling um ihn geschert. Sie schlug ihn jedesmal, wenn sie betrunken war.«

Und er, Leo, hatte ganz leise gesagt:

»Aber es ist doch nur natürlich, Rachel. Sie ist seine Mutter, und er liebt sie.«

»Aber was für eine Mutter!«

»Er ist ihr Fleisch und Blut. Das fühlt er. Und nichts wird ihm das ersetzen können.«

»Von nun an«, hatte sie eigensinnig geantwortet, »wird er *mich* als seine Mutter betrachten.«

Arme Rachel, dachte Leo. Arme Rachel, die so viele Dinge kaufen konnte... nichts für sich, keinen Luxus..., die unerwünschten Kindern Liebe zu geben vermochte, Fürsorge, ein Zuhause. Den Kindern konnte sie das alles kaufen – aber sich nicht deren Liebe.

Bei Kriegsende wurden die meisten der Kinder nach London zurückgeschickt, zu ihren Eltern oder Verwandten. Aber nicht alle. Einige hatten Heim und Eltern verloren, andere waren zu Hause nicht mehr erwünscht.

»Jetzt ist für uns der Augenblick gekommen, eine größere Familie zu gründen«, sagte sie damals. »Vier oder fünf der Kinder können bei uns bleiben, wir werden sie adoptieren und als unsere eigenen Kinder betrachten.«
Er hatte leichtes Unbehagen verspürt; er hätte nicht einmal sagen können, weshalb. Er hatte keineswegs etwas gegen die Kinder, aber fühlte instinktiv, daß da irgend etwas falsch lief. Eine Familie ließ sich einfach nicht künstlich schaffen.
»Hältst du das nicht für ein großes Risiko?« fragte er.
»Selbst wenn es ein Risiko wäre, würde ich es gern auf mich nehmen«, erwiderte sie. »Es ist die Sache wert.«
Ja, das fand er auch – nur fehlte ihm ihre Sicherheit. Aber er hatte sich innerlich schon so weit von ihr entfernt, so in seine Arbeit vergraben, daß es ihm nicht mehr zustand, sich ihren Plänen zu widersetzen. Und wie so oft, sagte er auch diesmal:
»Tu, was du für richtig hältst, Rachel.«
Dabei ließ er es bewenden, und sie setzte, wie gewöhnlich, ihren Willen durch.
Sie war glücklich, weil sie nun endlich die ersehnte Familie besaß: Mary, die älteste, die aus New York stammte, Micky, der sich nächtelang vor Heimweh in den Schlaf weinte, Tina, das graziöse Mischlingskind, deren Mutter eine Prostituierte und deren Vater ein westindischer Matrose war, und Hester, deren junge irische Mutter ein neues Leben beginnen wollte und sich deshalb von ihrem unehelichen Kind trennte. Nummer fünf war der kleine Clark mit dem schelmischen Gesicht eines Äffchens, der es immer verstand, sich der verdienten Strafe zu entziehen, und dem es gelang, sich selbst von der strengen Miss Lindstrom Süßigkeiten zu erschmeicheln. Clarks Vater saß im Gefängnis, und seine Mutter war mit einem anderen Mann auf und davon gegangen.
Sicherlich war es gut und richtig gewesen, sich dieser armen Kinder anzunehmen, dachte Leo, nur hatte sich in gewisser Weise alles anders entwickelt, als Rachel hoffte. Denn diese Kinder waren nun mal nicht sein und Rachels Fleisch und Blut, sie konnten weder die Strebsamkeit und den Fleiß von Rachels Ahnen geerbt haben noch die Herzensgüte seiner eigenen Eltern und die Intelligenz seiner Familie väterlicherseits.
Bestimmt übte die Umgebung einen guten Einfluß auf die Kinder

aus, aber es läßt sich nun einmal nicht alles durch liebende Fürsorge und gute Erziehung erreichen.
Vor allem der kleine Clark besaß gewisse schlechte Eigenschaften und Schwächen. Der charmante, aufgeweckte Junge hatte leider kriminelle Instinkte, die sich schon früh zeigten. Rachel war der Meinung, daß man ihm seine kleinen Diebereien und Lügen abgewöhnen könne, aber leider hatte sie sich geirrt.
Clark war ein schlechter Schüler, und später wurde er von der Universität relegiert.
Dann begannen für Leo und Rachel die wirklichen Schwierigkeiten; sie versuchten, eine Reihe peinlicher Zwischenfälle zu übersehen und den Jungen mit Liebe und Güte auf die rechte Bahn zu bringen. Und schließlich war es dann zu jenem letzten Tag gekommen, an dem ihm das Gefängnis gedroht hatte. Ohne einen Penny war er im Sonneneck erschienen und hatte kategorisch eine große Geldsumme gefordert. Als ihm diese verweigert wurde, verließ er das Haus mit der Drohung, er werde zurückkommen und sich das Geld holen.
An diesem Tag war Rachel ermordet worden.
Wie weit entfernt das alles jetzt war – die langen Kriegsjahre, die vielen Kinder in ihrem Haus ... Auch seine eigene Person blieb in der Erinnerung nur ein farbloser Schatten. Und nicht nur in der Erinnerung, er war noch immer müde, geistig erschöpft, als wäre mit dem Tod der robusten, lebensfrohen Rachel auch seine Lebenskraft verronnen. Und in seiner Erschöpfung sehnte er sich nach Liebe und Geborgenheit.
Er konnte sich nicht entsinnen, wann er zuerst bemerkte, daß es einen Menschen gab, der ihm das bieten konnte – Gwenda, die perfekte, stets hilfsbereite Sekretärin, klug und gütig, immer zu seiner Verfügung. In gewisser Weise erinnerte sie ihn an die junge Rachel der Verlobungszeit. Wann hatte er bemerkt, daß sie ihn liebte? Er wußte es nicht genau; jedenfalls war es keine plötzliche Offenbarung gewesen.
Aber er entsann sich genau des Tages, an dem ihm klar wurde, daß auch er sie liebte und daß sie ihm, solange Rachel lebte, nicht gehören konnte.
Leo seufzte, beugte sich vor und trank seinen kalt gewordenen Tee.

9

Wenige Minuten nachdem Calgary ihn verlassen hatte, empfing Dr. MacMaster einen zweiten Besucher, den er gut kannte und entsprechend erfreut begrüßte.
»Wie nett, Sie zu sehen, Don! Kommen Sie herein, erzählen Sie! Ja, ich sehe es an Ihrer gerunzelten Stirn, daß Sie etwas auf dem Herzen haben!«
Dr. Donald Craig lächelte betrübt. Er war ein gutaussehender, seriöser junger Mann, der sich und seine Arbeit sehr ernst nahm. Der alte Arzt mochte seinen Nachfolger gut leiden, obwohl er manchmal wünschte, daß der Gute etwas mehr Sinn für Humor hätte.
Craig lehnte das Angebot, etwas zu trinken, dankend ab und kam sofort zur Sache.
»Ich mache mir große Sorgen, MacMaster«, sagte er.
»Ein komplizierter Fall?« fragte Mr. MacMaster.
»Nein, es hat nichts mit der Praxis zu tun, es handelt sich um eine persönliche Angelegenheit«, erwiderte Craig.
MacMasters Gesichtsausdruck veränderte sich sofort.
»Das tut mir leid, mein Junge. Was ist los?«
»Es ist ziemlich verzwickt, und ich muß Sie um Ihren Rat bitten, Mac, weil Sie die Familie so gut kennen.«
MacMaster hob die buschigen Augenbrauen.
»Um was handelt es sich?«
»Um die Jacksons – ich nehme an, Sie wissen, daß Hester Jackson und ich –«
Der alte Arzt nickte.
»Ich liebe sie sehr«, sagte Donald einfach, »und ich glaube, annehmen zu dürfen, daß sie meine Zuneigung erwidert – und jetzt – jetzt überstürzen sich in den letzten Tagen plötzlich die Ereignisse!«
»Sprechen Sie von Clark Jacksons Begnadigung, die leider zu spät gekommen ist?«
»Ja, und ich muß zugeben, daß es mir lieber gewesen wäre, wenn diese neuen Beweise nicht ans Licht gekommen wären.«
»Sie sind nicht der einzige, der diese Ansicht vertritt«, erwiderte MacMaster. »In diesem Punkt sind sich alle einig – der Kriminaloberkommissar, die Familie Jackson und selbst der Mann, der von

der Polarexpedition zurückkehrte und den ganzen Wirbel unwillentlich ausgelöst hat. Er war übrigens heute nachmittag hier.«
Donald Craig blickte erstaunt auf.
»Wirklich? Was hat er gesagt? Hat er eine Ahnung, wer...?«
Dr. MacMaster schüttelte den Kopf.
»Nein, er hat keine Ahnung. Wie könnte er auch? Er erscheint urplötzlich auf der Bildfläche, sieht die Familie zum ersten Mal. Nein, es sieht so aus, als habe niemand eine Ahnung.«
»Das fürchte ich auch.«
»Worüber regen Sie sich überhaupt so auf, Don?«
Donald Craig holte tief Atem.
»Hester und ich wollten an dem Tag, als dieser Calgary bei den Jacksons erschien, zu einem Vortrag in Drymouth gehen, und dann rief sie mich an und sagte, daß sie sehr beunruhigende Nachrichten erhalten habe und leider unsere Verabredung nicht einhalten könne. Sie erwähnte Dr. Calgarys Namen bei dieser Gelegenheit nicht. Sie war offenbar sehr erregt und – und – es läßt sich schwer erklären, sie schien einen schweren Schock erlitten zu haben.«
»Das war aber doch kaum anders zu erwarten«, meinte der Arzt. »Sie ist noch sehr jung, knapp zwanzig, wenn ich nicht irre.«
»Aber warum ist sie so aufgeregt? Wovor hat sie Angst?«
»Hat sie wirklich Angst? Nun ja, es wäre schon möglich...«
»Woran denken Sie, Mac? Was halten Sie davon?«
»Es ist viel wichtiger, was *Sie* davon halten.«
»Wenn ich nicht Arzt wäre, würde ich wahrscheinlich gar nicht auf solche Gedanken kommen«, erklärte der junge Mann bitter. »Ich wäre überzeugt, daß Hester nicht imstande ist, etwas Unrechtes zu tun. Aber wie die Dinge nun einmal liegen...«
»Ja? Sprechen Sie sich ruhig aus, Don.«
»Ich glaube zu wissen, was in Hester vorgeht. Sie leidet noch immer unter den instabilen Verhältnissen ihrer frühesten Jugend...«
»Ich weiß – so sagt man heutzutage.«
»Sie hat bisher noch keine Zeit gehabt, sich wirklich zu fangen. Bis zum Tag der Tragödie lehnte sie sich heftig gegen jede Bevormundung und übertriebene Mutterliebe auf, wie es so viele junge Mädchen tun. Sie wollte rebellieren, sich selbständig machen, das hat sie mir selbst erzählt. Sie lief von zu Hause fort und wurde

Mitglied eines drittrangigen Wandertheaters. Ihre Mutter rea gierte sehr vernünftig. Sie schlug vor, daß Hester eine dei anerkannten Theaterschulen in London besuchen und den Beruf gründlich erlernen sollte. Aber das paßte Hester nicht in den Kram. Sie wollte nicht eigentlich Schauspielerin werden – sie wollte nur ihre Unabhängigkeit beweisen. Die Jacksons widersetzten sich ihr nicht, sondern gaben ihr sogar einen großzügigen Monatswechsel.«

»Das war sehr weise von ihnen«, stellte MacMaster fest.

»Schließlich verliebte sie sich in einen Schauspieler des Wandertheaters, einen Mann in mittleren Jahren, mußte jedoch bald einsehen, daß diese unerfreuliche Affäre zu nichts führte. Mrs. Jackson erschien auf der Bildfläche, redete mit dem Mann ein ernstes Wort, und dann fuhr Hester mit ihr nach Hause.«

»Nachdem sie ihre Lektion gelernt hatte, wie man in meiner Jugend zu sagen pflegte«, meinte MacMaster. »Natürlich macht es keinen Spaß, Lektionen dieser Art zu lernen, auch Hester nicht.«

»Sehr richtig. Sie fühlte sich mißverstanden, und sie konnte den heimlichen Groll gegen ihre Mutter um so weniger verwinden, als sie wußte, daß Mrs. Jackson von Anfang an recht gehabt hatte. ›Mutter weiß, was für dich am besten ist.‹ Für viele junge Menschen ist diese Erkenntnis eine bittere Pille.«

»Eben das war Mrs. Jacksons größte Schwierigkeit, obwohl sie sich dessen gar nicht bewußt war: Die Tatsache, daß sie fast immer recht hatte und wirklich meist wußte, was das Beste war. Wäre sie eine von jenen Frauen gewesen, die mal Schulden machen, ihre Schlüssel verlieren, Züge verpassen oder sonst irgend etwas ›Unvollkommenes‹ tun oder sich in Situationen bringen, aus denen andere ihnen wieder heraushelfen müssen – ihre Familie hätte sie bestimmt mehr geliebt.

Traurig, aber wahr. So ist das Leben nun mal. Und Rachel Jackson war auch nicht klug genug, ihre Klugheit geschickt zu verbergen. Dazu war sie viel zu aufrichtig, zu geradeaus – und zu selbstsicher. Gegen so jemand ist schwer anzukommen, wenn man jung ist. Junge Menschen können nichts schwerer ertragen als Eltern, die von ihrer Unfehlbarkeit überzeugt sind und aus ihrer Überlegenheit kein Hehl machen.«

»Ich bin mir über diese Zusammenhänge völlig im klaren«, sagte Donald Craig, »und deshalb ...«

»Ich weiß, deshalb fürchten Sie, daß es Hester war, die den Streit mit anhörte, die leidenschaftlich auf Clarks Seite stand, die seit langem gegen die Übermacht ihrer Mutter rebellierte, die in das Zimmer ging, den Feuerhaken ergriff und Mrs. Jackson erschlug. Das fürchten Sie, nicht wahr?«
Der junge Mann nickte verzweifelt.
»Ich glaube es zwar nicht, aber ich habe das Gefühl, daß es unter gewissen Umständen so gewesen sein *könnte*. Hester ist jung, unreif, aufbrausend. Ich würde es keinem der Familienmitglieder zutrauen. Aber dann – dann werde ich wieder unsicher, sehr unsicher. Wie dem auch sei, ich mache ihr keine Vorwürfe.
Ich glaube, das arme Kind wußte nicht, was es tat.
Es war ein Akt der Auflehnung, das Gefühl, nicht frei leben zu können, solange ihre Mutter am Leben war.«
»Das ist durchaus möglich«, bestätigte MacMaster. »Jedenfalls wäre es ein denkbares Motiv, wenn auch ein sehr sonderbares. Der Wunsch, sich von einer stärkeren Persönlichkeit zu befreien! Aber da keines der Kinder durch ihren Tod finanzielle Vorteile zu erwarten hatte, würde das Gericht dieses Motiv nicht anerkennen.
Ich glaube allerdings, daß Mrs. Jackson die für ihre Kinder bestimmten Gelder mehr oder weniger kontrollierte, da sie ihren Einfluß auf die von ihr eingesetzten Vermögensverwalter jederzeit geltend machen konnte. Ja, ihr Tod brachte allen die erwünschte Freiheit – nicht nur Hester. Leo wurde frei und kann nun das Mädchen seiner Liebe heiraten, Mary wurde unabhängig und kann nun mit ihrem Mann leben, wo und wie es ihr gefiel. Auch Micky und die kleine, dunkelhäutige Tina wurden in gewisser Beziehung viel selbständiger.«
»Ich bin zu Ihnen gekommen, um zu hören, was Sie denken – ob Sie es für möglich halten«, sagte Donald.
»Sie meinen – Hester?«
»Ja.«
»Ich halte es nicht für unmöglich – aber keineswegs für sicher.«
Der junge Mann seufzte schwer.
»Ich muß die Wahrheit erfahren, unbedingt! Wenn Hester mir alles gesteht, ist es in Ordnung. Dann werden wir so bald wie möglich heiraten, und ich werde dafür sorgen, daß ihr nichts geschieht.«

»Ein Glück, daß Superintendent Huish Sie nicht hören kann«, bemerkte MacMaster trocken.
»Ich bin im allgemeinen ein guter Bürger«, sagte Donald, »aber Sie wissen selbst, wie psychologische Gesichtspunkte vor Gericht bewertet werden. Meiner Ansicht nach war es kein kaltblütiger Mord, sondern ein bedauerlicher Unfall.«
»Sie lieben das Mädchen.«
»Ich bitte Sie, das alles streng vertraulich zu behandeln.«
»Das versteht sich von selbst«, versicherte MacMaster.
»Ich möchte nur noch einmal betonen, daß alles beim alten bleibt, falls Hester mir die Wahrheit sagt, aber ich kann auf keinen Fall mit ihr leben, wenn ich nicht weiß, woran ich bin.«
»Sie wollen also nicht heiraten, wenn dieser Schatten weiter über Ihnen schwebt?«
»Würden Sie an meiner Stelle nicht ebenso handeln?«
»Das weiß ich nicht. Wenn ich in meiner Jugend in ein Mädchen verliebt gewesen wäre, wäre ich wahrscheinlich in jedem Fall von ihrer Unschuld überzeugt gewesen.«
»Es handelt sich nicht so sehr um *Schuld* oder *Unschuld*, ich muß nur *Bescheid wissen*!«
»Und wenn sie ihre Mutter ermordet haben sollte, wären Sie bereit, sie zu heiraten und glücklich und zufrieden mit ihr zu leben – bis daß der Tod euch scheidet?«
»Ja.«
»Machen Sie sich nichts vor, mein Lieber! Sie würden sich fragen, ob der bittere Geschmack im Kaffee wirklich nur von der speziellen Kaffeesorte kommt, und Sie würden den Feuerhaken, der am Kamin hängt, für übertrieben groß und schwer halten. Und Hester würde Ihre Gedanken erraten. Nein, so geht es nicht...«

10

»Sie werden verstehen, warum ich Sie zu uns bat«, sagte Leo Jackson.
»Selbstverständlich«, erwiderte Rechtsanwalt Marshall. »Wenn Sie mich nicht hergebeten hätten, hätte ich selbst diese Zusammenkunft vorgeschlagen, Mr. Jackson. Die Morgenzeitungen

berichten heute bereits über die neuen Entwicklungen. Leider ist das Interesse der Öffentlichkeit wieder auf den Fall gelenkt.«

»Einige Journalisten haben bereits angerufen und um Interviews gebeten«, meinte Mary Durrant bitter.

»Das war zu erwarten. Ich würde Ihnen dringend raten, es liebenswürdig abzulehnen, in irgendeiner Weise Stellung zu nehmen.«

»Superintendent Huish, der seinerzeit den Fall bearbeitete, hat sich für morgen zu einer Besprechung bei uns angemeldet.«

»Ja, ich fürchte, daß eine Wiederaufnahme des Falles unvermeidlich sein wird, obwohl ich mir kaum vorzustellen vermag, daß die Polizei wirklich glaubt, jetzt noch neues Beweismaterial ans Licht fördern zu können.«

»Mir ist das Ganze völlig klar«, erklärte Mary Durrant. »Die Haustür war zwar fest verschlossen und verriegelt, aber wenn irgend jemand gekommen wäre, der vorgab, Mutter in einer dringenden Angelegenheit sprechen zu müssen, hätte sie ihm die Tür geöffnet. So und nicht anders muß es gewesen sein. Mein Vater glaubte, es kurz nach sieben klingeln gehört zu haben.«

Marshall sah Leo fragend an.

»Ich kann mich jetzt natürlich nicht mehr genau erinnern«, sagte Leo, »aber damals war ich der Meinung, es hätte geklingelt. Ich wollte gerade hinuntergehen, als ich das Öffnen und Schließen der Haustür zu hören glaubte. Ich vernahm aber bestimmt keine lauten Stimmen, auch kein Geräusch, das hätte vermuten lassen, daß sich jemand gewaltsam Eintritt verschaffen wollte – das wäre mir keinesfalls entgangen.«

»Wir alle wissen, daß es skrupellose Menschen gibt, die behaupten, in einer verzweifelten Lage zu sein, sich unter diesem Vorwand Eintritt verschaffen und ihr ahnungsloses Opfer niederschlagen, bevor sie sein Geld oder seine Juwelen stehlen. Ich nehme an, daß es so gewesen ist in diesem Fall.«

Marshall sprach mit etwas zuviel Überzeugungskraft. Dabei blickte er sich aufmerksam in dem kleinen Kreis um und versuchte, sich von jedem einzelnen ein genaues Bild zu machen. Die hübsche Mary Durrant schien phantasielos, unbeschwert und sehr selbstsicher zu sein. Ihr Mann, der hinter ihr in einem Rollstuhl saß, machte einen intelligenten Eindruck. Dieser Philip Durrant scheint die Sache nicht so ruhig hinzunehmen wie seine

Frau, dachte Marshall, er ist sich wohl im klaren über die unvermeidlichen Folgen dieser neuen Entwicklung. Andererseits mochte Mary Durrants Ruhe gespielt sein. Sie war schon als junges Mädchen still und zurückhaltend gewesen, imstande, ihre Gefühle zu verbergen.
Philip drehte sich leicht in seinem Rollstuhl und sah den Anwalt mit offenen, ehrlichen Augen an – in denen jedoch ein Funken Ironie blitzte.
Mary wendete den Kopf abrupt zur Seite. Die grenzenlose Bewunderung, ja Anbetung, mit der ihr Blick zuvor auf Philip geruht hatte, verblüffte Marshall. Natürlich wußte er, daß Mary eine hingebungsvolle Gattin war, aber er hatte sie stets als ein ruhiges, ziemlich leidenschaftsloses Geschöpf betrachtet – ohne besondere Vorlieben oder Abneigungen, so daß diese plötzliche »Gefühlsoffenbarung« ihn überraschte. So also stand sie zu ihrem Mann ...
Über Philip Durrant war er sich nicht so recht im klaren. Er macht sich Sorgen, dachte Marshall. Über die Zukunft. Nun, dazu hatten sie im Moment allen Grund.
Micky saß dem Anwalt gegenüber – ein gutaussehender junger Mann. Weshalb war er so verbittert? Waren ihm nicht immer alle Schwierigkeiten aus dem Weg geräumt worden? Warum machte er den Eindruck eines Menschen, der Groll hegt gegen die ganze Welt?
Neben ihm saß Tina wie ein glattes, elegantes Kätzchen. Sie hatte eine tiefe Stimme und eine ruhige Art, aber was mochte sich hinter ihrer äußeren Ruhe verbergen?
Marshall wußte nicht viel von Tina, nur daß sie, der Anregung ihrer Mutter folgend, Bibliothekarin geworden war, daß sie eine eigene Wohnung in Redmyn besaß und nur zum Wochenende nach Hause kam. Jedenfalls war Tina an jenem Abend nicht im Sonneneck gewesen ... andererseits war Redmyn nur fünfzehn Kilometer entfernt. Immerhin war anzunehmen, daß Tina und Micky nicht als Täter in Frage kamen.
Marshall warf einen schnellen Blick auf Kirsten Lindstrom, die ihn herausfordernd ansah. Angenommen, sie hätte Mrs. Jackson in einem Anfall blinder Wut angegriffen und erschlagen? Marshall hielt das nicht für ausgeschlossen. Sie war der Prototyp der verbitterten alten Jungfer, wahrscheinlich war sie neidisch und eifersüchtig.

Aber hätte Kirsten Lindstrom es fertiggebracht, Clark kaltblütig zu opfern? Er wußte, daß sie alle Jackson-Kinder gern hatte und daß Clark von jeher ihr erklärter Liebling gewesen war, den sie vergötterte. Nein, er hielt es für ganz unmöglich...
Sein Blick schweifte zu Leo Jackson und Gwenda Smith. Ihre Verlobung war klugerweise nicht öffentlich bekanntgegeben worden, obgleich die Tatsache wahrscheinlich in der Nachbarschaft ein offenes Geheimnis war; auch die Polizei mußte davon gehört haben. In dieser Richtung würden sie natürlich versuchen, Erkundigungen einzuziehen. Das klassische Muster: Ehemann, Ehefrau und die »andere«.
Aber Marshall konnte sich nicht vorstellen, daß Jackson seine Frau ermordet hatte. Er kannte ihn seit Jahren und hatte eine sehr hohe Meinung von ihm. Ein Intellektueller, ein warmherziger, hochgebildeter Mensch, ganz in seiner Arbeit aufgehend – keinesfalls ein Mann, der seine Frau mit dem Feuerhaken erschlagen würde!
Und Gwenda Smith? Von ihr wußte er nur wenig. Er betrachtete ihre vollen Lippen, ihre reife Figur. Sie liebte Leo wahrscheinlich seit Jahren. Wie wäre Mrs. Jacksons Einstellung zu einer Scheidung gewesen? Er hatte keine Ahnung, aber er zweifelte daran, daß Leo Jackson bei seinen altmodischen Ansichten eine Scheidung auch nur in Betracht gezogen hätte; auch glaubte er nicht, daß Gwenda seine Geliebte war.
Um so mehr Grund für sie, Mrs. Jackson umbringen zu wollen! Würde sie Clark, ohne mit der Wimper zu zucken, preisgegeben haben? Clarks Charme hatte seine Wirkung auf Gwenda immer verfehlt, und Marshall wußte nur zu gut, wie rücksichtslos und hemmungslos Frauen sein konnten.
Gwenda Smith mußte man im Auge behalten, aber er bezweifelte, daß es der Polizei jetzt noch gelingen würde, genügend Beweise gegen sie zu erbringen. Sie war an jenem Tag im Haus gewesen, und zwar in der Bibliothek mit Leo; nachdem sie ihm gute Nacht gesagt hatte, war sie die Treppe hinuntergestiegen, und niemand wußte, ob sie noch in Mrs. Jacksons Zimmer gegangen war, ob sie den Feuerhaken ergriffen und sie hinterrücks erschlagen hatte.
Sein Blick fiel auf Hester. Ein hübsches Kind, nein, eine Schönheit! Eine seltsame, fast beängstigende Schönheit. Er hätte zu

gern gewußt, wer ihre Eltern waren. Sie war irgendwie wild, ungezügelt, verzweifelt – ja, verzweifelt! Aber warum?
Sie war von zu Hause fortgelaufen, um zur Bühne zu gehen, sah jedoch ihren Irrtum bald ein und kehrte zurück in ihr Elternhaus, wo sie sich schnell wieder einzuleben schien.
Immerhin konnte man auch Hester nicht ganz ausschalten. Wer wußte, wozu sie in einem Augenblick der Verzweiflung fähig sein konnte? Aber auch für Hesters Schuld würde die Polizei keine Anhaltspunkte finden.
Marshalls Überlegungen nahmen nicht sehr viel Zeit in Anspruch. Er blickte auf und bemerkte, daß Micky ihn spöttisch ansah.
»Sie sind also zu der Überzeugung gekommen, daß es ein Außenstehender war? Ein Dieb und Mörder, dem es geglückt ist, mit heiler Haut davonzukommen?«
»Ja, darauf wird es wohl hinauslaufen«, erwiderte Marshall.
Micky warf sich in seinem Stuhl zurück und lachte.
»Das ist und bleibt unsere Version, von der wir uns nicht abbringen lassen – stimmt's?«
»Dazu möchte ich Ihnen jedenfalls raten, Michael«, erwiderte Marshall in warnendem Ton.
Micky nickte.
»Wahrscheinlich haben Sie recht, aber Sie selbst glauben nicht daran, nicht wahr?«
Mr. Marshall sah ihn strafend an. Warum hatten gewisse Leute kein Gefühl für Diskretion? Warum wußten sie nicht, daß es Dinge gab, die besser unausgesprochen blieben?
»Ich habe dem Rat, den ich Ihnen gab, nichts hinzuzufügen.«
Micky blickte in die Runde.
»Was haltet ihr denn davon?« fragte er. »Warum sitzt du eigentlich so still und hochmütig da, Tina? Hast du dir keine eigene Meinung gebildet? Und du, Mary? Du hast auch noch nicht viel gesagt!«
»Selbstverständlich bin ich der gleichen Meinung wie Mr. Marshall«, erwiderte Mary scharf. »Es ist die einzige Lösung.«
»Philip ist anderer Meinung«, bemerkte Micky.
Mary sah ihren Mann ärgerlich an. Philip Durrant sagte leise: »Du solltest lieber den Mund halten, Micky. Reden tut nicht gut, wenn man in einer verzwickten Lage ist – und wir sind in einer sehr

verzwickten Lage.«
»Niemand von uns scheint eine eigene Meinung zu haben«, stellte Micky fest. »Auch gut, wie ihr wollt! Ich würde nur vorschlagen, daß wir uns die Lage heute abend im Bett noch einmal gründlich überlegen; man möchte ja schließlich wissen, woran man ist. Hast du auch keine Ahnung, Kirsty? Du wußtest doch früher immer alles, obwohl du es meistens vorgezogen hast, zu schweigen.«
»Du solltest deinen Mund wirklich nicht so weit aufreißen, Micky«, erwiderte sie scharf. »Ich gebe Mr. Marshall recht – Reden ist Silber, Schweigen ist Gold.«
»Wie wäre es mit einer Abstimmung?« meinte Micky etwas spöttisch. »Oder vielleicht könnten wir jeder einen Namen auf ein Stück Papier schreiben und es in einen Hut werfen. Es wäre interessant festzustellen, wer mit überwiegender Mehrheit als Täter gewählt wird!«
Kirsten Lindstrom hob ihre Stimme.
»Schweig! Benimm dich nicht wie ein dummer kleiner Junge, Micky.«
»Ich hab nur vorgeschlagen, noch einmal über alles nachzudenken«, erwiderte Micky verdutzt.
»Wir werden darüber nachdenken«, sagte Kirsten Lindstrom bitter.

11

Die Nacht senkte sich über Haus Sonneneck.
Im Schutz seiner Mauern zogen sich sieben Menschen auf ihre Zimmer zurück, aber keiner der sieben vermochte zu schlafen...
Philip Durrant, der infolge seiner Krankheit nicht mehr imstande war, sich frei zu bewegen, fand Trost in geistiger Regsamkeit. Von jeher ein hochintelligenter Mann, entdeckte er, früher eher ein Mann der Tat, die Freuden des Denkens. War seine lebhafte Phantasie vor seiner Krankheit vor allem darauf gerichtet gewesen, neue Geldquellen zu erschließen, bedeutete es ihm nun ein besonderes Vergnügen, die Menschen in seiner Umgebung zu beobachten, ja zu analysieren. Es reizte ihn auch, durch bestimm-

te Bemerkungen die Reaktionen anderer in die von ihm gewünschte Richtung zu lenken. Was er sagte und tat, war oft nicht spontan, sondern wohldurchdacht und zielte nur darauf ab, eine bestimmte Antwort des Gegenübers zu provozieren. Es war eine Art Spiel für Philip Durrant: Wenn wirklich die erwartete Antwort kam, schrieb er sie sich in seiner privaten »Buchführung« gut.

Aufgrund dieses Zeitvertreibs wurde er, wohl zum ersten Mal in seinem Leben, auch auf die Realitäten aufmerksam, die Leben und Denkweise der Menschen auf die verschiedenste Weise bestimmten.

Menschen »als solche« hatten ihn vorher eigentlich wenig interessiert. Den einen mochte er, den anderen nicht, jener amüsierte ihn, jener langweilte ihn zu Tode. Vielleicht lag es sogar an seiner mangelnden Menschenkenntnis, daß all seine geschäftlichen Unternehmungen und finanziellen Transaktionen mit einem Mißerfolg endeten. Menschen hatte er stets nur als seelenlose Schachfiguren betrachtet – jetzt, krank und unfähig, sein früheres aktives Leben fortzusetzen, fühlte er sich gezwungen, die Menschen, die ihm begegneten, in ihrer Eigenart zu sehen und, wenn möglich, zu verstehen.

Begonnen hatte es schon im Krankenhaus, wo er schließlich nichts Wichtigeres zu tun hatte, als sich mit dem Liebesleben der Schwestern zu beschäftigen und den geheimen Intrigen hinter den Kulissen der Krankenbetreuung nachzuspüren.

Und mittlerweise war ihm sein Beobachtungsposten zur Gewohnheit geworden. Menschen – das war alles, was das Leben ihm noch zu bieten hatte; Menschen zu studieren, ihre tiefsten Gedanken und Gefühle zu ergründen, zu erkennen, was sie krank und unglücklich machte, was sie glücklich und zufrieden leben ließ.

Wirklich, das alles war interessant, spannend, aufregend...

Erst an diesem Abend, in der Bibliothek, war er sich darüber klargeworden, wie wenig er eigentlich von der Familie seiner Frau wußte. Wie schlecht kannte man doch die Menschen, mit denen man täglich in Berührung kam – selbst seine eigene Frau!

Ja, was wußte er eigentlich von Mary?

Er hatte sich nicht nur in ihr hübsches Gesicht verliebt, sondern nicht zuletzt in ihre ernste, ruhige Art. Außerdem hatte sie Geld,

und auch das spielte für ihn eine nicht unwesentliche Rolle. Sie heirateten, sie waren glücklich, er gab ihr den Kosenamen Polly, er fand Vergnügen daran, sie zu necken und ihren erstaunten Blick zu sehen, wenn sie einen seiner Scherze nicht verstand.
Aber was wußte er von ihr? Es war gut, eine liebende, besorgte Frau zu haben, wenn man ihr täglich neun bis zehn Stunden lang entkommen konnte, aber von morgens bis abends behütet und beobachtet zu werden, war ein bißchen zuviel. Er sehnte sich fast danach, einmal etwas vernachlässigt zu werden... Man mußte versuchen, einen Fluchtweg zu finden, und der einzige, der ihm blieb, lag auf geistigem Gebiet – nachzudenken, zu beobachten, Betrachtungen über andere anzustellen.
Zum Beispiel darüber nachzudenken, wer für den Tod seiner Schwiegermutter verantwortlich war!
Er konnte Mrs. Jackson von Anfang an nicht leiden, und dieses Gefühl beruhte auf Gegenseitigkeit. Sie war gegen die Heirat gewesen, aber es war ihr nicht gelungen, Mary davon abzubringen.
Zunächst verlief sein Leben mit Mary sehr glücklich, sie waren frei und unabhängig. Aber bald begann alles schiefzugehen; die südamerikanische Aktiengesellschaft, bei der er viel Geld angelegt hatte, brach zusammen, dann ging das Fahrradzubehörgeschäft pleite, an dem er sich beteiligt hatte. In beiden Fällen war die Grundidee gut gewesen, aber es hatte mit der Finanzierung nicht geklappt. Er war vom Pech verfolgt, und unlogischerweise schob er Mrs. Jackson die Schuld an allem zu, weil er das Gefühl hatte, daß sie nicht wollte, daß er Erfolg hatte.
Schließlich war er noch erkrankt, und es schien die einzige Lösung ihrer Schwierigkeiten zu sein, im Sonneneck zu leben. Ihm wäre es ganz recht gewesen, er war ja nur noch ein halber Mann, ein Krüppel; es kam nicht mehr darauf an, wo er lebte, aber Mary wehrte sich mit Händen und Füßen dagegen.
Nun, dieses Problem war durch Mrs. Jacksons Tod mit einem Schlag gelöst worden. Die Vermögensverwalter des Trustfonds hatten Marys Rente erhöht, und sie waren wieder unabhängig.
Der Tod von Mrs. Jackson hatte ihn nicht besonders erschüttert. Natürlich wäre es ihm lieber gewesen, sie wäre an Lungenentzündung oder sonst irgendeiner Krankheit ruhig in ihrem Bett gestorben. Mord war eine höchst unerfreuliche Sache mit noch

unerfreulicheren Begleiterscheinungen wie endlosen Verhören und balkendicken Schlagzeilen in den Boulevardblättern. Und morgen würde Superintendent Huish erneut kommen und Fragen stellen – ruhig, freundlich, aber nichtsdestoweniger hartnäkkig. Man sollte sich besser jetzt schon überlegen, was man zu antworten hatte…

Mary bürstete ihr langes, blondes Haar vor dem Spiegel. Ihre ruhige, kühle Art irritierte ihn.

»Hast du deine Antworten für morgen bereit, Polly?« fragte er.

Sie sah ihn erstaunt an.

»Superintendent Huish wird morgen herkommen und euch alle noch mal fragen, wo ihr euch am Abend des neunten Novembers aufgehalten habt.«

»Ach so. Es ist schon so lange her, daß man sich kaum erinnern kann.«

»Aber *er* kann sich erinnern, und darauf kommt es an, Polly! Die Polizei hat damals alle eure Aussagen zu Protokoll genommen… in deinem Fall war nicht viel zu notieren, du warst mit mir in diesem Zimmer, und ich würde dir raten, nicht zu erwähnen, daß du es zwischen sieben und halb acht verlassen hast.«

»Ich bin doch nur ins Badezimmer gegangen, und das kommt bekanntlich in den besten Familien vor«, sagte Mary.

»Ich erinnere mich jedenfalls genau, daß du es damals nicht erwähntest.«

»Wahrscheinlich, weil ich es vergessen hatte.«

»Ich hielt es eher für Selbsterhaltungstrieb und erwähnte es deshalb auch nicht. Wir waren ab halb sieben hier und haben Pikett gespielt – bis Kirsty den Alarm gab. Bei dieser Aussage bleiben wir.«

»Wie du willst, Liebling«, erwiderte sie seelenruhig.

Er beugte sich vor.

»Interessiert es dich denn gar nicht, zu erfahren, wer sie ermordet hat? Micky hat ganz recht: Einer von uns muß der Täter sein.«

»Weder du noch ich«, erwiderte Mary trocken.

»Und damit ist der Fall für dich erledigt, nicht wahr? Du bist ein wunderbares, seltsames Geschöpf, Mary!«

Sie errötete leicht.

»Ich weiß nicht, was du meinst, Philip.«

»Wenn ihr's nicht fühlt, ihr werdet's nicht erjagen... Wie dem auch sei – ich bin neugierig.«

»Ich glaube nicht, daß die Polizei etwas herausfinden wird.«

»Schon möglich, da sie ja nur wenige Anhaltspunkte hat, aber wir sind in einer besseren Lage; wir kennen alle Beteiligten sehr genau, oder sagen wir, du kennst sie alle seit vielen Jahren. Wer könnte es, deiner Ansicht nach, getan haben?«

»Ich habe keine Ahnung, und ich habe nicht einmal Lust, darüber nachzudenken«, erwiderte Mary scharf.

»Vogel-Strauß-Politik«, kommentierte Philip.

»Welchen Sinn hat es herumzuraten? Es ist viel besser, nichts zu wissen, dann kann alles ruhig und schön beim alten bleiben.«

»Das ist leider ein großer Irrtum, liebes Kind; das Unglück ist bereits geschehen.«

»Inwiefern?«

»Beginnen wir mit Hester. Ihr Freund, Dr. Donald Craig, macht sich große Sorgen. Er ist zwar nicht davon überzeugt, daß sie es getan hat, aber auch nicht vom Gegenteil. Er beobachtet sie heimlich, wenn er glaubt, daß sie es nicht bemerkt – aber sie bemerkt es! Sie mag schuldig sein oder nicht, aber da sich nichts beweisen läßt, wird Donald nie Gewißheit haben, und das ist entsetzlich.«

»Ich glaube, du bildest dir alles ein, Philip.«

»Leider nicht, Mary... Und was wird aus dem unglücklichen Leo? Die Hochzeit muß auf unabsehbare Zeit verschoben werden; die arme Gwenda ist verzweifelt. Ist dir das nicht aufgefallen?«

»Ich weiß wirklich nicht, warum ein Mann in Vaters Alter überhaupt wieder heiraten muß.«

»Er ist anderer Ansicht, aber er weiß, daß man ihm und Gwenda ein Motiv für den Mord unterschieben wird, wenn man sie für ein Liebespaar hält. Sehr peinlich!«

»Wie kannst du nur auf den Gedanken kommen, daß Vater Mutter umgebracht hat?« empörte sich Mary entsetzt. »So etwas Furchtbares habe ich noch nie gehört!«

»Du scheinst keine Zeitungen zu lesen, Polly... Auch Micky macht einen besorgten, verbitterten Eindruck. Nur Tina scheint ein wirklich gutes Gewissen zu haben, allerdings verstand sie

es schon immer, ihre Gefühle zu verbergen. Dann die arme, alte Kirsty...«
»Das wäre eine Idee«, meinte Mary etwas lebhafter.
»Kirsty?«
»Ja, sie gehört nicht zur Familie, und sie ist Ausländerin. Außerdem hat sie in den letzten Jahren unter schweren Migräneanfällen gelitten. Ich würde es eher für möglich halten, daß sie den Mord begangen hat als einer von uns.«
»Arme Kirsty«, bedauerte Philip die Schwedin. »Begreifst du nicht, daß sie sich das selbst sagen muß? Hast du nicht bemerkt, wie vergrämt sie aussieht? Sie ist in der gleichen Lage wie Hester. Was kann sie sagen oder tun? Wer wird ihr glauben? Und für sie ist das alles schlimmer als für uns, denn sie ist allein und hilflos. Wie kann sie ihre Unschuld beweisen?«
»Ich wünschte, du würdest dich nicht so aufregen, Philip. Wir können ja doch nichts tun.«
»Doch, wir können versuchen, die Wahrheit zu ergründen.«
»Auf welche Weise?« fragte Mary unsicher.
»Indem wir die Ohren offenhalten, indem wir versuchen, die Reaktionen der anderen zu beobachten. Hast du nicht auch den Wunsch, den Unschuldigen zu helfen?«
»Nein«, kam es wie aus der Pistole geschossen. Sie ging zu ihm und kniete vor seinem Stuhl nieder. »Ich möchte nicht, daß du dich einmischst, Philip. Ich flehe dich an, sei vorsichtig!«
Philip hob die Augenbrauen.
»Kommt Zeit, kommt Rat«, sagte er und legte eine Hand auf ihr goldblondes Haar.

Michael Jackson starrte in das dunkle Zimmer; er konnte nicht einschlafen.
Immer wieder kehrten seine Gedanken zurück in die Vergangenheit. Warum konnte er sie nicht vergessen? Warum erinnerte er sich mit solcher Klarheit an das unordentliche, aber freundliche Zimmer in der Londoner Mietskaserne? An die wilden Spiele, an die anderen Kinder, an die Straßenjungenbande? An seine Mutter, an ihre wasserstoffblonden Haare, an ihre Fröhlichkeit, die so leicht in unbeherrschte Wut umschlug, wenn sie zu tief in die Ginflasche geguckt hatte? An die verschiedenen »Onkel«?
An seinen Vater konnte er sich nicht erinnern, der hatte Frau und

Kind nach kurzer Ehe verlassen, aber ein »Onkel« war immer da, der ihn manchmal mit ins Kino nahm und ihm Süßigkeiten schenkte. Selbst Mutters Bratwürste mit Kartoffelbrei waren ihm noch deutlich in Erinnerung, und die sentimentalen Lieder, die sie sang, wenn sie am Herd stand und kochte.
Dann kam der Krieg und brachte neue, aufregende Ereignisse. Man wartete auf die Bombenflugzeuge, die Sirenen heulten, und alles strömte in die Untergrundbahn, um dort die Nacht zu verbringen. Bis spät nachts brausten die Züge durch den Bahnhof – ja, das waren noch Zeiten, aufregende Zeiten, und man selbst mittendrin.
Dann brachten sie ihn hierher – aufs Land, in dieses gottverlassene, langweilige Nest, wo sich nie etwas Interessantes ereignete. »Wenn der Krieg vorbei ist, kannst du zurückkehren«, hatte seine Mutter ihm versprochen, aber es klang nicht sehr überzeugend, und er fühlte, daß ihr die Trennung von ihm nicht besonders schwerfiel. Andere Mütter waren zusammen mit ihren Kindern evakuiert worden, aber seine Mutter zog es vor, mit einem »Onkel« nach Nordengland zu fahren und dort in einer Munitionsfabrik zu arbeiten.
Im Sonneneck kam er sich vor wie ein Gefangener; er mußte essen, was ihm vorgesetzt wurde, fade »gesunde« Kost, und um sechs Uhr steckten sie ihn bereits ins Bett und zwangen ihn, heiße Milch zu trinken und Zwieback zu essen!
Er lag oft lange wach, weinte und sehnte sich nach seiner Mutter und nach London.
Schuld an allem war diese Frau! Sie ließ ihn nicht mehr aus den Augen, sie behandelte ihn wie ein kleines Kind, spielte alberne Spiele mit ihm, verlangte etwas, das er ihr nicht geben konnte und wollte – Liebe und Zuneigung.
Er wartete nur auf den herrlichen Tag, an dem er nach London zurückkehren durfte, nach Hause zu seinen Freunden, er träumte von den roten Autobussen, von der Untergrundbahn, von Bratwürsten mit Kartoffelbrei.
Micky Jackson stieß einen tiefen Seufzer aus.
Der Krieg war vorbei, einige Kinder bereits nach Hause gefahren, bald würde auch er... Und dann war *sie* aus London zurückgekommen... sie sagte, er dürfe weiter im Sonneneck bleiben, und von jetzt an sei er ihr kleiner Junge.

»Wo ist meine Mutti?« fragte er. »Ist sie bei einem Luftangriff umgekommen?«
Es wäre erträglich gewesen, wenn sie von einer Bombe erschlagen worden wäre wie die Mütter einiger anderer Kinder.
Aber sie war nicht tot, sondern nur sehr beschäftigt, und sie hatte keine Zeit, sich um ihren Jungen zu kümmern, deshalb würde Mrs. Jackson von nun an seine Mutter sein.
Er verstand... seine Mutti liebte ihn nicht mehr... er mußte im Sonneneck bei Mrs. Jackson bleiben... für immer.
Er versuchte, etwas mehr herauszubekommen, und eines Tages hörte er eine Unterhaltung zwischen Mrs. Jackson und ihrem Mann.
»Sie ist froh, ihn loszuwerden – gänzlich uninteressiert«, sagte Mrs. Jackson, und dann war die Rede von einer Summe von hundert Pfund.
Nun wußte er, daß seine Mutter ihn für hundert Pfund verkauft hatte – welche Erniedrigung, welcher Schmerz; nie würde er darüber hinwegkommen. Und *sie* hatte ihn gekauft, *sie*, die Verkörperung von Reichtum und Macht, und er war ihr hilflos ausgeliefert. Aber eines Tages, wenn er erwachsen sein würde, wollte er sich an ihr rächen – er wollte sie töten.
Nachdem er diesen Entschluß gefaßt hatte, begann er, sich etwas wohler zu fühlen.
Während der Schulzeit war er nicht allzu unglücklich, aber er haßte die Ferien, die sie organisierte. Sie plante Ausflüge, sie machte ihm Geschenke, aber seine Liebe war nicht käuflich. Er haßte es, von ihr geküßt zu werden.
Auch später noch bereitete es ihm Genugtuung, ihre albernen Pläne für seine Zukunft zu sabotieren. Warum sollte er Bankangestellter werden oder im Büro einer Ölgesellschaft arbeiten? Er zog es vor, sich seinen Beruf selbst zu wählen.
Als er studierte, machte er den Versuch, seine Mutter wiederzufinden. Er entdeckte, daß sie seit Jahren tot war. Sie war durch die Schuld eines schwer betrunkenen Freundes in dessen Auto tödlich verunglückt.
Warum konnte er das alles nicht vergessen und sein Leben genießen? Er wußte es einfach nicht.
Und jetzt – was sollte jetzt geschehen?
Sie war tot – na und?

Daran zu denken, daß sie ihn für lumpige hundert Pfund gekauft hatte, daß sie alles kaufen konnte, Häuser und Autos und – Kinder... ganz wie Gott, der Allmächtige!
Gut, es gab sie nicht mehr. Nur ein Schlag auf den Kopf mit dem Feuerhaken, und ihre Leiche war eine Leiche wie jede andere. (So wie jene mit dem goldblonden Haar in dem demolierten Wagen auf der Landstraße...)
Sie war tot – warum also sich Gedanken machen?
Was war los mit ihm? War es – daß er sie nicht mehr hassen konnte, jetzt, da sie tot war?
Tot...
Er fühlte sich verloren ohne seinen Haß, verloren und – voller Furcht.

12

Kirsten Lindstrom war in ihrem blitzsauberen Zimmer damit beschäftigt, ihr graublondes Haar zu bürsten und es in zwei unkleidsame Zöpfe zu flechten.
Sie war nervös und verängstigt.
Die Polizei hatte für Ausländer nicht viel übrig; sie wußte nicht, daß Kirsten, die nun schon seit so vielen Jahren in England lebte, sich als Engländerin fühlte.
Warum war dieser Dr. Calgary aufgetaucht, nachdem das Urteil längst gefällt worden war? Warum?
Sie dachte an Clark – an Clark, der schon als kleiner Junge ein Lügner war, der jedoch mit so viel Charme zu schwindeln wußte, daß man ihm nicht nur vergab, sondern sich auch noch bemühte, ihn vor der gerechten Strafe zu schützen. Manchmal log er so raffiniert, daß man ihm gar nicht auf die Schliche kam; ja, Clark konnte böse und sogar grausam sein.
Morgen – was würde morgen geschehen?
Die Polizei würde kommen, wieder würde die Stimmung sich verdüstern, wieder würden Verdacht und Mißtrauen die Oberhand gewinnen. Es war ein Jammer, besonders weil sie die Familie von Herzen liebte, jeden einzelnen so gut kannte, besser als Mrs. Jackson, die in ihrer blinden Mutterliebe nicht imstande

gewesen war, die Fehler der Kinder zu erkennen. Aber Kirsten wußte jedes von ihnen richtig einzuschätzen, sie kannte ihre Stärken und ihre Schwächen.
Es war nicht leicht, Frauen wie Mrs. Jackson zu verstehen. Wie konnte man sich so völlig auf die Kinder – und nicht einmal die eigenen – konzentrieren und den Mann gänzlich vernachlässigen? Noch dazu einen so guten, prachtvollen Mann! Mrs. Jackson bemerkte nicht einmal, was sich unter ihren eigenen Augen abspielte. Seine Sekretärin war ein hübsches Mädchen, das wußte, wie man einen Mann behandeln mußte... Nun, Leo Jacksons Glück stand jetzt nichts mehr im Weg – oder doch? Würden die beiden es noch wagen, sich offen zueinander zu bekennen, nachdem der Schatten des Mordes wieder über dem Sonneneck lag?
Kirsten seufzte und dachte daran, daß sie einmal Liebe und Verehrung für Mrs. Jackson empfunden hatte; sie konnte sich nicht genau an den Zeitpunkt erinnern, an dem sie begann, deren Fehler zu erkennen – ihre Selbstüberschätzung, ihre tyrannische Art, ihre unerschütterliche Überzeugung, stets das Richtige zu tun...
Aber wozu noch an Rachel Jackson denken? Sie war tot.
Kirsten mußte an sich selbst denken – und an die anderen – und an das, was morgen vielleicht geschah.

Mary Durrant fuhr aus dem Schlaf auf.
Merkwürdigerweise hatte sie von ihrer Kindheit in New York geträumt. Wie alt war sie damals? Fünf Jahre, sechs Jahre?
Sie träumte, daß sie aus dem Luxushotel zurück in ihr ärmliches Heim geschickt wurde, daß die Jacksons nun doch ohne sie nach England fuhren. Wut und Ärger erfüllten sie, bis ihr klar wurde, daß es nur ein Traum war.
Es war wundervoll gewesen, in einem großen Auto zu fahren, in einem eleganten Hotel zu wohnen, ein herrliches Badezimmer zu haben, zu sehen, wie die reichen Leute lebten. Wie wunderbar, all das für immer behalten zu dürfen...
Tatsächlich war alles reibungslos gelaufen. Man hatte nichts von ihr verlangt, als ein wenig Zärtlichkeit – und das kleine Mädchen heuchelte Gefühle, die es nicht besaß, um sich so die reichen Eltern zu erobern, die es mit allem erdenklichen Luxus umgaben.

Für Mary war ein Märchen wahr geworden.
Schade nur, daß nach Kriegsausbruch so viele andere Kinder auf der Bildfläche erschienen. Nun, Mrs. Jackson hätte in ihrer unersättlichen, fast animalischen Mutterbesessenheit wahrscheinlich ohnehin noch weitere Kinder adoptiert.
Mary empfand von jeher eine gewisse Verachtung für ihre Adoptivmutter. Wie hatte sie sich nur diese Kinder aussuchen können? Den verbrecherisch veranlagten Clark, die unausgeglichene Hester, den aufsässigen Micky und Tina, das Mischlingskind! Kein Wunder, daß sie alle mißraten waren oder zumindest ständig rebellierten!
Allerdings – sie selbst hatte auch rebelliert. Sie dachte an ihr erstes Zusammentreffen mit Philip, dem gutaussehenden jungen Piloten, und an den Widerstand ihrer Mutter, die ihr dringend riet, nicht vor Ende des Krieges zu heiraten. Aber sie wollte nicht warten, sie konnte ebenso dickköpfig sein wie Mrs. Jackson. Leo war auf ihrer Seite, sie heiratete Philip, und kurze Zeit später war der Krieg zu Ende.
Sie wollte ihren Mann ganz für sich haben, dem Schatten ihrer Mutter entkommen, aber das Schicksal war gegen sie. Philips geschäftliche Unternehmungen endeten alle mit Verlusten – dann kamen seine furchtbare Krankheit und die zurückbleibende Lähmung. Es war unvermeidlich, daß sie und Philip nach seiner Entlassung aus dem Krankenhaus ins Sonneneck zogen. Philip war bankrott und ihr Einkommen aus dem Trust nicht ausreichend, um einen eigenen Haushalt aufrechtzuerhalten. Ihre Bitte um eine höhere Monatsrente wurde abgeschlagen und der Beschluß gefaßt, daß sie und Philip im Sonneneck leben sollten.
Aber sie wollte ihren Philip nicht mit Mrs. Jackson teilen. Sie wollte nichts als ihren Mann – nicht einmal ein eigenes Kind.
Philip selbst empfand es nicht als Strafe, im Sonneneck zu wohnen, vor allem weil er sich sehr gut mit seinem Schwiegervater verstand.
Philip – warum benahm er sich so sonderbar? Weshalb bemühte er sich so verzweifelt, Dinge zu ergründen, die ihn nichts angingen?

Leo Jackson blinzelte in das fahle Licht der Morgendämmerung – endlich wurde es Tag.

Er hatte sich alles genau überlegt, er wußte, was ihm und Gwenda bevorstand. Nun wollte er die Sachlage vom Standpunkt der Polizei aus betrachten.
Gwenda hatte sich damals taktvoll ins Nebenzimmer verzogen, als er versuchte, Rachel zu trösten, ihr gut zuzureden, zu sagen, daß er ihr recht gebe, daß es sinnlos sei, Clark wieder und wieder zu helfen, daß er diesmal die Folgen seines Handelns selbst tragen müsse. Als Rachel ihn verließ, war sie sichtlich erleichtert.
Dann kam Gwenda zurück ins Zimmer, nahm die Briefe, die abzuschicken waren, und fragte besorgt, ob sie sonst noch etwas für ihn tun könne.
Er sagte: »Vielen Dank, das ist alles.«
Sie verließ die Bibliothek, ging über den Korridor zur Treppe, dann hinunter... sie kam an Rachels Zimmer vorbei, sie verließ das Haus, und niemand sah sie gehen.
Er selbst blieb allein in der Bibliothek zurück... keiner konnte bestätigen, daß er nicht hinunter in Rachels Zimmer gegangen war.
Es bestand kein Zweifel, daß sowohl er wie Gwenda theoretisch die Möglichkeit gehabt hätten, den Mord zu verüben. Außerdem hätten sie ein Motiv gehabt, denn schon damals liebten sie sich. Und niemand konnte ihre Schuld oder ihre Unschuld beweisen.

Gwenda, die in unmittelbarer Nähe des Sonnenecks wohnte, wälzte sich schlaflos in ihrem Bett.
Ihre Hände waren zu Fäusten geballt, als sie voller Haß an Rachel Jackson dachte. Sie meinte Rachels Stimme in der Dunkelheit zu hören:
»Du glaubtest, mir meinen Mann stehlen zu können, du glaubtest, daß er dir nach meinem Tod gehören würde – aber du hast dich geirrt. Du wirst meinen Mann nie bekommen.«

Hester träumte, daß Donald Craig sie plötzlich am Rande eines Abgrunds verlassen hatte. In Todesangst stieß sie einen Schrei aus, dann sah sie Arthur Calgary auf der gegenüberliegenden Seite der Schlucht stehen – er streckte ihr die Hände entgegen.
»Warum hast du mir das angetan?« fragte sie ihn vorwurfsvoll.
»Aber ich will dir doch helfen«, erwiderte er.
Dann wachte sie auf.

Tina lag in dem schmalen Bett im Fremdenzimmer. Sie atmete ruhig und gleichmäßig, aber der Schlaf wollte nicht kommen. Sie dachte an Mrs. Jackson – voller Liebe, ohne jede Kritik. Mrs. Jackson hatte ihr ein warmes, gemütliches Heim gegeben, Essen und Trinken und Spielsachen. Sie hatte Mrs. Jackson innig geliebt, sie war tief unglücklich über ihren Tod.
Und doch lagen die Dinge nicht so einfach ... solange man Clark für den Mörder hielt, war alles gut gewesen. Aber jetzt?

13

Superintendent Huish bemühte sich um einen höflichen, fast entschuldigenden Ton.
»Ich weiß, wie schmerzlich es für Sie alle ist, die Vergangenheit wieder aufzurühren, aber leider bleibt uns keine Wahl. Es stand in allen Morgenzeitungen, daß Clark Jacksons Unschuld, jetzt nach seinem Tod, erwiesen wurde und daß wir einen Irrtum begangen haben.« Nach kurzer Pause fügte er hinzu: »Ein Irrtum, der ohne Dr. Calgarys Aussage unvermeidlich war.«
»Mein Sohn erklärte bei seiner Verhaftung, daß er zur Zeit des Verbrechens im Auto eines Fremden auf dem Weg nach Drymouth gewesen sei«, erinnerte Leo Jackson kalt.
»Das stimmt, und wir gaben uns die größte Mühe, den Zeugen zu finden, der die Richtigkeit dieser Aussage hätte bestätigen können. Ich kann Ihre Verbitterung nur zu gut verstehen, Mr. Jackson. Ich suche nicht einmal nach einer Ausrede. Polizei und Kriminalbeamte haben lediglich die Aufgabe, Beweise zu sammeln; der Staatsanwaltschaft bleibt die Entscheidung überlassen, ob aufgrund dieser Beweise Anklage erhoben wird. In diesem Fall entschloß sich der Staatsanwalt zur Anklage. Dürfte ich Sie bitten, noch einmal die Tatsachen und Zeiten mit mir durchzugehen?«
»Welchen Sinn soll das jetzt noch haben?« fragte Hester ärgerlich. »Der Täter ist wahrscheinlich am anderen Ende der Welt – Sie werden ihn doch nicht kriegen.«
»Vielleicht ja, vielleicht nein«, erwiderte Huish milde. »Sie glauben nicht, wie oft es uns gelungen ist, einen Täter noch viele Jahre

später zu fassen. Man darf in diesem Beruf nie die Hoffnung aufgeben und nie die Geduld verlieren.«
Hester wandte sich ab, und die sensible Gwenda, die eine heimliche Drohung in den Worten des Superintendent zu erkennen glaubte, zitterte einen Augenblick, als habe ein kalter Wind sie gestreift.
Huish richtete seinen Blick auf Leo.
»Beginnen wir mit Ihnen, Mr. Jackson.«
»Was wollen Sie noch wissen, Superintendent? Meine Aussage muß doch in Ihren Akten zu finden sein, und ich werde jetzt wahrscheinlich weniger akkurate Angaben machen als damals. Man vergißt die genauen Zeiten im Laufe der Jahre.«
»Das ist uns natürlich völlig klar«, erwiderte Huish. »Aber es besteht doch immer die Möglichkeit, daß irgendein unwichtiges Detail auftaucht, das man seinerzeit übersehen hat...
Und jetzt möchte ich Sie bitten, mit mir noch einmal – Schritt für Schritt – die Ereignisse durchzugehen.
Sie hatten bereits Tee getrunken, nicht wahr?«
»Ja, wir nahmen unseren Tee, wie gewöhnlich, um fünf Uhr im Eßzimmer. Wir waren alle dort – mit Ausnahme von Mr. und Mrs. Durrant, die in ihrem eigenen Wohnzimmer Tee tranken.«
»Ich war damals noch hilfloser als jetzt, denn ich war gerade erst aus dem Krankenhaus entlassen worden«, warf Philip ein.
»Ich verstehe.« Huish wandte sich wieder an Leo. »Sie waren also alle im Eßzimmer – würden Sie mir die Betreffenden bitte nennen?«
»Meine Frau und ich, meine Tochter Hester, Miss Smith und Miss Lindstrom.«
»Was geschah dann?«
»Nach dem Tee ging ich mit Miss Smith hinauf in dieses Zimmer, um die Arbeit an meinem Buch über die Volkswirtschaft des Mittelalters fortzusetzen. Meine Frau begab sich in ihr Wohnzimmer, das ihr gleichzeitig als Büro diente. Dort beschäftigte sie sich mit den Plänen für einen Kinderspielplatz, den sie der hiesigen Gemeinde stiften wollte.«
»Haben Sie gehört, daß Clark kam?«
»Nein, aber wir beide hörten die Haustürklingel, ohne zu wissen, wer geläutet hatte.«
»Fragten Sie sich nicht, wer es sein könnte, Mr. Jackson?«

Leo sah ihn leicht belustigt an.
»Ich habe mir darüber nicht weiter den Kopf zerbrochen, Superintendent. Meine Gedanken waren im fünfzehnten Jahrhundert – nicht im zwanzigsten. Meine Frau, Hester, Miss Lindstrom und eine Putzfrau waren unten, und niemand erwartete, daß ich die Tür öffnen würde.«
»Und dann?«
»Nichts Besonderes. Viel später erschien meine Frau in der Bibliothek.«
»Wieviel später?«
Leo runzelte die Stirn. »Ich kann mich wirklich nicht mehr genau erinnern – etwa eine halbe Stunde, bestimmt nicht mehr als eine dreiviertel Stunde später.«
»Ich glaube, Mrs. Jackson ist zwanzig Minuten vor sieben in die Bibliothek gekommen«, stellte Gwenda fest. »Wir sind kurz nach halb sechs vom Tisch aufgestanden.«
»Was sagte Mrs. Jackson?« fragte Huish.
Leo seufzte.
»Muß ich es wirklich wiederholen? Sie berichtete, daß Clark bei ihr gewesen sei und Geld verlangt habe. Er sei heftig und erregt gewesen und habe behauptet, ins Gefängnis zu kommen, falls er das Geld nicht zur Verfügung hätte. Meine Frau weigerte sich, ihm auch nur einen Penny zu geben, aber sie war verstört und machte sich große Sorgen; sie wollte von mir wissen, ob sie richtig gehandelt habe.«
»Darf ich Ihnen eine Frage stellen, Mr. Jackson? Warum hat Ihre Frau Sie nicht gerufen, als Clark da war und Geld forderte – warum erzählte sie Ihnen erst hinterher davon? Erschien Ihnen das nicht merkwürdig?«
»Nein, durchaus nicht.«
»Mir wäre es nur natürlich erschienen, daß sie Sie vorher fragte. Sie hatten sich nicht mit Ihrer Frau gestritten?«
»Nein, bestimmt nicht. Meine Frau war daran gewöhnt, praktische Entscheidungen selbst zu treffen. Wir hatten uns über Clark und seine Probleme kurz zuvor sehr ernsthaft unterhalten, da wir bereits mehrmals größere Geldsummen aufwenden mußten, um ihn vor den Folgen seiner Handlungen zu bewahren. Dabei waren wir zu dem Entschluß gekommen, daß Clark von jetzt an selbst die Verantwortung für seine Taten übernehmen müsse.«

»Trotzdem war sie verstört?«
»Ja, sehr verstört. Ich glaube, daß sie ihm wohl doch noch einmal geholfen hätte, wenn er sich nicht so verletzend und herausfordernd benommen hätte.«
»Clark war bereits fort, als Ihre Frau zu Ihnen kam, nicht wahr?«
»Ja.«
»Woher wußten Sie das?«
»Von meiner Frau. Sie sagte, Clark habe das Haus fluchend verlassen; im Gehen habe er ihr den dringenden Rat gegeben, das Geld für ihn bereitzuhalten, und hinzugefügt, daß er bald wiederkommen werde.«
»Eine sehr wichtige Frage, Mr. Jackson: Waren Sie beunruhigt bei dem Gedanken, daß Clark wiederkommen würde?«
»Durchaus nicht. Wir waren an Clarks Auftritte gewöhnt.«
»Sie fürchteten nicht, daß er zurückkommen und Ihre Frau angreifen würde?«
»Nein, wie ich Ihnen schon damals sagte – ich war wie vor den Kopf geschlagen.«
»Und mit Recht, denn wie sich jetzt herausgestellt hat, kann er es nicht getan haben. Können Sie sich noch genau daran erinnern, wann Ihre Frau die Bibliothek verließ?«
»Ja, kurz vor sieben – etwa sieben Minuten vor sieben.«
Der Superintendent wandte sich jetzt Gwenda Smith zu.
»Können Sie das bestätigen?«
»Ja.«
»Verlief die Unterhaltung wie geschildert? Können Sie etwas hinzufügen? Hat Mr. Jackson etwas vergessen?«
»Ich habe nur einen Teil der Unterhaltung gehört. Als Mrs. Jackson von Clarks Drohungen berichtete, hielt ich es für besser, mich zurückzuziehen, um Mr. und Mrs. Jackson nicht durch meine Gegenwart an einer offenen Aussprache zu hindern.
Ich ging in das kleine Zimmer nebenan, in dem ich gewöhnlich tippe. Nachdem Mrs. Jackson die Bibliothek verlassen hatte, kam ich zurück.«
»Also um sieben Minuten vor sieben ... und dann, Miss Smith?«
»Dann fragte ich Mr. Jackson, ob er weiterarbeiten wolle, aber er hatte keine Lust mehr, nachdem er nun mal unterbrochen worden war. Da nichts weiter für mich zu tun war, räumte ich meine Sachen fort und ging.«

»Um wieviel Uhr?«
»Um fünf Minuten nach sieben.«
»Sie gingen hinunter und kamen auf dem Weg zur Haustür an Mrs. Jacksons Wohnzimmer vorbei?«
»Ja.«
»War die Tür zu ihrem Zimmer offen?«
»Sie stand etwa dreißig Zentimeter offen.«
»Sie sind nicht hineingegangen, um Mrs. Jackson gute Nacht zu sagen?«
»Nein.«
»Taten Sie das im allgemeinen nicht?«
»Nein. Wozu sollte ich sie bei ihrer Arbeit stören?«
»Wenn Sie hineingegangen wären, hätten Sie wahrscheinlich ihre Leiche entdeckt.«
Gwenda zuckte die Achseln.
»Schon möglich, obwohl wir alle damals annahmen, daß sie etwas später ums Leben gekommen sei. Clark hätte kaum Zeit gehabt –«
Sie unterbrach sich.
»Sie haben vergessen, daß Clark sie nicht ermordet hat – also hätte sie um diese Zeit bereits tot sein können.«
»Das wäre möglich – ja.«
»Sie verließen das Sonneneck und gingen sofort nach Hause, nicht wahr?«
»Ja, und bei meiner Rückkunft sprach ich mit meiner Wirtin.«
»Ist Ihnen auf dem Heimweg irgend jemand begegnet?«
»Ich glaube nicht«, erwiderte Gwenda stirnrunzelnd. »Jedenfalls kann ich mich nicht mehr erinnern. Es war kalt und dunkel... und diese Straße ist eine Sackgasse. Ich glaube nicht, daß mir jemand begegnete, bis ich zum ›Roten Löwen‹ kam – dort hab ich ein paar Leute gesehen.«
»Fuhren Autos?«
Gwenda sah ihn erstaunt an.
»Ja, ich erinnere mich an ein Auto, das dicht an mir vorüberfuhr – der Straßenschlamm spritzte hoch, und ich mußte zu Hause meinen Rock säubern.«
»Was für ein Auto?«
»Keine Ahnung, es kam am Anfang unserer Straße an mir vorbei und kann vor jedem beliebigen Haus gehalten haben.«

Huish wandte sich wieder an Leo.
»Sie sagten, daß Sie es noch einmal läuten hörten, nachdem Ihre Frau Sie verlassen hatte?«
»Ich glaube, ja, aber ich bin mir nicht ganz sicher.«
»Um wieviel Uhr?«
»Das weiß ich nicht mehr.«
»Vermuten Sie, es könnte Ihr Sohn Clark sein?«
»Ich dachte nicht weiter darüber nach, ich war wieder bei der Arbeit.«
»Noch eine Frage, Mr. Jackson: Wußten Sie damals, daß Ihr Sohn verheiratet war?«
»Nein, davon hatte ich keine Ahnung.«
»Hat es auch seine Mutter nicht gewußt?«
»Ganz bestimmt nicht – das hätte sie mir sofort erzählt. Ich war ziemlich geschockt, als Miss Lindstrom an einem der nächsten Tage in mein Zimmer kam und sagte: ›Unten ist eine junge Frau, die behauptet, mit Clark verheiratet zu sein – das kann doch nicht stimmen!‹
Sie war ganz außer sich, nicht wahr, Kirsty?«
»Ich konnte es einfach nicht glauben«, erwiderte Kirsten. »Ich fragte sie zweimal, bevor ich zu Mr. Jackson ging.«
»Wie ich höre, waren Sie sehr gut zu der jungen Frau«, bemerkte Huish zu Leo.
»Ich habe ihr natürlich geholfen. Inzwischen hat sie sich wieder verheiratet, ihr Mann scheint ein braver Bursche zu sein.«
Huish nickte, dann wandte er sich an Hester.
»Würden Sie mir jetzt noch einmal erzählen, was Sie an diesem Tag nach dem Tee taten, Miss Jackson?«
»Das weiß ich nicht mehr«, antwortete Hester unfreundlich. »Inzwischen sind immerhin zwei Jahre vergangen!«
»Wenn ich mich nicht irre, halfen Sie Miss Lindstrom beim Abwaschen des Teegeschirrs?«
»Das stimmt, und dann ging sie hinauf in ihr Zimmer«, bestätigte Kirsten. »Weißt du nicht mehr, daß du am Abend ins Theater nach Drymouth wolltest, Hester?«
Hester machte noch immer einen mürrischen, unfreundlichen Eindruck.
»Es steht doch alles in Ihren Akten, warum stellen Sie uns wieder die gleichen Fragen?« meinte sie vorwurfsvoll zu Huish.

»Weil man nie wissen kann, wozu es gut ist. Um wieviel Uhr haben Sie das Haus verlassen, Miss Jackson?«
»So gegen sieben.«
»Hörten Sie etwas von der Auseinandersetzung zwischen Ihrer Mutter und Ihrem Bruder Clark?«
»Nein, ich habe nichts gehört, ich war oben.«
»Aber Sie sahen Mrs. Jackson noch mal, bevor Sie das Haus verließen?«
»Ja, ich brauchte dringend Geld, weil ich auf dem Weg nach Drymouth tanken mußte. Deshalb ging ich zu Mutter und bat sie, mir zwei Pfund zu geben.«
»Hat sie Ihnen das Geld gegeben?«
»Nein, Kirsty gab es mir.«
Huish sah etwas erstaunt aus.
»Das steht nicht in unseren Akten!«
»Es war aber trotzdem so«, beharrte Hester trotzig. »Ich ging hinein und bat Mutter um zwei Pfund; Kirsty war in der Diele und hörte mich. Sie rief mir zu, daß sie mir das Geld geben werde, sie sei auch im Begriff auszugehen. Und Mutter sagte: ›Ja, laß es dir von Kirsten geben.‹«
»Ich war auf dem Weg in den Hausfrauenverein«, erklärte Kirsten. »Ich wußte, daß Mrs. Jackson viel zu tun hatte und nicht gestört werden wollte.«
»Außerdem ist es doch ganz egal, wer mir das Geld gegeben hat«, sagte Hester. »Sie wollten vor allem wissen, wann ich Mutter zuletzt sah... also, ich ging hinaus zu Kirsty und ließ mir das Geld von ihr geben; dann kehrte ich noch einmal schnell in Mutters Zimmer zurück, um ihr gute Nacht zu sagen. Sie wünschte mir viel Vergnügen fürs Theater und ermahnte mich, vorsichtig zu fahren – das tat sie immer. Dann ging ich in die Garage, holte meinen Wagen heraus und fuhr fort.«
»Was tat Miss Lindstrom?«
»Sie verließ das Haus sofort, nachdem sie mir das Geld gegeben hatte.«
»Am Ende der Straße kam Hester in ihrem Auto an mir vorbei«, sagte Kirsten schnell. »Sie muß gleich nach mir aufgebrochen sein. Sie fuhr den Hügel hinauf, der zur Hauptstraße führt, während ich links abbog und ins Dorf ging.«
Hester öffnete den Mund, als wollte sie etwas sagen, schloß ihn

jedoch gleich wieder.
Huish fragte sich, ob Kirsten Lindstrom ihm klarmachen wollte, daß Hester nicht die Zeit gehabt hätte, das Verbrechen zu begehen.
Wäre es möglich, daß Hester ihrer Mutter nicht ruhig gute Nacht gesagt, sondern einen Streit mit ihr gehabt hatte, in dessen Verlauf sie sie erschlug?
Er ließ sich seine Gedanken nicht anmerken und fragte liebenswürdig: »So, Miss Lindstrom, jetzt sind Sie an der Reihe. An was erinnern Sie sich?«
Sie war nervös und konnte ihre Hände nicht stillhalten.
»Nach dem Tee half Hester mir abräumen und abwaschen, dann ging sie hinauf, dann kam Clark.«
»Sie hörten ihn?«
»Ja, ich machte ihm die Tür auf. Er sagte, er habe seinen Schlüssel verloren, dann ging er sofort ins Zimmer seiner Mutter, und ich hörte ihn sagen: ›Ich sitze in der Klemme, du mußt mir helfen!‹ Weiter hörte ich nichts, denn ich ging zurück in die Küche, um das Abendessen vorzubereiten.«
»Hörten Sie ihn gehen?«
»O ja – er brüllte –, ich stürzte aus der Küche und sah ihn in der Diele stehen. Er war sehr wütend. ›Ich komme zurück, und ich rate dir, das Geld für mich bereitzuhalten, sonst ...‹, schrie er. Es klang wie eine schreckliche Drohung.«
»Und dann?«
»Dann warf er die Haustür krachend hinter sich zu, und Mrs. Jackson kam in die Diele. Sie war blaß und aufgeregt.
›Haben Sie das gehört?‹ fragte sie mich.
›Ist er in Schwierigkeiten?‹ wollte ich wissen.
Sie nickte und ging hinauf in die Bibliothek.
Ich deckte inzwischen den Tisch und machte mich zum Ausgehen fertig. Im Hausfrauenverein sollte am nächsten Tag ein Wettbewerb für die schönste Tischdekoration stattfinden, und ich hatte versprochen, zwei Bücher über künstlerischen Blumenschmuck hinzubringen.«
»Und wann kehrten Sie vom Hausfrauenverein zurück?«
»Gegen halb acht. Ich schloß die Haustür auf und ging sofort in Mrs. Jacksons Zimmer, um ihr Grüße zu bestellen. Sie saß am Schreibtisch, den Kopf auf den Händen. Der Feuerhaken lag auf

dem Boden, die Schreibtischschubladen standen offen. Ein Einbrecher, dachte ich, sie ist überfallen worden – und ich hatte nur zu recht mit dieser Annahme, wie sich jetzt ja herausgestellt hat. Es *war* ein Einbrecher, ein Außenstehender!«

»Den Mrs. Jackson selbst ins Haus gelassen hatte?«

»Warum nicht?« fragte Kirsten trotzig. »Sie war sehr gutmütig, und sie fürchtete sich vor niemandem. Außerdem war sie ja nicht allein im Haus. Ihr Mann war da, Gwenda und Mary – sie brauchte nur zu rufen.«

»Sie hat aber nicht gerufen«, stellte Huish fest.

»Stimmt, wer immer es war, muß ihr eine glaubwürdige Geschichte erzählt haben. Sie setzte sich an ihren Schreibtisch, vielleicht suchte sie nach ihrem Scheckbuch, und er hatte in diesem Augenblick die Möglichkeit, den Feuerhaken zu ergreifen und sie zu erschlagen. Vielleicht wollte er sie nicht einmal töten, vielleicht wollte er sie einfach nur betäuben, um sich dann in Ruhe nach Schmuck und Geld umzusehen.«

»Er hat sich aber nicht sehr gründlich umgesehen, er hat nur ein paar Schubladen geöffnet.«

»Vielleicht hörte er ein Geräusch im Haus und wurde nervös. Vielleicht stellte er fest, daß er sie versehentlich getötet hatte, und verließ daraufhin fluchtartig das Haus.

Ja, ja. So muß es gewesen sein«, schloß Kirsten ängstlich.

Warum betonte sie das so? Hatte sie Angst? Es wäre technisch möglich, daß sie ihre Herrin ermordet und dann die Schreibtischschubladen geöffnet hatte, um einen Einbruch vorzutäuschen. Der Polizeiarzt konnte nur feststellen, daß der Tod zwischen sieben und halb acht eingetreten war.

»Höchstwahrscheinlich ist es so gewesen«, sagte Superintendent Huish freundlich.

Sie atmete erleichtert auf und lehnte sich zurück.

Jetzt wandte er sich an die Durrants.

»Sie beide haben nichts gehört?«

»Nein, überhaupt nichts!«

»Ich hatte unseren Tee mit nach oben genommen«, sagte Mary. »Unser Zimmer liegt ziemlich abseits. Wir saßen dort, bis wir einen Schrei hörten. Es war Kirsten. Sie hatte Mutters Leiche gefunden.«

»Bis dahin haben Sie das Zimmer nicht verlassen?«

»Nein.« Mary sah ihn offen an. »Wir haben Pikett gespielt.«
Philip wußte selbst nicht, warum er sich so unbehaglich fühlte. Polly war schließlich nur seinem Rat gefolgt... vielleicht staunte er über ihre Ruhe und Sicherheit.
Du bist eine großartige Lügnerin, Polly, dachte er.
»Ich war damals schon ebenso unbeweglich wie heute, Superintendent«, erklärte er.
»Aber jetzt geht es Ihnen doch viel besser, Mr. Durrant, nicht wahr?« meinte Huish liebenswürdig. »Sehr bald werden Sie wieder gehen können.«
»Leider erfordert es viel Geduld.«
Huish wandte sich an die beiden Familienmitglieder, die bisher kein Wort gesagt hatten. Micky saß mit gekreuzten Armen und einem leicht spöttischen Lächeln in einer Ecke, die kleine graziöse Tina lehnte sich in ihrem Sessel zurück und blickte von einem zum anderen.
»Ich weiß, daß keiner von Ihnen im Hause war«, sagte er. »Aber vielleicht könnten Sie mir trotzdem noch einmal sagen, was Sie an jenem Abend taten.«
»Sollen wir das alles wirklich noch mal wiederholen?« fragte Micky ironisch. »Aber wie Sie wollen.
Also – ich arbeitete an meinem Wagen, die Kupplung war nicht in Ordnung. Ein wenig später machte ich eine Probefahrt von Drymouth nach Minchin Hill über die Moor Road und zurück durch Ipsley. Leider sind Autos stumm und lassen sich nicht als Zeugen verwenden.«
Tina sah Micky mit ausdruckslosem Blick an.
»Und Sie, Miss Jackson? Sie arbeiten in der Bibliothek in Redmyn, nicht wahr?«
»Ja, wir schließen um halb sechs. Ich machte ein paar Einkäufe in der Hauptstraße, dann ging ich nach Hause. Ich habe eine kleine Wohnung in einem Neubau in der Morecombe Road. Ich kochte mir mein Abendbrot; danach verbrachte ich einen ruhigen Abend daheim und hörte Musik.«
»Sind Sie nicht mehr ausgegangen?«
Tina zögerte kurz: »Nein, ich bin nicht ausgegangen.«
»Sind Sie ganz sicher, Miss Jackson?«
»Ja, ganz sicher.«
»Wie ich höre, haben Sie ein Auto.«

»Ja.«
»Sie hat einen Kabinenroller«, erläuterte Micky.
Tina nickte bestätigend.
»Wo steht Ihr Auto?«
»In einer Seitenstraße in der Nähe unseres Neubaus. Ich habe keine Garage.«
»Können Sie uns sonst bestimmt weiter nichts mitteilen, Miss Jackson?«
Huish wußte selbst nicht, warum er sie so nachdrücklich fragte.
»Nein, leider nicht, Superintendent «
Micky streifte sie mit einem schnellen Blick.
Huish seufzte.
»Ich fürchte, wir haben Ihnen nicht sehr viel geholfen, Superintendent«, meinte Leo.
»Das kann man nie wissen, Mr. Jackson. Ein wirkliches Rätsel bleibt die Sache mit dem Geld...«
»Mit dem Geld?«
»Ich spreche von dem Geld, das Mrs Jackson von der Bank abgehoben hat, und besonders von der Fünfpfundnote, auf deren Rückseite eine Mrs. Bottleberry Nainen und Adresse geschrieben hatte. Sie war ein wichtiges Beweisstück für den Staatsanwalt: Daß sich diese und andere Fünfpfundnoten in Clark Jacksons Besitz befanden, war mit ausschlaggebend für seine Verhaftung. Er sagte unter Eid aus, Mrs. Jackson habe ihm das Geld gegeben, aber Mrs. Jackson versicherte Ihnen und Miss Smith, Clark kein Geld gegeben zu haben – wie ist er also dazu gekommen?
Dr. Calgary hat uns bestätigt, daß er nicht ins Sonneneck zurückgekommen sein kann. Er muß das Geld also bei sich gehabt haben, als er das Haus verließ.
Wer gab es ihm? Sie vielleicht?«
Er sah Kirsten Lindstrom durchdringend an, und sie errötete ärgerlich.
»Ich? Natürlich nicht. Wie sollte ich?«
»Wo bewahrte Mrs. Jackson das Geld auf, das sie am Morgen von der Bank geholt hatte?«
»Im allgemeinen tat sie ihr Geld in eine der Schreibtischschubladen«, erwiderte Kirsten.
»Schloß sie die Schublade ab?«
»Wahrscheinlich hätte sie die Schublade verschlossen, bevor sie

zu Bett ging«, meinte Kirsten nach kurzer Überlegung.
Huish sah Hester an und fragte kurz:
»Haben Sie das Geld aus der Schublade genommen und Ihrem Bruder gegeben?«
»Ich wußte nicht einmal, daß er da war. Und wie hätte ich ohne Mutters Wissen daran kommen sollen?«
»Sie hätten es ohne Schwierigkeiten an sich nehmen können, als Ihre Mutter hinauf in die Bibliothek zu Ihrem Vater ging«, erklärte Huish.
Würde sie bemerken, daß er ihr eine Falle gestellt hatte?
Sie merkte es nicht.
»Aber um diese Zeit war Clark doch schon fort, ich...«
Sie unterbrach sich verlegen.
»Sie wissen also, um welche Zeit Ihr Bruder das Haus verließ«, stellte Huish ruhig fest.
»Ich – ich – weiß es jetzt – aber damals wußte ich es nicht. Ich sagte Ihnen doch, daß ich oben in meinem Zimmer war und daß ich nichts gehört habe. Außerdem hätte ich nicht im geringsten den Wunsch gehabt, Clark Geld zu geben.«
»Und ich kann Ihnen nur sagen, daß ich Clark im Falle eines Falles mein eigenes Geld gegeben haben würde – ich hätte es nicht gestohlen!« warf Kirsten erregt dazwischen.
»Davon bin ich überzeugt«, sagte Huish. »Aber Sie merken, wohin uns das führt.«
Er sah Leo nachdenklich an.
»Obwohl Mrs. Jackson Ihnen das Gegenteil versicherte, muß sie selbst ihm das Geld gegeben haben.«
»Das glaube ich nicht, warum hätte sie es mir dann nicht erzählen sollen?«
»Viele Mütter neigen dazu, den Wünschen ihrer Söhne nachzugeben, aber sie sind zu stolz, es einzugestehen.«
»Sie irren sich, Superintendent. Meine Frau hat mir niemals etwas verheimlicht.«
»Aber in diesem Fall scheint sie es getan zu haben, es gibt keine andere Möglichkeit«, bemerkte Gwenda Smith.
»Wir müssen die Sache jetzt von einem anderen Standpunkt aus betrachten. Als wir Clark Jackson verhafteten, waren wir überzeugt, daß er nicht die Wahrheit sagte. Nun haben wir entdeckt, daß er nicht gelogen hat, als er behauptete, Calgary habe ihn im

Auto mitgenommen. Deshalb sollte man auch annehmen, daß seine Mutter ihm wirklich das Geld gegeben hat.«
Peinliches Schweigen.
Huish stand auf. »Jedenfalls danke ich Ihnen allen herzlich. Die Spuren sind inzwischen ja leider ziemlich verwischt – aber man kann nie wissen.«
Leo brachte ihn zur Tür.
Als er zurückkam, sagte er seufzend: »Also das wäre für den Augenblick vorbei.«
»Nicht nur für den Augenblick, es ist endgültig vorbei – sie werden es nie erfahren«, sagte Kirsten.
»Was nützt uns das?« fragte Hester verzweifelt.
Ihr Vater ging zu ihr. »Beruhige dich, Kind, die Zeit heilt alle Wunden.«
»Nicht alle... Was sollen wir nur tun?«
Kirsten legte Hester die Hand auf die Schulter und sagte liebevoll: »Komm mit, Hester.«
»Nein, nein. Ich muß allein sein«, rief Hester und lief aus dem Zimmer. Einen Augenblick später hörten sie die Haustür zuschlagen.
»Diese ganzen Aufregungen sind nicht gut für sie«, meinte Kirsten kopfschüttelnd.
»Sie irrt sich, es stimmt nicht«, bemerkte Philip Durrant nachdenklich.
»Was stimmt nicht?« fragte Gwenda.
»Daß wir die Wahrheit niemals erfahren werden. Ich habe so ein Gefühl...«
Ein sonderbares Lächeln huschte über sein Gesicht.
»Vorsicht, Philip!« mahnte Tina.
Er sah überrascht auf. »Nanu, kleine Tina, was weißt denn du von der ganzen Sache?«
»Ich hoffe, daß ich gar nichts davon weiß«, erwiderte Tina klar und deutlich.

14

»Ich nehme an, daß Sie nicht viel Neues erfahren haben«, sagte der Oberkommissar.
»Nein, nicht viel, und doch war es keine reine Zeitverschwendung«, erwiderte Huish.
»So, dann schießen Sie mal los!«
»Über Zeit und Ort sind wir uns im wesentlichen einig. Mrs. Jackson war bis kurz vor sieben am Leben, sie unterhielt sich mit ihrem Mann und mit Gwenda Smith, etwas später sah Hester sie in ihrem Wohnzimmer.
Das bedeutet, daß ihr Mann sie zwischen fünf Minuten nach sieben und halb acht ermordet haben könnte. Gwenda Smith hätte die Gelegenheit um fünf Minuten nach sieben gehabt, Hester kurz vorher und Kirsten Lindstrom etwas später – sagen wir kurz vor halb acht, als sie nach Hause kam. Durrant hat ein Alibi – er ist gelähmt –, aber das Alibi seiner Frau stützt sich lediglich auf seine Aussage. Sie hätte zwischen sieben und halb acht heruntergehen können, um ihre Mutter zu ermorden, falls sie es im Einverständnis mit ihrem Mann getan hätte. Allerdings wüßte ich nicht, aus welchem Grund sie den Mord begangen haben sollte.
Meiner Ansicht nach haben nur zwei Menschen ein Motiv für die Tat: Leo Jackson und Gwenda Smith.«
»Sie glauben, daß es einer von ihnen war – oder beide?«
»Ich glaube nicht, daß sie es gemeinsam taten. Ich bin davon überzeugt, daß es kein vorbedachtes Verbrechen war, sondern daß der Mörder einem plötzlichen Impuls folgte:
Mrs. Jackson betritt die Bibliothek und erzählt den beiden von Clarks Drohung und Geldforderung.
Nehmen wir an, daß Leo Jackson etwas später hinuntergeht, um mit ihr über Clark zu reden. Niemand ist zu sehen, das Haus ist still. Er geht ins Wohnzimmer. Sie sitzt an ihrem Schreibtisch, mit dem Rücken zu ihm, und der Feuerhaken mag noch da liegen, wo Clark ihn nach seiner Drohung hingeworfen hat.
Diese ruhigen, gehemmten Menschen überkommt es manchmal ganz plötzlich ... er mag ein Taschentuch um die Hand gewunden haben, um Fingerabdrücke zu vermeiden, bevor er den Feuerhaken ergriff und ihn auf ihren Kopf sausen ließ ... Dann

öffnete er ein paar Schubladen, um einen Einbruch vorzutäuschen. Schließlich ging er schnell hinaus und wartete, bis jemand die Leiche fand...
Es wäre natürlich auch möglich, daß Gwenda Smith, als sie an Mrs. Jacksons Zimmer vorbeikam, plötzlich den unwiderstehlichen Drang verspürte, sie zu töten und Clark zum Sündenbock zu machen, weil ihrer Heirat mit Leo Jackson dann nichts mehr im Wege stehen würde.«
Finney nickte nachdenklich.
»Schon möglich. Jedenfalls waren sie klug genug, ihre Verlobung noch nicht offiziell bekanntzugeben.
Ja, es wäre durchaus möglich. Verbrechen sind sehr langweilig – entweder ist es der Ehemann und eine andere Frau oder die Ehefrau und ein anderer Mann.
Aber was hilft uns das, Huish?«
»Es hilft uns in der Tat nicht viel, Sir. Und selbst wenn wir persönlich ganz sicher wären – der Staatsanwalt verlangt Beweise.«
»Selbstverständlich, aber sind Sie persönlich ganz sicher?«
»Leider nicht«, erwiderte Superintendent Huish betrübt.
»Nein? Warum nicht?«
»Weil ich es Mr. Jackson nicht zutraue – ich spreche nicht von dem Mord selbst, aber ich kann mir nicht vorstellen, daß er seinen Sohn dafür hätte büßen lassen.«
»Sie dürfen nicht vergessen, daß Clark nicht sein eigener Sohn war. Außerdem besteht die Möglichkeit, daß Mr. Jackson seit langem auf die große Liebe und Fürsorge eifersüchtig war, die seine Frau Clark entgegenbrachte.«
»Das ist möglich, obwohl ich den Eindruck habe, daß Mr. Jackson alle seine Kinder sehr liebte.«
»Und was halten Sie von Miss Smith, der Sekretärin?«
»Falls sie es getan haben sollte, hätte sie wahrscheinlich auch keine Skrupel gehabt, Clark zu opfern. Frauen gehen über Leichen.«
»Jedenfalls besteht Ihrer Ansicht nach die Möglichkeit, daß Mr. Jackson oder Gwenda Smith den Mord begangen haben.«
»Die Möglichkeit besteht«, erwiderte Huish zögernd, »aber irgend etwas schwelt dort unter der Oberfläche... Wenn ich nur wüßte, was die einzelnen denken, was sie voneinander halten.«

»Wenn ich Sie recht verstehe, fragen Sie sich, ob der Familie der Täter bekannt ist, nicht wahr?«

»Ja, und ich komme mit dem Problem nicht zu Rande. Wissen sie es alle? Sind sie übereingekommen, es für sich zu behalten? Eigentlich glaube ich es nicht, ich halte es sogar für möglich, daß sie alle völlig verschiedene Vermutungen haben.

Auch über die schwedische Haushälterin bin ich mir nicht recht im klaren, sie scheint ein Nervenbündel zu sein; immerhin ist sie in einem Alter, in dem viele Frauen unter Depressionen leiden. Sie mag Angst um ihre eigene Sicherheit haben oder um die Sicherheit eines anderen. Ich glaube eher, daß es sich um einen anderen handelt.«

»Um Leo?«

»Nein, ich nehme an, daß sie sich um das junge Mädchen Sorgen macht – um Hester.«

»Hester? Halten Sie es für möglich, daß Hester den Mord begangen hat?«

»Ich wüßte zwar nicht, aus welchem Grund, aber sie ist ein leidenschaftliches und vielleicht ein bißchen unausgeglichenes Mädchen.«

»Diese Lindstrom kennt das Mädchen natürlich viel besser als wir.«

»Das ist nur zu richtig... Dann wäre noch Tina in Betracht zu ziehen; sie arbeitet in der Bibliothek in Redmyn.«

»Wenn ich mich recht entsinne, war sie in dieser Nacht nicht im Sonneneck?«

»Stimmt, aber ich habe sonderbarerweise das Gefühl, daß sie etwas weiß.«

»Weiß sie etwas – oder ahnt sie nur etwas?«

»Schwer zu sagen, jedenfalls macht sie auf mich einen nervösen Eindruck.

Dann wäre noch der andere Sohn zu erwähnen – Micky –, auch er war nicht im Haus, aber er war allein in seinem Wagen unterwegs. Er behauptet, auf einer Probefahrt in der Gegend des Moors und der Nähe von Minchin Hill gewesen zu sein. Allerdings kann niemand diese Aussage bestätigen. Er hätte hinüberfahren, ins Haus gehen, sie erschlagen und wieder fortfahren können.

Gwenda Smith sagte etwas, das nicht im ursprünglichen Protokoll vermerkt war. Sie erinnerte sich, daß ein Wagen beim

Eingang der Sackgasse an ihr vorbeigefahren war. In dieser Straße stehen vierzehn Häuser; der Wagen kann zu jedem dieser Häuser gefahren sein, und niemand wird sich nach zwei Jahren daran erinnern.
Immerhin wäre es möglich, daß es Mickys Wagen war.«
»Und warum hätte er seine Adoptivmutter töten sollen?«
»Uns ist kein besonderer Grund bekannt, aber er mag einen gehabt haben.«
»Wer könnte das wissen?«
»Die ganze Familie«, erwiderte Huish, »aber sie würden es uns nicht sagen – jedenfalls nicht mit Absicht.«
»Sehr schwierig«, meinte der Oberkommissar. »Haben Sie weitere Schlachtpläne, Huish?«
Huish zögerte einen Augenblick, dann sagte er: »Ich glaube, es wäre keine schlechte Idee, wenn ich mir Miss Lindstrom noch einmal vornehmen würde. Und auch mit dem gelähmten Philip Durrant müssen wir uns noch etwas eingehender befassen.«
»Was halten Sie von ihm?«
»Ich glaube, daß er seine eigene Theorie hat. Allerdings scheint er nicht den Wunsch zu haben, sie mir mitzuteilen, aber vielleicht gelingt es mir doch, etwas aus ihm herauszuholen. Er ist ein intelligenter Bursche und ein guter Beobachter, er mag ein paar interessante Feststellungen gemacht haben.«

»Komm, laß uns ein bißchen frische Luft schnappen, Tina.«
Tina blickte zu Micky auf und sagte:
»Aber es ist doch so kalt, Micky.«
»Ich glaube, du haßt frische Luft, Tina, sonst könntest du es ja auch nicht aushalten, den ganzen Tag in der Bibliothek eingesperrt zu sein.«
Tina lächelte. »Im Winter bin ich ganz gern in einem warmen Zimmer.«
»Ein bißchen frische Luft wird dir bestimmt guttun, Tina. Ich möchte mit dir sprechen und versuchen, das Polizeiverhör und die ganze unerfreuliche Angelegenheit im Freien zu vergessen.«
Tina streckte sich und stand mit graziösen, katzenhaften Bewegungen auf. In der Diele zog sie ihren Mantel an und knöpfte den Pelzkragen zu.
»Ziehst du dir keinen Mantel an, Micky?«

»Nein, mir macht die Kälte nichts aus.«
»Beneidenswert! Ich kann dir nicht sagen, wie ich dieses Land im Winter hasse; ich wünschte, ich könnte in einem warmen, südlichen Klima leben.«
»Mir ist gerade eine Stellung bei einer Ölgesellschaft im Persischen Golf angeboten worden«, verkündete Micky.
»Nimmst du sie an?«
»Nein, ich glaube nicht... Wozu?«
Sie gingen zur Rückseite des Hauses; von dort führte ein gewundener Pfad zu dem schmalen Strand am Fluß. Auf halbem Weg stand ein kleines, windgeschütztes Sommerhäuschen. Sie setzten sich nicht sofort hin, sondern standen einen Augenblick davor und blickten auf den Fluß hinunter.
»Ist es nicht wunderschön hier?« fragte Micky.
»Ja, eigentlich ist es ganz schön«, erwiderte sie.
»Aber du machst dir nicht viel draus, hab ich recht, Tina?«
»Vielleicht; übrigens ist es mir in all den Jahren niemals aufgefallen, daß du die Schönheiten dieser Gegend sehr genießt. Du hast dich immer nur danach gesehnt, nach London zurückzukehren.«
»Das war etwas anderes, ich gehöre nicht hierher«, sagte Micky kurz.
»Also das ist es – du glaubst, nirgendwo hinzugehören.«
»›Nirgendwo hinzugehören‹ – vielleicht hast du recht, Tina – eigentlich ein furchtbarer Gedanke.«
Nach kurzem Schweigen sagte Tina: »Warum kannst du sie nicht vergessen, Micky?«
»Vergessen? Von wem sprichst du?«
»Von deiner Mutter.«
»Das ist nicht so einfach«, erwiderte Micky bitter. »Wenn jemand ermordet worden ist, wird dafür gesorgt, daß man das Opfer nicht vergißt.«
»Ich spreche nicht von Mrs. Jackson«, sagte Tina. »Ich spreche von deiner richtigen Mutter.«
»Unsinn, warum sollte ich an sie denken? Ich habe sie seit meinem sechsten Lebensjahr nicht mehr gesehen.«
»Trotzdem denkst du dauernd an sie, Micky.«
»Wie kommst du denn darauf, habe ich jemals darüber gesprochen?«
»Gewisse Dinge fühlt man eben«, erwiderte Tina.

Micky warf ihr einen zärtlichen Blick zu.
»Du bist ein sanftes, liebes Geschöpf, Tina, du erinnerst mich an ein kleines schwarzes Kätzchen. Aber ich glaube, du hast Krallen – man muß sich vorsehen, dich nicht gegen den Strich zu streicheln.«
Er fuhr behutsam über den Ärmel ihres Mantels.
»Du hast Mutter Jackson nicht gehaßt, nicht wahr, Tina? Wir anderen haben es getan.«
»Das war sehr unrecht und ganz unverständlich«, erwiderte Tina. »Sie hat uns allen so viel gegeben – ein Zuhause, Liebe und Güte, gutes Essen, Spielzeug – Sicherheit.«
»Ja, ja«, meinte Micky ungeduldig, »ein bißchen Sahne und liebevolle Behandlung, mehr wollte das Kätzchen nicht.«
»Ich war ihr einfach dankbar«, sagte Tina, »im Gegensatz zu euch.«
»Es ist manchmal sehr schwer, dankbar zu sein, wenn man sich dazu verpflichtet fühlt, kannst du das nicht verstehen? Ich wollte diesen Luxus gar nicht. Ich wollte mein eigentliches Zuhause nicht verlassen.«
»Wenn du in London geblieben wärst, hättest du leicht bei einem Luftangriff ums Leben kommen können«, stellte Tina nüchtern fest.
»Ich hätte nichts dagegen gehabt; wenigstens wäre ich zu Hause bei meiner wirklichen Mutter gewesen – womit wir wieder beim Thema wären! Es gibt nichts Schlimmeres, als nirgendwo hinzugehören. Aber dir macht das nichts, Kätzchen, du interessierst dich nur für materielle Dinge.«
»Vielleicht bin ich da eher auf dem richtigen Weg«, meinte Tina nachdenklich. »Vielleicht fühle ich darum auch anders als ihr alle. Ich kenne diese seltsamen Vorbehalte, diese... diese innere Zurückweisung nicht, die ihr Mutter entgegenzubringen scheint – allen voran du, Micky.
Es fällt mir, ehrlich gesagt, aber auch leicht, dankbar zu sein. Denn ich wollte ganz gewiß *nicht* ›ich selbst‹ sein – ich wollte *nicht* dort bleiben, wo ich war. Ich wollte mir entfliehen, jemand anders sein. Und sie ermöglichte es mir, mein Leben von Grund auf zu ändern – eben ein anderer Mensch zu werden. Sie machte mich zu Christina Jackson, die ein Zuhause hatte – ein schönes, gemütliches Zuhause – und die man liebte. Sicherheit. Gebor-

genheit. Ich hatte Mutter von Herzen gern, weil sie mir all das geschenkt hatte.«
»Aber deine eigene Mutter – hast du denn nie an sie gedacht?«
»Warum sollte ich? Ich kann mich kaum an sie erinnern. Schließlich war ich erst drei Jahre alt, als ich hierher kam. Ich hatte stets Angst – grenzenlose Angst –, wenn ich bei ihr war. All diese gräßlichen Streitereien mit Seeleuten und dann sie selbst – sie war die meiste Zeit betrunken und dementsprechend laut und aggressiv.«
Tina erzählte das alles ein wenig erstaunt – so als komme es ihr zum ersten Mal so richtig zu Bewußtsein.
»Nein, ich denke nicht an sie, hänge keinen Erinnerungen nach. Mrs. Jackson war meine Mutter. Dies Haus hier ist mein Heim.«
»Für dich ist alles so leicht, Tina«, seufzte Micky.
»Du machst es dir nur selbst unnötig schwer, Micky! Du hast nicht Mrs. Jackson gehaßt, sondern deine eigene Mutter ... und falls du Mrs. Jackson ermordet haben solltest, hast du es nur getan, weil du in Wirklichkeit deine eigene Mutter umbringen wolltest.«
»Wie kannst du nur so etwas sagen, Tina, was fällt dir ein ...«
Tina unterbrach ihn, ohne sich aus der Ruhe bringen zu lassen.
»Bitte laß mich ausreden, Micky! Und jetzt bist du einsam und unglücklich, weil du niemanden hassen kannst. Aber du mußt lernen, ohne deinen Haß zu leben, auch wenn es dir schwerfällt.«
»Worauf willst du eigentlich hinaus, Tina, wieso kommst du auf den Gedanken, daß ich sie ermordet haben könnte? Du weißt doch ganz genau, daß ich an jenem Tag eine Probefahrt über die Moor Road nach Minchin Hill gemacht habe.«
»Wirklich?« fragte Tina.
Sie stand auf und ging ein paar Schritte zu dem kleinen Aussichtspunkt, von dem aus man den Fluß überblicken konnte.
Micky folgte ihr. Er fragte: »Was gibt's da unten zu sehen, Tina?«
»Wer sind die beiden Leute am Strand?« fragte sie.
»Ich glaube Hester und ihr Freund, der Doktor«, erwiderte Micky. »Aber das ist jetzt ganz uninteressant. Ich möchte wissen, was du vorhin gemeint hast ... Um Himmels willen, geh doch nicht so nah an den Rand!«
»Warum – reizt es dich, mich hinunterzustoßen?«

»Wie kommst du darauf, daß ich an jenem Abend hier gewesen sein könnte?«
Tina antwortete nicht, sie wandte sich um und ging zurück in Richtung Haus.
Plötzlich sagte sie: »Ich mache mir entsetzliche Sorgen um Hester und Don Craig.«
»Hester und ihr Freund interessieren mich nicht; ich hab keine Lust, über sie zu sprechen.«
»Aber ich möchte über sie sprechen, mir sind sie wichtig.«
»Warum hast du nicht schon damals gesagt, daß du glaubtest, ich sei an dem Abend im Haus gewesen, an dem Mutter ermordet wurde?«
»Weil keine Notwendigkeit dazu bestand, weil wir alle annahmen, daß Clark sie ermordet hat.«
»Und jetzt – nachdem wir wissen, daß Clark nicht der Täter war?«
Sie antwortete nicht, sondern ging weiter den Pfad hinauf, der zum Haus führte.

Unten am Strand scharrte Hester mit dem Fuß im Sand.
»Ich weiß wirklich nicht, warum du dich darüber unterhalten willst«, sagte sie.
»Es ist unbedingt nötig«, beharrte Don Craig. »Du mußt mir wenigstens erzählen, was sich heute ereignet hat.«
»Nichts«, erwiderte Hester.
»Was soll das heißen? Die Polizei war doch da – oder nicht?«
»Ja, natürlich«, bestätigte Hester, »und man hat uns wieder dieselben Fragen gestellt – wo wir waren, und was wir taten, und wann wir Mutter zuletzt lebend sahen. Aber ich habe keine Lust, weiter darüber zu reden, Don. Jetzt, wo alles vorbei ist.«
»Nein, es ist nicht vorbei, das ist es ja gerade, Liebling.«
»Warum *du* dich so darüber aufregst, verstehe ich überhaupt nicht«, erklärte Hester. »Du hast doch nichts damit zu tun? – oder?«
»Nein, aber ich will dir helfen, begreifst du das nicht?«
»Es hilft mir nichts, darüber zu sprechen, ich will das Ganze vergessen.«
»Das hat keinen Sinn, Hester, man muß den Tatsachen ins Auge sehen.«
»Ja, das habe ich zur Genüge getan.«

»Ich liebe dich, Hester, das weißt du doch, nicht wahr?«
»Deshalb brauchst du dich nicht wie ein Polizist aufzuführen«, bemerkte Hester scharf.
Ohne ihren Unwillen zu beachten, fuhr Don fort: »Du warst die letzte, die deine Mutter lebend gesehen hat, nicht wahr?«
»Ja, es war kurz vor sieben. Ich wollte nach Drymouth ins Theater fahren.«
»Warst du dir damals schon darüber klar, daß ich dich liebe, Hester?«
»Nein, ich wußte nicht einmal, daß ich mich in dich verliebt hatte«, gestand Hester.
»Du hattest keinen triftigen Grund, deine Mutter zu ermorden, nicht wahr?«
Nach einer kurzen Pause sagte Hester sachlich: »Ich habe oft daran gedacht, sie zu ermorden, manchmal träumte ich sogar, daß ich sie getötet hätte.«
»Auf welche Weise hast du sie im Traum ermordet?«
In diesem Augenblick war Don Craig nicht mehr der liebende Freund, sondern der an einem Fall interessierte Arzt.
»Entweder erschossen oder erschlagen«, antwortete Hester vergnügt.
Dr. Craig stöhnte.
»Aber das war ja nur ein Traum«, meinte Hester, »im Traum bin ich oft gewalttätig.«
Don Craig ergriff ihre Hand.
»Du mußt mir die Wahrheit sagen – unbedingt! Ich liebe dich, und ich werde zu dir halten. Ich kann dein Motiv verstehen – ich meine, falls du sie wirklich getötet hast. Ich glaube nicht, daß man dich dafür verantwortlich machen könnte, aber wie dem auch sei, du kannst dich darauf verlassen, daß ich nicht zur Polizei gehen werde. Dein Geheimnis ist bei mir sicher, und die ganze Sache wird aus Mangel an Beweisen im Sande verlaufen. Aber ich muß es wissen.«
Hester sah ihn aus großen Augen verständnislos an.
»Was willst du von mir hören?« fragte sie.
»Die Wahrheit.«
»Du glaubst, die Wahrheit bereits zu kennen, nicht wahr? Du bist davon überzeugt, daß ich sie ermordet habe.«
»Sieh mich nicht so vorwurfsvoll an, Liebling.«

Er legte den Arm um ihre Schulter.
»Ich bin Arzt. Ich kenne die Hintergründe dieser Dinge, ich weiß, daß man Menschen nicht immer zur Verantwortung ziehen kann für das, was sie tun. Ich werde dir helfen, dir mit Rat und Tat zur Seite stehen. Wir werden heiraten und glücklich sein. Du brauchst nie wieder das Gefühl zu haben, überflüssig zu sein, nicht geliebt zu werden. Unsere Handlungen sind nur zu oft auf Gründe zurückzuführen, die andere nicht verstehen.«
»Das haben wir damals bei dem armen Clark auch gesagt«, stellte Hester fest.
»Clark steht jetzt nicht zur Diskussion. Ich denke einzig und allein an dich. Ich liebe dich, Hester, und deshalb muß ich die Wahrheit erfahren.«
»Die Wahrheit?« sagte Hester mit einem spöttischen Lächeln.
»Ja, die Wahrheit.«
Hester wandte den Kopf und blickte in den Himmel.
»Hester!«
»Würdest du mir glauben, wenn ich dir versicherte, daß ich sie nicht getötet habe?«
»Natürlich würde ich ... ja, ich würde dir glauben.«
»Davon bin ich leider nicht überzeugt«, erwiderte Hester.
Sie drehte sich unvermittelt um und lief zum Haus hinauf.

15

»Ich habe noch keine Lust, wieder nach Hause zu fahren«, sagte Philip Durrant störrisch.
»Das verstehe ich nicht, Philip. Wir haben die Unterredung mit Mr. Marshall und das Polizeiverhör abgewartet, und nun besteht wirklich kein Grund mehr, hierzubleiben.«
»Ich glaube, dein Vater würde sich freuen, wenn wir noch einige Zeit im Sonneneck blieben – vor allem weil er gern einen Schachpartner im Haus hat.«
»Er wird einen anderen finden«, erklärte Mary kurz. »Morgen kommt Mrs. Cardew zum Silberputzen, schon deshalb möchte ich unbedingt zu Hause sein.«

»Polly, die perfekte Hausfrau«, meinte Philip lächelnd. »Wetten, daß Mrs. Cardew auch ohne dich mit dem Silber fertig wird? Oder vielleicht könntest du das Ganze um eine Woche verschieben?«
»Du weißt nicht, wie schwierig es heutzutage ist, eine gute Putzfrau zu bekommen; ich kann ihr nicht so einfach absagen.«
»Dir wird schon etwas einfallen, Mary. Ich bleibe jedenfalls hier!«
»Ich bin so schrecklich ungern hier«, erwiderte Mary gereizt. »Ich hasse diese düstere Stimmung, ich hasse es, im Schatten des Mordes zu leben.«
»Erzähl mir doch nicht, daß du Nerven hast, Polly! Du kannst Mord und Verbrechen ertragen, ohne mit der Wimper zu zucken. Du willst ganz einfach in deinem Haus nach dem Rechten sehen, du willst putzen und aufräumen und dich vergewissern, daß sich keine Motten an deinen Pelzmantel gewagt haben –«
»Im Winter kümmern sich die Motten nicht um Pelzmäntel«, unterbrach Mary ihn.
»Schon gut, du weißt genau, was ich meine, Polly. Aber Haushalt hin, Haushalt her – kannst du mir zuliebe nicht noch etwas warten? Ich finde es hier im Sonneneck nun mal viel interessanter.«
»Interessanter als bei uns zu Hause? In deinem eigenen Heim?« Mary wirkte geschockt und verletzt zugleich.
Philip warf ihr einen schnellen Blick zu.
»Tut mir leid, Liebes. Ich habe mich wohl ungeschickt ausgedrückt. Natürlich bin ich am liebsten zu Hause – so schön wie du immer alles herrichtest. Bequem, sauber, elegant. Und alles wäre in Ordnung, wenn – wenn ich in Ordnung wäre. Man käme nach Hause, würde über dies und jenes sprechen, was sich am Tag ereignet hat... Aber, verstehst du, das ist jetzt anders...«
»Oh, glaub nicht, daß ich das nicht wüßte«, beeilte sich Mary zu versichern. »Ich vergesse das nie, ich denke sogar ständig daran.«
»Ja«, preßte Philip zwischen seinen Zähnen hervor, »du denkst sogar viel zuviel daran, Mary. Manchmal so sehr, daß auch ich an nichts anderes mehr denken kann. Dabei ist alles, was ich brauche, ein wenig Ablenkung und – nein«, er hob die Hand, »erzähl mir jetzt nichts von Puzzles, Kreuzworträtseln und dergleichen albernen Beschäftigungstherapien oder von Leuten, die mich besuchen kommen. Auch lesen kann man schließlich nicht immer.

Ich sehne mich einfach danach, wirklich gefordert zu werden! Und hier, in diesem Haus, da ist ein Problem, dessen Lösung eine echte Herausforderung darstellt.«
»Philip«, Mary hielt den Atem an, »willst du etwa noch immer Detektiv spielen?«
»Warum nicht?« erwiderte Philip. »Es ist ein Spiel – Mörderjagd. Wer war der Täter? Ja, Polly, nichts interessiert mich mehr, als herauszubekommen, wer es getan hat.«
»Aber warum? Und wie willst du das anstellen? Wenn irgend jemand eingebrochen ist oder die Tür offen vorgefunden hat...«
»Reitest du immer noch auf der Theorie vom großen Unbekannten, vom Außenstehenden herum?« fragte Philip. »Sie greift nicht. Verlaß dich drauf. Der alte Marshall hat zwar so getan, als ob er daran glauben würde – aber nur, um uns zu helfen, das Gesicht zu wahren. Keiner glaubt wirklich daran.«
»Aber dann, dann...«, begann Mary stockend, »muß es einer von uns gewesen sein – dann – will ich es erst recht nicht wissen. Warum auch? Sind wir in irgendeiner Weise besser dran, wenn wir's wissen? Ist es nicht eher umgekehrt?«
Philip sah sie fragend an.
»Du willst also den Kopf in den Sand stecken, Polly, ja? Besitzt du denn überhaupt keinen Funken natürliche Neugier?«
»Ich sage doch: Ich will es nicht wissen! Ich finde das alles einfach gräßlich. Ich will es vergessen und nicht immer noch weiter darüber nachdenken.«
»Hast du für deine Mutter so wenig übrig gehabt, daß du nicht einmal erfahren möchtest, wer ihren Tod auf dem Gewissen hat?«
»Was würde es ändern, wenn man weiß, wer sie umbrachte? Zwei Jahre lang haben wir mit der Vorstellung, Clark sei ihr Mörder, ganz zufrieden gelebt.«
»Ja«, bemerkte Philip, »schöne Zufriedenheit, nicht?«
Seine Frau sah ihn zweifelnd an.
»Ich weiß wirklich nicht, was du meinst, Philip.«
»Ich will versuchen, dir meine Einstellung zu erklären, Polly. Ich empfinde den Fall in gewisser Weise als eine Herausforderung an meine Intelligenz. Ich behaupte nicht, daß der Tod deiner Mutter ein besonders schwerer Schlag für mich war oder daß ich sie besonders gern hatte – im Gegenteil. Sie versuchte unsere Heirat zu verhindern, da ich jedoch aus diesem Kampf als Sieger

hervorgegangen bin, sah ich es ihr nach. Ich hatte und habe weder den Wunsch, mich zu rächen, noch das leidenschaftliche Verlangen nach Gerechtigkeit. Vielleicht ist es nichts als Neugierde, obwohl ich hoffe, daß Neugierde nicht die alleinige Triebfeder ist.«

»Ich finde, daß du dich in diese Angelegenheit nicht einmischen solltest. Das kann zu nichts Gutem führen. Ich flehe dich an, Philip, laß uns nach Hause fahren, laß uns versuchen, diesen Alptraum hier zu vergessen!«

»Schon gut«, sagte Philip, »du kannst mich natürlich hinverfrachten, wohin du willst, nicht wahr? Aber ich möchte nun mal hierbleiben. Könntest du vielleicht einmal tun, was *ich* wünsche?«

»Es gibt nichts auf der Welt, was ich nicht für dich tun würde«, erwiderte Mary in beleidigtem Ton.

»Aber was für mich zu tun ist, das weißt du am besten – so ist es doch, oder? Du behandelst mich wie ein Wickelkind.«

Er lachte bitter.

Mary sah ihn verunsichert an.

»Ich weiß nie, ob du Spaß machst oder es ernst meinst.«

»Außerdem«, sagte Philip, das Thema abrupt wechselnd, »ist es nicht nur Neugierde, ich empfinde es irgendwie als meine Pflicht, die Wahrheit an den Tag zu bringen.«

»Warum? Nur damit noch jemand ins Gefängnis kommt?«

»Du hast mich nicht verstanden, Mary. Ich habe nicht gesagt, daß ich den Täter – falls ich ihn finden sollte – der Polizei übergeben würde. Das hängt von verschiedenen Dingen ab – wahrscheinlich würde ich es schon deshalb nicht tun, weil es sicherlich an stichhaltigen Beweisen fehlen wird.«

»Wie willst du etwas herausfinden, wenn du keine Beweise hast?«

»Es gibt viele Wege, die Wahrheit ein für allemal zu ergründen, und ich halte das für eine unbedingte Notwendigkeit. Es geht etwas vor in diesem Haus, und ich habe das Gefühl, es könnten einige sehr ungute Dinge passieren …«

»Was meinst du damit?«

»Ist dir nichts aufgefallen, Polly? Ich spreche von deinem Vater und von Gwenda Smith.«

»Nein, was ist mit ihnen? Außerdem sagte ich schon einmal, daß

ich wirklich nicht weiß, warum Vater in seinem Alter noch einmal heiraten will.«
»Ich kann ihn gut verstehen«, erwiderte Philip. »Seine erste Ehe war nicht ideal, jetzt hat er die Chance, einmal wirklich glücklich zu sein, selbst wenn es ein spätes Glück ist, oder sagen wir, er hatte die Chance, denn in den letzten Tagen hat sich vieles verändert. Dafür gibt es zwei Gründe: Verdacht oder Schuldgefühl.«
»Verdacht auf wen?«
»Gegenseitiger Verdacht – oder gegenseitiges Schuldgefühl.«
»Glaubst du, daß es Gwenda war?« fragte Mary mit plötzlichem Interesse. »Vielleicht hast du recht. Ich wäre ja so froh, wenn sie es getan hätte – wenigstens gehört sie nicht zur Familie!«
»Sonst empfindest du nichts?« bemerkte Philip bitter.
»Nein, natürlich nicht.«
»Du bist leider völlig phantasielos, Mary. Du kannst dich nicht in die Gefühle eines anderen Menschen versetzen.«
»Ich sehe auch gar nicht ein, warum ich es versuchen sollte.«
»Um zu verstehen, was Gwenda und dein Vater leiden müssen, besonders wenn sie unschuldig sind. Wie tieftraurig es für Gwenda ist, eine Entfremdung zu spüren, zu fühlen, daß sie den Mann, den sie liebt, nun doch nicht heiraten kann.
Und versuch mal, dich in die Lage deines Vaters zu versetzen: Er muß wissen, daß die Frau, die er liebt, zweifellos die Gelegenheit hatte, den Mord zu begehen; auch an einem Motiv fehlte es ihr nicht ... Er hofft, daß sie es nicht war, er ist fest davon überzeugt – aber ganz sicher kann und wird er nie sein.«
»In seinem Alter ...«, begann Mary.
»Sein Alter! Hör doch endlich auf damit, Mary!« unterbrach Philip sie ungeduldig. »Begreifst du nicht, daß es für einen Mann in seinem Alter besonders tragisch ist? Es handelt sich um die letzte Liebe seines Lebens, um eine tiefe, echte Liebe ...
Aber nehmen wir einmal an, er hätte seine Frau erschlagen ... Selbst dann könnte der arme Teufel einem fast leid tun! Doch ich halte es kaum für möglich, daß er es war, obwohl die Polizei ihn bestimmt in Verdacht hat ... Was meinst du, Polly?«
»Ich habe keine Ahnung, und ich weigere mich nach wie vor, darüber nachzudenken«, erwiderte Mary.
»Wenn ich nur wüßte, warum ... weil es dich abstößt? Oder weißt

du etwa mehr, als zu zugibst? Bist du dem Täter heimlich auf die Spur gekommen und willst es gerade mir nicht sagen? Denkst du vielleicht an Hester?« drang Philip in sie.
»Um Himmels willen, nein! Warum sollte Hester Mutter ermordet haben?«
»Schwer zu sagen«, sagte Philip nachdenklich. »Und doch liest man hin und wieder von derartigen Fällen – von einem verwöhnten Sohn oder von einer Tochter, denen die liebenden Eltern die Erfüllung irgendeines Wunsches verweigern. Manchmal handelt es sich nur um eine unwichtige Kleinigkeit, die in dem jungen Menschen eine heftige Wut oder gar eine temporäre Geistesgestörtheit auslöst und ihn zum Hammer oder zum Feuerhaken greifen läßt. Diese Dinge sind kaum zu verstehen, aber sie kommen vor. Eine lange, mühsam unterdrückte Rebellion macht sich plötzlich und gewaltsam Luft. Das ist ein Muster, das auch auf Hester paßt.
Siehst du, das Problem bei Hester ist, daß man nie weiß, was in ihrem hübschen Köpfchen vorgeht. Sie ist weich, nachgiebig, labil – nenn es, wie du willst –, und sie selbst ärgert sich darüber am meisten. Und deine Mutter gehörte zu jener Art Menschen, die Hester ihre Unzulänglichkeit dauernd bewußt machten.
Ja«, Philip lehnte sich aufgeregt vor, »ich denke, Hester hätte allen Grund gehabt...«
»Bitte hör auf, darüber zu reden«, bat Mary.
»Du hast recht. Reden allein wird uns nicht viel weiterbringen«, räumte Philip ein. »Man muß eben gewisse Schlüsse ziehen, Fallen aufstellen und abwarten, ob die Betreffenden hineintappen.«
»Es waren nur vier Menschen im Haus«, überlegte jetzt auch Mary. »Ich halte es kaum für möglich, daß Vater den Mord begangen hat, aber ich wüßte ebenfalls keinen Grund, warum Hester Mutter ermordet haben sollte. Es kämen also nur Gwenda und Kirsten in Frage.«
»Wer wäre dir lieber?« fragte Philip ironisch.
»Ich kann mir nicht vorstellen, daß die brave Kirsty es getan hat. Sie hat Mutter geliebt und verehrt. Es besteht höchstens die Möglichkeit, daß sie plötzlich den Verstand verloren hat, aber sie macht einen ganz normalen Eindruck, findest du nicht?«
»Ja, sehr normal, und ich nehme an, daß die gute Kirsty auch gern

ein ganz normales Leben geführt hätte, sie ist nur leider so reizlos, daß kein Mann auf den Gedanken gekommen ist, sie zu heiraten. Es muß ein furchtbares Schicksal sein für eine Frau mit gesunden Instinkten, weder Ehefrau noch Mutter werden zu können.«
»Ihr Männer seid doch alle gleich«, stellte Mary fest. »Ihr glaubt, daß das Glück einer Frau nur vom Ehering abhängt.«
»Ich mag altmodisch sein, aber ich bin davon überzeugt, daß es der Wunsch eines jeden Mädchens ist zu heiraten«, erklärte Philip lachend. »Hat Tina eigentlich keinen Freund?«
»Nicht daß ich wüßte, aber sie ist sehr verschlossen und spricht kaum über ihr Privatleben.«
»Ja, sie ist außerordentlich zurückhaltend ... ich möchte wissen, was sie verschweigt!«
»Wahrscheinlich gar nichts«, erwiderte Mary.
»Ich bin da anderer Meinung.«
»Unsinn, Philip, du hast eine zu lebhafte Phantasie.«
»Glaubst du? Entsinnst du dich nicht, daß Tina sagte, sie ›hoffe‹, daß sie gar nichts wüßte? Merkwürdige Feststellung! Ich möchte wetten, daß sie etwas weiß, und ich werde es herausbekommen.«
»Und was soll das sein?«
»Vielleicht ist es nur eine Kleinigkeit, etwas, das sie selbst gar nicht mit der Tat in Verbindung bringt – oder nicht auf die richtige Weise. Ich hoffe, es herauszukriegen.«
»Philip!«
»Schon gut, Polly. Ich habe mir diese Aufgabe gestellt. Ich habe mich selbst davon überzeugt, daß die Lösung dieses Falles im öffentlichen Interesse liegt. Die Frage ist nur: Wo soll ich anfangen? Ich denke, ich beginne mit Kirsty. In mancher Hinsicht ist sie ein schlichtes Gemüt.«
»Ich wünschte – oh, ich wünschte so sehr«, sagte Mary flehentlich, »du würdest dir diese verrückte Idee aus dem Kopf schlagen und mit mir nach Hause fahren. Wir waren so glücklich. Alles lief so gut –«
Ihr versagte die Stimme, und sie wendete sich ab.
»Polly!«
Philip war bestürzt.
»Hast du Angst? Davon habe ich ja gar nichts gemerkt.«
Mary wandte ihm wieder das Gesicht zu, einen hoffnungsvollen Blick in den Augen.

»Dann kommst du doch mit nach Hause und – vergißt alles möglichst rasch?«
»Ich kann das hier nicht so einfach vergessen.«
Philip schüttelte nachdrücklich den Kopf.
»Ich muß mich einfach damit beschäftigen – nachdenken, verwerfen, neu zusammensetzen. Laß uns bis zum Ende der Woche hierbleiben, Mary, dann wollen wir weitersehen.«

16

»Hast du etwas dagegen, wenn ich noch etwas länger hierbleibe, Vater?« fragte Micky.
»Im Gegenteil, ich freue mich sehr, falls dein Chef einverstanden ist.«
»Er war sehr nett«, erwiderte Micky. »Ich hab ihn angerufen, und er sagte, ich brauche nicht vor Montag da zu sein. Tina bleibt auch bis Sonntag abend hier«, fügte er hinzu.
Er ging, die Hände in den Taschen, unruhig im Zimmer auf und ab.
Schließlich sagte er mit rauher, ein wenig unsicherer Stimme:
»Ich weiß, wieviel du für mich getan hast, Vater; erst in der letzten Zeit habe ich das alles begriffen und eingesehen, wie undankbar ich bisher gewesen bin.«
»Du hast keinen Grund zur Dankbarkeit, Micky. Du bist mein Sohn, und ich habe dich immer wie meinen Sohn behandelt.«
»Du bist nie ein strenger Vater gewesen«, meinte Micky.
Leo Jackson lächelte.
»Glaubst du wirklich, daß ein Vater unbedingt streng sein muß?«
»Nein, natürlich nicht, aber ich hätte etwas mehr Strenge verdient. Ich war ein Narr, ein aufsässiger, halsstarriger Narr! Weißt du, was ich im Augenblick erwäge? Es ist ein sonderbarer Zufall – ich denke daran, eine Stellung bei einer Ölgesellschaft am Persischen Golf anzunehmen. Erinnerst du dich, daß Mutter vorhatte, mich bei einer Ölfirma unterzubringen? Aber damals wollte ich nichts davon wissen, ich wollte mir unbedingt selbst eine Stellung suchen!«

»Du warst sehr jung, und du wolltest dir keine Vorschriften machen lassen. Du warst schon als Kind eigenwillig; wenn wir dir einen roten Pullover kaufen wollten, bestandest du auf einem blauen, selbst wenn du im Grunde genommen gern einen roten gehabt hättest.«
»Stimmt!« gab Micky mit einem kurzen Lachen zu.
»Du hast, wie viele junge Menschen, gegen das Bestehende rebelliert. So geht es uns allen, aber eines Tages müssen wir lernen, uns einzufügen und nachzugeben. Ich freue mich jedenfalls, daß du diese Stellung in Betracht ziehst, denn als Autoverkäufer kann man es nicht sehr weit bringen.«
»Ich liebe Autos, und ich bin kein schlechter Verkäufer; ich kann gut mit Leuten umgehen und sie zum Kauf überreden – aber Spaß macht mir dieses Leben nicht. Die neue Stellung wäre ganz etwas anderes, ich würde für Instandhaltung und Reparaturen der Lastwagen zu sorgen haben – ein verantwortungsvoller Posten.«
»Ich möchte dir noch einmal sagen, daß ich auch jederzeit bereit bin, dir ein eigenes Geschäft zu finanzieren, vorausgesetzt, es handelt sich um ein solides Projekt.«
»Vielen Dank, aber ich möchte dich nicht ausnutzen, Vater.«
»Von Ausnutzen kann gar keine Rede sein. Es ist dein Geld, Micky, das, wie du weißt, von Mutter schon vor Jahren für jedes der Kinder festgelegt worden ist. Ich habe lediglich das Recht und die Pflicht, größere Barauszahlungen zu gestatten oder zu verweigern, da ich einer der Vermögensverwalter bin. Es ist dein Geld!«
»Eigentlich ist es Mutters Geld«, stellte Micky fest. »Ich kann und will es nicht anrühren, unter den augenblicklichen Umständen wäre mir das einfach unmöglich!«
Er errötete unter dem fragenden Blick seines Vaters, dann fuhr er unsicher fort: »Ich habe mich wohl irgendwie schief ausgedrückt.«
»Warum kannst du es nicht anrühren?« fragte Leo. »Als wir dich adoptierten, übernahmen wir in jeder Beziehung – auch in finanzieller – die Verantwortung für dich. Wir wollten unserem Sohn nicht nur eine gute Existenz geben, sondern ihm auch helfen, sich eine Existenz zu gründen.«
»Ich möchte auf eigenen Füßen stehen«, beharrte Micky.
»Wie du willst, Micky, aber vergiß nicht, daß dir das Kapital jederzeit zur Verfügung steht.«

»Vielen Dank, Vater. Ich wünschte nur, daß ich dir meine Einstellung zu diesen Dingen besser erklären könnte...«
Es wurde an die Tür geklopft oder, genauer gesagt, gegen die Tür gestoßen.
»Das muß Philip sein, würdest du ihm bitte aufmachen?« bat Leo.
Micky öffnete die Tür, und Philip fuhr mit seinem Rollstuhl ins Zimmer. Er lächelte den beiden vergnügt zu.
»Hast du viel zu tun, Leo? Bitte laß dich ja nicht durch mich stören, ich werde inzwischen ein wenig in deinen Büchern herumschmökern.«
»Nein, ich habe heute morgen nichts Besonderes zu erledigen«, erwiderte Leo.
»Ist Gwenda nicht hier?« fragte Philip.
»Sie hat angerufen und gesagt, sie habe Kopfschmerzen und könne heute nicht herkommen«, erwiderte Leo mit ausdrucksloser Stimme.
»Ich will mal sehen, wo Tina steckt, und versuchen, sie zu einem Spaziergang zu überreden. Das Mädchen haßt frische Luft«, verkündete Micky und verließ das Zimmer.
»Irre ich mich, oder hat Micky sich in letzter Zeit irgendwie verändert?« fragte Philip. »Er scheint nicht mehr mit sich und der Welt verfeindet zu sein.«
»Er ist eben langsam erwachsen geworden«, meinte Leo.
»Merkwürdig, daß er sich gerade jetzt entschlossen hat, die Welt durch eine rosa Brille zu sehen – ich fand das gestrige Verhör ausgesprochen entmutigend.«
»Natürlich ist es uns allen schmerzlich und peinlich, daß der Fall wiederaufgenommen wurde«, sagte Leo ruhig.
Philip fuhr langsam an den Bücherregalen entlang und nahm hier und da ein Buch aus dem Fach. Schließlich sagte er:
»Glaubst du eigentlich, daß Micky ein Mensch ist, der ein Gewissen hat?«
»Was für eine sonderbare Frage, Philip!«
»Findest du? Es gibt jedenfalls Leute, die ihre Taten niemals bereuen; zu denen gehörte Clark.«
»Das stimmt, Clark kannte keine Schuldgefühle.«
»Ich hoffe, du nimmst es mir nicht übel, wenn ich dir eine Frage stelle. Sind dir die Familiengeschichten deiner adoptierten Kinder bekannt?«

»Warum möchtest du das wissen, Philip?«
»Vielleicht nur aus Neugier. Ich frage mich oft, ob Vererbung wirklich eine entscheidende Rolle spielt oder nicht.«
Leo schwieg, und Philip beobachtete ihn interessiert.
Schließlich sagte Leo: »Das ist allerdings eine schwierige Frage. Wie du weißt, sind unsere Kinder unter besonderen Umständen zu uns gekommen. Mary, deine Frau, war die einzige, die ganz offiziell, mit allen Papieren, Unterschriften etc. adoptiert wurde. Clark war ein Waisenkind, das uns von einer alten Großmutter übergeben wurde. Sie kam später bei einem Luftangriff ums Leben, und Clark blieb bei uns.
Micky war ein uneheliches Kind, seine Mutter interessierte sich nur für Männer. Sie verlangte hundert Pfund für ihr Kind, die sie erhielt.
Was aus Tinas Mutter geworden ist, wissen wir nicht. Sie hat dem Kind nie geschrieben, sie hat auch nach dem Krieg keinen Versuch gemacht, es zurückzuholen, und es war ganz unmöglich, ihre Adresse zu erfahren.«
»Und Hester?«
»Hester war ebenfalls ein uneheliches Kind. Ihre Mutter war eine junge irische Krankenschwester. Sie heiratete einen amerikanischen Soldaten, kurz nachdem Hester zu uns gekommen war. Sie bat uns, das Kind zu behalten, da sie ihrem Mann seine Existenz verschweigen wollte. Nach Kriegsende fuhr sie mit ihm in die Vereinigten Staaten, seitdem haben wir nichts mehr von ihr gehört.«
»Sehr traurig«, kommentierte Philip. »Niemand wollte die armen kleinen Teufel haben.«
»Deshalb hat Rachel sie ja auch so leidenschaftlich geliebt«, erklärte Leo. »Sie war entschlossen, den Kindern ein richtiges Zuhause zu geben und ihnen eine liebevolle Mutter zu sein. Leider lief nicht alles so, wie sie sich das so vorgestellt hatte. Sie war fest davon überzeugt, daß die Bande des Blutes nicht so wichtig seien, aber leider ist das ein Irrtum. Es ist im allgemeinen eben doch viel leichter, die Gefühle und Reaktionen der *eigenen* Kinder zu verstehen.«
»Ich nehme an, daß du dir darüber von Anfang an im klaren warst«, sagte Philip.
»Ja, ich habe Rachel gewarnt, aber sie hat mir nicht geglaubt«,

bestätigte Leo. »Sie wollte es einfach nicht wahrhaben. Sie betrachtete sie als ihre eigenen Kinder.«
»Am wenigsten weiß ich eigentlich von Tina«, sagte Philip nach einer kurzen Pause. »Hast du eine Ahnung, wer ihr Vater war?«
»Ein farbiger Matrose, möglicherweise ein Laskar... Tinas Mutter konnte uns keine genauere Auskunft über ihn geben«, fügte Leo trocken hinzu.
»Tina ist ein sehr verschlossener Mensch, es ist schwer, sie zu beurteilen... Glaubst du nicht auch, daß sie etwas über den Fall weiß und es aus irgendeinem Grund nicht sagt?«
»Wie kommst du darauf?« fragte Leo nach kurzem Zögern.
»Es ist eine reine Gefühlssache«, erwiderte Philip. »Vielleicht weiß sie etwas, das sie uns verschweigt, weil es einer anderen Person schaden könnte.«
»Bitte, sei mir nicht böse, Philip, aber ich halte es für unklug, zuviel über diese Dinge nachzudenken oder gar darüber zu sprechen.«
»Ist das eine Warnung?«
»Nein, ich finde nur, daß man die ganze Angelegenheit mit größter Vorsicht behandeln sollte.«
»Deiner Ansicht nach sollte man sie der Polizei überlassen, nicht wahr?«
»Ja, es ist die Pflicht der Polizei, Fragen zu stellen, die Wahrheit zu ergründen.«
»Hast du selbst nicht den Wunsch, sie zu erfahren?«
»Vielleicht fürchte ich mich davor, etwas zu erfahren, das ich lieber nicht wissen möchte.«
Philips Hand ballte sich zur Faust, er fragte erregt: »Weißt du etwa, wer es getan hat?«
»Nein, wie kommst du darauf?« reagierte Leo heftig.
Plötzlich schien er nicht mehr der weltfremde, in sich gekehrte Mann zu sein, den Philip so gut kannte.
»Ich weiß nicht, wer es getan hat, verstanden? Ich weiß es nicht, ich habe keine Ahnung, und ich *will* es auch nicht wissen.«

17

»Was hast du denn vor, Hester?« fragte Philip. Er fuhr in seinem Rollstuhl über den Korridor. Hester beugte sich gefährlich weit aus dem Fenster.
»Ach, du bist es«, sagte sie und wandte sich erschrocken um.
»Denkst du über das Universum nach, oder hast du vor, Selbstmord zu begehen?« fragte Philip.
Sie sah ihn trotzig an. »Wie kommst du denn auf diese Idee?«
»Es sah so aus«, erwiderte Philip, »aber ich möchte dir nicht raten, aus diesem Fenster zu springen. Es ist nicht hoch genug. Es wäre doch sehr peinlich, wenn du mit gebrochenen Beinen auf dem Rasen landest, statt in den elysischen Gefilden. Dann würde ich dir schon eher raten, von dem kleinen Aussichtspunkt beim Sommerhäuschen in den Fluß zu springen.«
»Ich würde wahrscheinlich nicht im Fluß landen, sondern auf dem Felsen davor.«
»Du hast zu viel Sinn fürs Dramatische, Hester, das ist dein Unglück. Die meisten Leute ziehen es vor, schlicht und einfach den Kopf in den Gasofen zu stecken oder ein paar Dutzend Schlaftabletten einzunehmen.«
»Ich bin froh, daß du hier bist«, platzte Hester unvermittelt heraus. »Du hast doch nichts dagegen, über... über diese Dinge zu sprechen, nicht wahr?«
»Im Gegenteil, ich habe ja nichts anderes zu tun«, antwortete Philip. »Komm mit in mein Zimmer, dort können wir uns ungestört unterhalten.«
Als sie zögerte, fuhr er fort: »Mary ist unten in der Küche, um mir höchstpersönlich mein Morgensüppchen zu kochen.«
»Mary würde das alles sowieso nicht verstehen«, meinte Hester.
»Allerdings nicht«, erwiderte er.
Philip fuhr in seinem Rollstuhl über den Korridor zum Wohnzimmer. Hester öffnete die Tür, und er fuhr hinein. Sie folgte ihm.
»Warum hast du so viel Verständnis?« fragte Hester.
»Ich habe leider reichlich Gelegenheit, über die Dinge nachzudenken... seit meiner Krankheit, und seit ich mir darüber klar wurde, daß ich zeit meines Lebens ein Krüppel bleiben werde.«
»Armer Philip, das muß furchtbar gewesen sein, ganz furchtbar – besonders für einen Piloten«, sagte Hester. »Daran hätte ich

öfter denken und rücksichtsvoller sein sollen!«
»Gottlob, daß du es nicht warst«, erwiderte Philip. »Jedenfalls ist diese Phase längst überwunden, man gewöhnt sich an alles. Das betrifft auch dich, Hester, obwohl du es im Augenblick noch nicht begreifst. Aber eines Tages wirst du es sicher verstehen, wenn du nicht vorher noch eine furchtbare Dummheit machst.
So, nun erzähl mir mal, was dich bedrückt! Hast du dich mit deinem Freund gestritten?«
»Gestritten ist vielleicht nicht das richtige Wort«, meinte Hester zögernd.
»Wahrscheinlich ist es nur halb so schlimm, du nimmst die Dinge viel zu ernst. Bei dir gibt es nur schwarz und weiß – keine Zwischentöne.«
»Ich kann nichts dafür, so bin ich nun einmal«, erklärte Hester. »Mir ist nie etwas geglückt. Ich wollte mein eigenes Leben führen, einen Beruf ergreifen und etwas werden, aber es ist mir nicht gelungen. Ich habe vieles versucht und nichts erreicht. Seit meinem vierzehnten Lebensjahr habe ich oft daran gedacht, mir das Leben zu nehmen.«
Philip beobachtete sie aufmerksam; er sagte sachlich: »Viele junge Menschen in der Pubertät nehmen sich das Leben. Die meisten kommen jedoch heil durch diese Krisenzeit. Bei dir scheint es nur leider besonders lang zu dauern, Hester.«
»Mutter hatte immer recht, und ich mußte sehr oft zugeben, daß ich im Unrecht war; das war mir unerträglich. Deshalb wollte ich mich selbständig machen, um mir zu beweisen, daß ich auch ohne Mutter fertig werden konnte. Aber mir ging alles schief, und ich war eine miserable Schauspielerin.«
»Unsinn«, widersprach Philip. »Ich nehme an, daß es nur daran lag, daß du dich dem Regisseur nicht unterordnen wolltest und daß du schon damals zu melodramatisch warst.«
»Dann wollte ich unbedingt eine ernsthafte Liebesaffäre haben«, fuhr Hester fort, »nicht nur so einen kleinen Flirt. Er war viel älter als ich, verheiratet, und bis er mich kennenlernte, war sein Leben sehr unglücklich verlaufen.«
»Die alte Leier, die er wahrscheinlich nach allen Regeln der Kunst beherrschte«, sagte Philip.
»Ich hielt es für die große Leidenschaft.« Sie unterbrach sich

und sah Philip mißtrauisch an. »Machst du dich über mich lustig?«
»Keineswegs. Ich kann mir gut vorstellen, wie sehr du gelitten haben mußt«, erwiderte Philip.
»Natürlich war es nicht die große Leidenschaft«, versetzte Hester ironisch. »Es war nichts als eine sinnlose, dumme Affäre. Er war nie unglücklich, alles, was er mir über sein Leben erzählt hat, war erlogen, und ich bin in meiner Naivität auf alles hereingefallen.«
»Es gibt eben viele Dinge, die man nur durch Erfahrung lernen kann«, erklärte Philip. »Wahrscheinlich hat es dir nichts geschadet, Hester, sondern dir geholfen, endlich erwachsen zu werden.«
»Mutter hat sich damals wieder großartig benommen«, meinte Hester bitter. »Sie kam sofort, brachte alles in Ordnung und schlug mir vor, eine Schauspielschule zu besuchen, um meinen Beruf gründlich zu erlernen. Aber ich wollte nun nicht mehr Schauspielerin werden, weil ich wußte, daß ich kein Talent besitze. Deshalb fuhr ich mit ihr nach Hause. Was hätte ich auch sonst tun sollen?«
»Wahrscheinlich hättest du auch eine ganze Reihe anderer Dinge unternehmen können, aber so war es wohl am einfachsten«, erwiderte Philip.
»Wie gut du mich kennst, Philip! Ich bin leider entsetzlich schwach, ich habe keine Energie und mache es mir immer so leicht wie möglich.«
»Ich glaube, du hast zu wenig Selbstvertrauen, Hester«, sagte Philip begütigend.
»Vielleicht liegt es daran, daß ich ein Adoptivkind bin und das außerdem erst entdeckte, als ich fast sechzehn Jahre alt war. Ich wußte, daß die anderen adoptiert waren, aber ich glaubte immer, das leibliche Kind meiner Eltern zu sein. Das Ganze war ein furchtbarer Schock für mich, ich hatte das Gefühl, nirgendwo hinzugehören.«
»Du hast wirklich einen Hang zur Übertreibung«, stellte Philip fest.
»Sie war nicht meine Mutter, und deshalb konnte sie mich nie verstehen«, beharrte Hester. »Sie war gut und nachsichtig, sie versuchte, mein Leben nach ihren Wünschen zu gestalten, und deshalb haßte ich sie; ich weiß, es klingt gräßlich, aber ich haßte sie wirklich.«

»Weißt du, daß das durchaus nichts Ungewöhnliches ist?« sagte Philip. »Viele junge Mädchen machen eine Zeit durch, in der sie glauben, ihre eigene Mutter zu hassen.«
»Ich haßte sie, weil sie immer recht hatte», erklärte Hester. »Mein Gefühl der Unzulänglichkeit wuchs, weil sie so praktisch und tüchtig war. Das alles ist furchtbar, Philip! Was soll ich nur tun? Was soll ich nur tun...?«
»Heirate deinen netten jungen Freund und sei eine gute Arztfrau«, riet Philip. »Oder genügt es dir nicht, die Frau eines Praktikers zu werden?«
»Er will mich jetzt nicht mehr heiraten«, erwiderte Hester niedergeschlagen.
»Hat er das gesagt, oder redest du es dir ein?«
»Er glaubt, daß ich Mutter ermordet habe.«
Nach kurzem Zögern fragte Philip: »Und – hast du es getan?«
Sie sah ihn entsetzt an. »Warum fragst du mich das?«
»Nur aus allgemeinem Interesse, und natürlich bleibt alles unter uns«, beeilte sich Philip zu versichern.
»Glaubst du wirklich, ich würde es dir gestehen, wenn ich sie getötet hätte?« fragte Hester.
»Nein, und wahrscheinlich ist es auch besser so.«
»Donald ist davon überzeugt, daß ich sie ermordet habe«, fuhr Hester fort, »er bat mich, ihm die Wahrheit zu sagen, dann würde alles gut sein, dann würde er mich heiraten und für mich sorgen, und es würde unsere Beziehung nicht beeinträchtigen.«
Philip pfiff leise vor sich hin.
»Welchen Sinn hat es, ihm zu sagen, daß ich sie nicht ermordet habe? Er würde es mir ja doch nicht glauben.«
»Eigentlich müßte er dir glauben«, bemerkte Philip.
»Ich habe sie nicht ermordet«, rief Hester. »Ich habe es nicht getan, verstehst du, ich habe es nicht getan!« Sie brach ab. »Das klingt nicht sehr überzeugend.«
»Die Wahrheit hat oft einen unwahren Klang«, meinte Philip aufmunternd.
»Niemand kennt die Wahrheit, wir sehen uns gegenseitig mißtrauisch an... Mary sieht mich an... Und Kirsten... sie ist so lieb, so besorgt. Sie glaubt auch, daß ich es war. Was soll ich nur tun? Es wäre wirklich am besten, wenn ich vom Aussichtspunkt hinunterspringen würde.«

»Bist du verrückt geworden, Hester? Es findet sich immer ein Ausweg.«
»Ausweg? Ich wüßte keinen. Für mich ist alles verloren. Ich kann das Leben nicht mehr ertragen ...«
Sie sah Philip verzweifelt an.
»Du hältst mich für wild, für unausgeglichen. Nun, vielleicht habe ich sie wirklich getötet! Vielleicht werde ich von Gewissensbissen gepeinigt und vielleicht quält es mich hier.«
Sie legte mit einer theatralischen Geste die Hand auf ihr Herz.
»Sei nicht dumm, Kleines«, sagte Philip. Er streckte den Arm aus, zog sie an sich und küßte sie.
»Du solltest heiraten, mein Kind«, tröstete er, »aber möglichst nicht Donald Craig, dessen Kopf ist viel zu vollgestopft mit psychiatrischen Theorien. Arme kleine Hester, du liebes, dummes, bezauberndes Geschöpf.«
Die Tür ging plötzlich auf, Mary Durrant stand im Türrahmen. Hester riß sich los, und Philip lächelte verlegen.
»Ich versuche, Hester ein wenig aufzurichten, Polly«, sagte er.
»Aha«, machte Mary und kam ins Zimmer. Sie stellte ihr Tablett auf den Teewagen und rollte ihn neben den Krankenstuhl. Hester würdigte sie keines Blickes.
Hester schaute unsicher von einem zum anderen, dann sagte sie:
»Ich glaube – ich sollte – vielleicht wäre es besser –«
Sie verließ das Zimmer, ohne den Satz zu beenden.
»Hester ist in einem schlimmen Zustand«, erklärte Philip. »Sie trägt sich mit dem Gedanken, Selbstmord zu begehen, und ich habe versucht, sie davon abzubringen.«
Mary antwortete nicht.
Er streckte die Hand nach ihr aus, aber sie wich einen Schritt zurück.
»Bist du mir böse, Polly?«
Mary schwieg.
»Bist du böse, weil ich sie geküßt habe? Ich flehe dich an, Polly, gönn mir den dummen kleinen Kuß. Sie war so lieb und töricht, und für einen Augenblick hatte ich das Gefühl, ein junger Draufgänger zu sein ... Bitte sei mir wieder gut, Polly, komm her und gib mir einen Kuß.«
»Deine Suppe wird kalt, wenn du sie nicht bald ißt«, sagte Mary Durrant und verließ das Zimmer.

18

»Eine junge Dame wünscht Sie zu sprechen, Sir.«
»Eine junge Dame?« Calgary war erstaunt. Er wußte wirklich nicht, welche junge Dame ihn besuchen könnte. Er blickte stirnrunzelnd auf seinen Schreibtisch, der mit Briefen und Papieren bedeckt war.
»Gut, bitte schicken Sie die junge Dame herauf«, sagte er seufzend.
Kurz darauf klopfte es an der Tür und Hester Jackson trat ins Zimmer.
»Sie sind es?« rief er erstaunt.
Merkwürdigerweise machte sie denselben Eindruck auf ihn wie bei ihrem ersten Zusammentreffen. Sie war nicht für einen Stadtbesuch gekleidet. Sie hatte keinen Hut auf, und die dunklen, etwas zerzausten Locken umrahmten das zarte Gesicht. Unter dem schweren Tweedmantel trug sie einen Pullover und einen dunkelgrünen Rock. Sie sah aus, als käme sie gerade von einem ausgedehnten Spaziergang über Moor und Heide.
»Sie müssen mir helfen«, fiel sie gleich mit der Tür ins Haus, »bitte helfen Sie mir!«
»Helfen?« fragte er erstaunt. »Natürlich will ich das gerne tun, wenn es in meiner Macht steht.«
»Ich weiß nicht mehr ein noch aus, ich weiß nicht, an wen ich mich wenden soll. Aber irgend jemand muß mir helfen, so geht es nicht weiter – und Sie müssen ... Sie sind ja in gewisser Weise an allem schuld.«
»Sind Sie in Schwierigkeiten?«
»Wir sind alle in furchtbaren Schwierigkeiten«, erwiderte Hester. »Aber man ist so egoistisch, man denkt nur an sich selbst.«
»Setzen Sie sich doch, meine Liebe«, bat er sanft.
Er bot ihr einen Sessel an, von dem er verschiedene Papiere und Aktenstöße entfernt hatte. Dann ging er zu einem Eckschrank.
»Sie müssen unbedingt etwas trinken«, sagte er. »Wie wär's mit einem trockenen Sherry?«
»Was Sie wollen.«
»Bitte, beruhigen Sie sich, nichts wird so heiß gegessen, wie es gekocht wird.«
Er stellte das gefüllte Glas neben sie auf den Tisch.

»Das sagt man so, aber es ist nicht wahr«, erwiderte Hester. Sie trank den Wein in kleinen Schlucken, dann wiederholte sie anklagend: »Ehe Sie kamen, war alles in schönster Ordnung. Sie sind an allem schuld!«

»Ja, ich weiß, was Sie meinen, obwohl ich sehr erstaunt war, als Sie es mir zum ersten Mal sagten. Jetzt begreife ich nur zu gut, welchen Kummer und welche Verwirrung meine Mitteilung für Sie alle bedeutet haben muß.«

»Solange wir glaubten, daß es Clark war...« Hester sprach den Satz nicht zu Ende.

»Ich weiß, Hester, aber man muß den Dingen auf den Grund gehen, es hat keinen Sinn, in einer Traumwelt zu leben.«

»Sie meinen, daß man den Mut zur Wahrheit haben muß, nicht wahr?« sagte Hester.

Nach einer kurzen Pause fuhr sie fort:

»Sie hatten diesen Mut! Sie sind zu uns gekommen, um selbst mit uns zu sprechen. Sie konnten nicht wissen, wie wir darauf reagieren würden. Das war tapfer von Ihnen, und ich bewundere Tapferkeit, weil ich selbst ein Feigling bin.«

»Bitte erzählen Sie mir von Ihren Schwierigkeiten«, forderte Calgary sie freundlich auf. »Handelt es sich um etwas Bestimmtes?«

»Ich hatte einen Traum«, begann Hester. »Ich habe einen Freund, einen jungen Arzt...«

»Ist er Ihnen mehr als ein Freund, Hester?«

»Ich glaubte, daß wir mehr wären als Freunde«, erwiderte sie, »aber jetzt – jetzt hat sich alles geändert. Er denkt, daß ich sie ermordet habe«, fügte sie atemlos hinzu. »Vielleicht ist er nicht fest davon überzeugt, aber er hält es nicht für unmöglich. Er hat ja recht, wir alle verdächtigen uns gegenseitig. Es ist ein entsetzlicher Zustand, und dann hatte ich diesen Traum...

Ich war plötzlich ganz allein und konnte Don nicht wiederfinden. Er hatte mich am Rand eines tiefen Abgrunds verlassen, und Sie standen auf der anderen Seite und streckten eine Hand aus. ›Ich will Ihnen helfen‹, sagten Sie... Und deshalb bin ich zu Ihnen gekommen. Wenn Sie mir nicht helfen können, weiß ich nicht, was wird. Sie *müssen* uns helfen. Vielleicht werden Sie sagen, daß die ganze Sache Sie nichts angeht...«

Calgary unterbrach sie. »Aber nein, Hester, wie können Sie das

nur von mir denken? Ich trage mit die Verantwortung für das, was nun als Folge meiner verspäteten Aussage geschieht, und es ist meine Pflicht, Ihnen beizustehen.«
Er setzte sich dicht neben sie.
»So, und nun erzählen Sie mir bitte mal, was Sie bedrückt.«
»Einer von uns muß es gewesen sein, das wissen wir alle«, erklärte Hester. »Als Mr. Marshall kam, behaupteten wir, ein Fremder sei ins Haus eingedrungen, aber er wußte genau, daß wir es selbst nicht glaubten. Es muß einer von uns gewesen sein.«
»Glaubt Ihr Freund, daß Sie den Mord begangen haben?«
»Er fürchtet es«, erwiderte Hester und rang ihre Hände. Sie sah ihn an. »Vielleicht glauben Sie das auch?«
»Nein, nein, ich weiß ganz genau, daß Sie unschuldig sind«, sagte Calgary fest.
»Sind Sie wirklich überzeugt davon?«
»Ja, ich bin fest davon überzeugt!«
»Aber warum, warum sind Sie so sicher?«
»Erinnern Sie sich, was Sie nach unserem ersten Zusammentreffen beim Abschied zu mir sagten? Sie sprachen von den Unschuldigen, die für die Schuldigen leiden müßten ... Das hätten Sie nicht sagen, nicht fühlen können, wenn Sie nicht selbst unschuldig wären.«
»Ich bin ja so glücklich«, rief Hester. »Ich bin so glücklich, daß es einen Menschen gibt, der wirklich an mich glaubt!«
»So, und jetzt können wir die Angelegenheit ruhig besprechen, nicht wahr?« sagte Calgary.
»Ja, jetzt sieht plötzlich alles ganz anders aus.«
»Ich möchte Sie etwas fragen, aber nur aus rein theoretischem Interesse – ich bin felsenfest von Ihrer Unschuld überzeugt. Wie können andere auf den Gedanken kommen, daß Sie Ihre Mutter ermordet haben?«
»Ich hätte es tun können«, gab Hester zu, »ich hatte oft den Wunsch, es zu tun, wenn ich vor Wut außer mir war, wenn ich mich mißverstanden fühlte. Mutter wirkte immer so ruhig und überlegen, sie wußte alles besser, und sie hat tatsächlich stets recht behalten. Manchmal dachte ich, ich könnte sie glatt umbringen ...«
Sie sah ihn forschend an.

»Wissen Sie, was ich meine? Haben Sie in Ihrer Jugend jemals derartige Gefühle gehabt?«
In Ihrer Jugend ... Calgary zuckte zusammen. Hielt Hester ihn im Vergleich zu sich für einen alten Mann?
Nun, auch Micky hatte ihn ja, als er sein Hotelzimmer in Drymouth betrat, mit den wenig schmeichelhaften Worten begrüßt: »Sie sehen älter aus!«
»... in Ihrer Jugend ...« Glaubte Hester wirklich, die läge bei ihm schon so lange zurück?
Er versuchte, sich zu erinnern.
Er sah sich selbst, im Alter von neun Jahren, wie er zusammen mit einem anderen kleinen Jungen beratschlagte – versteckt hinter einem Busch des Schulgartens –, auf welche Weise man Mr. Warborough, dem Klassenlehrer, wohl am besten eins auswischen könnte.
Er erinnerte sich an seine hilflose Wut angesichts der sarkastischen Kommentare, mit denen Mr. Warborough bestimmte Fehlleistungen zu bedenken pflegte.
Genauso, dachte er, muß Hester sich gefühlt haben.
Aber was auch immer er und der kleine – wie hieß er noch gleich? – Porch, ja, genau, Porch, so war sein Name, also, was sie beide ausheckten, planten, sich ausmalten, nie rührten sie nur einen Finger, um Mr. Warborough in Wirklichkeit auch nur ein Haar zu krümmen.
»Ich kann Ihre Gefühle begreifen«, sagte er zu Hester, »obwohl Sie sie eigentlich schon vor vielen Jahren überwunden haben sollten.«
»Leider übte Mutter diese Wirkung auf mich aus, aber jetzt sehe ich ein, daß es meine eigene Schuld war. Ich habe das Gefühl, daß wir die besten Freunde geworden wären, wenn sie etwas länger gelebt hätte. Jetzt wäre ich wahrscheinlich nur zu dankbar für ihren Rat und ihre Hilfe, damals konnte ich es nicht ertragen, weil ich mir unbeholfen und unfähig vorkam und weil ich das Gefühl hatte, nichts Halbes und nichts Ganzes zu sein. Ja, genauso war es, nichts Halbes und nichts Ganzes, nicht Fleisch und nicht Fisch.
Alles, was ich anfing, ging schief. Ich wußte selbst, daß ich mich auf verrückte Sachen einließ, die ich nur machte, um meinen Kopf durchzusetzen, um mir zu beweisen, daß ich jemand war – ein

Individuum, eine eigenständige Persönlichkeit – daß ich *ich* war. Aber ich war niemand – ich jagte Phantomen nach, bewunderte Leute, an denen nichts zu bewundern war.
Als ich dann von zu Hause fortlief – verstehen Sie – als ich zur Bühne ging und mit einem der Schauspieler ein Verhältnis hatte, da –«
»Da haben Sie sich zum ersten Mal selbst gefühlt – jemand anderen gefühlt?«
»Ja, genauso war es«, bestätigte Hester. »Natürlich weiß ich heute, daß ich mich benommen habe wie ein dummes, ungezogenes Kind. Sie können sich wahrscheinlich gar nicht vorstellen, Dr. Calgary, wie sehr ich wünsche, daß Mutter noch lebte. Weil – es war so undankbar von mir – so undankbar ihr gegenüber.
Sie hat so viel für uns getan und hat uns so viel gegeben. Wir haben ihr wenig, eigentlich nichts, zurückgegeben. Und jetzt ist es zu spät.«
Sie schwieg.
»Darum«, fuhr sie nach kurzer Pause mit zitternder Stimme fort, »habe ich beschlossen, endlich erwachsen zu werden. Und Sie werden mir dabei helfen – ja?«
»Sie wissen, daß ich alles Menschenmögliche tun würde, um Ihnen zu helfen.«
Sie sah ihn mit einem reizenden Lächeln an.
»Bitte schildern Sie mir nun einmal genau, was sich ereignet hat.«
»Es ist so gekommen, wie ich es von Anfang an befürchtet habe«, seufzte Hester. »Wir alle beobachten uns mißtrauisch und wissen nicht, woran wir sind. Selbst Vater und Gwenda haben das Vertrauen zueinander verloren. Ich glaube nicht, daß sie noch daran denken zu heiraten. Unsere Welt ist zusammengebrochen. Tina glaubt, daß Micky es getan haben könnte; allerdings kann ich mir es nicht vorstellen, da er an jenem Abend ja gar nicht zu Hause war. Kirsten ist der Meinung, daß ich es war, und sie versucht, mich zu beschützen. Mary dagegen denkt, daß Kirsten den Mord begangen hat.«
»Und wen haben Sie in Verdacht, Hester?«
»Ich weiß es nicht, ich weiß es wirklich nicht. Ehrlich gesagt, habe ich vor allen Angst. Es ist, als verberge sich hinter jedem Gesicht eine fremde, unheimliche Person, die ich nicht kenne. Selbst

Vater erscheint mir manchmal wie ein Fremder, und Kirsten ermahnt mich, niemandem zu trauen, nicht einmal ihr... Ich kenne mich einfach nicht mehr aus, ich weiß nicht mehr, woran ich bin, ich weiß nur, daß wir alle furchtbar unglücklich sind.«
»Ja, das kann ich mir gut vorstellen.« Calgary nickte.
»Ich habe manchmal das Gefühl, daß sich das Schuldbewußtsein und das Leiden des Mörders auf uns überträgt. Halten Sie das für möglich?«
»Es ist nicht unmöglich«, stimmte Calgary zögernd zu, »und doch möchte ich bezweifeln, daß ein Mörder wirklich leidet.«
»Warum sollte er nicht? Ist es nicht grauenhaft zu wissen, daß man einen Menschen getötet hat?«
»Es gibt zwei Arten von Mördern«, meinte Calgary, »den kaltblütigen Verbrecher, der sich sagt: ›Leider ist mir nichts anderes übriggeblieben, als zu töten, aber schließlich war es nicht meine Schuld‹, und den anderen, der seine Gewissensqualen auf die Dauer nicht ertragen kann, der entweder gestehen muß oder versucht, seinem eigenen Leben ein Ende zu setzen. Ich weiß nicht, ob Sie mich verstehen, Hester?«
»Ja, ich denke gerade darüber nach«, erwiderte sie mit gerunzelter Stirn.
»Ich bitte Sie, sich zu konzentrieren, Hester, scharf nachzudenken, denn wenn ich Ihnen helfen soll, muß ich die Dinge mit Ihren Augen sehen.«
»Micky hat Mutter immer gehaßt, warum, weiß ich nicht«, sagte Hester langsam. »Tina hat sie, glaube ich, geliebt. Gwenda konnte sie nicht leiden. Kirsten hat sich immer auf Mutters Seite gestellt, selbst wenn sie manchmal nicht ihrer Meinung war. Vater...« Sie machte eine lange Pause.
»Ja?« fragte Calgary.
»Vater hat sich sehr verändert. Nach Mutters Tod war er plötzlich nicht mehr so still und verschlossen. Er wurde lebhafter und zugänglicher. Aber jetzt ist das wieder vorbei, und er hat sich wie eine Schnecke in sein Haus verkrochen. Ich weiß nicht, wie er wirklich zu Mutter stand, ich nehme an, daß er sie liebte, als sie heirateten. Sie haben sich nie gestritten, aber über ihre wahren Gefühle war ich mir nie im klaren.
Was wissen wir denn schon voneinander? Was wissen wir, was hinter den ruhigen, alltäglichen Gesichtern vor sich geht? Wie

furchtbar, daß man das alles nicht weiß, wie furchtbar, wie furchtbar!«
Er ergriff ihre Hände.
»Sie sind kein Kind mehr, nur Kinder fürchten sich Sie sind eine Frau, Hester!«
Er ließ ihre Hände los und sagte ruhig: »Wo werden Sie in London übernachten?«
Hester sah ihn etwas erstaunt an. »Übernachten? – Mutter hat immer im Hotel Curtis gewohnt.«
»Ein sehr angenehmes, ruhiges Hotel. Ich würde Ihnen vorschlagen, sich dort ein Zimmer zu nehmen.«
»Ich tue alles, was Sie mir sagen«, sagte Hester mit leiser Stimme.
»Gut. Wie spät ist es?« fragte Calgary. Er sah auf die Uhr.
»Tatsächlich schon sieben? Wie wär's, wenn Sie jetzt ins Hotel gingen und sich ein wenig ausruhten? Ich werde Sie gegen drei Viertel acht dort abholen und zum Abendessen ausführen. Wäre Ihnen das recht?«
»Das wäre himmlisch«, erwiderte Hester. »Ist es Ihnen wirklich ernst?«
»Ja, es ist mir ernst«, erwiderte Calgary.
»Aber dann? Was soll als nächstes geschehen? Ich kann schließlich nicht ewig im Curtis bleiben – nicht?«
»Etwas anderes als ›ewig‹ kommt für Sie wohl nicht in Frage«, lachte Calgary.
»Sie lachen mich aus?« fragte sie unsicher.
»Nur ein ganz klein wenig«, sagte er und lächelte.
Sie schaute ihn noch einen Moment zweifelnd an, dann entspannte sich ihre Miene und sie lächelte ebenfalls.
»Ich glaube wirklich«, seufzte sie, »ich habe mal wieder zu sehr dramatisiert.«
»Das gehört eben zu Ihnen«, meinte Calgary. »Und ich denke, es steht Ihnen auch ...«
»Darum hab ich ja auch gedacht, ich müßte mich auf der Bühne gut machen«, erklärte Hester. »Aber dem war nicht so. Ich war gar nicht gut. Ich war sogar eine ziemlich miserable Schauspielerin.«
»Ihnen bietet das wirkliche Leben so viel Drama, wie Sie sich nur wünschen können, würde ich sagen. Ich rufe Ihnen jetzt ein

Taxi, meine Liebe, und Sie fahren ins Curtis – machen sich ein wenig frisch und – da fällt mir ein: Haben Sie überhaupt Gepäck bei sich?«
»Ja – ich habe eine Art Reisetasche mit – so das Nötigste zum Übernachten.«
»Na, dann ist ja alles bestens «
Er lächelte sie an.
»Keine Sorge, Hester. Wir werden's schon schaffen.«

19

»Ich möchte mit Ihnen sprechen, Kirsty«, sagte Philip.
»Ja, gern, Philip.«
Kirsten Lindstrom unterbrach ihre Beschäftigung. Sie war gerade im Begriff, einen Stoß Wäsche in eine Schublade zu legen.
»Wenn Sie nichts dagegen haben, möchte ich den Fall noch einmal mit Ihnen durchsprechen«, erklärte Philip.
»Meiner Ansicht nach wird viel zuviel darüber geredet«, erwiderte Kirsten.
»Ich halte es trotzdem für notwendig, daß wir uns über gewisse Dinge klarwerden, denn es läßt sich ja kaum bestreiten, daß nicht alles so ist, wie es sein sollte.«
»Das kann man wohl sagen«, stimmte Kirsten ihm zu.
»Glauben Sie, daß Mr. Jackson und Gwenda nun noch heiraten werden?«
»Warum nicht?«
»Aus verschiedenen Gründen«, erklärte Philip. »Erstens, weil Leo Jackson sehr wohl weiß, daß er der Polizei keinen größeren Gefallen tun könnte, als Gwenda zu heiraten, denn damit würde er ihr ein ausgezeichnetes Motiv für den Mord an seiner Frau sozusagen auf dem silbernen Tablett servieren.
Zweitens wäre es möglich, daß Leo Gwenda für die Mörderin hält. Selbstverständlich würde er sie unter diesen Umständen nicht heiraten wollen. Was meinen Sie dazu?«
»Gar nichts. Ich ziehe es vor, keine Meinung zu haben«, erwiderte Kirsten.
»Was soll das heißen? Wen nehmen Sie in Schutz?«

»Ich? Ich nehme niemanden in Schutz. Ich finde nur, daß zuviel geredet wird und daß verschiedene Leute das Sonneneck verlassen sollten, weil es nicht gut ist für sie hierzubleiben – das bezieht sich auch auf Sie und Ihre Frau!«
»Warum gerade auf uns, Kirsty?«
»Weil Sie zu viele Fragen stellen«, erwiderte Kirsten. »Sie versuchen, gewisse Dinge zu ergründen, aber Ihre Frau ist dagegen, weil sie klüger ist als Sie. Sie könnten bestimmte Entdekkungen machen, und das könnte unangenehm werden für Sie... Sie sollten so bald wie möglich nach Hause gehen.«
»Ich will aber nicht nach Hause«, nörgelte Philip wie ein ungezogener kleiner Junge.
»Sie benehmen sich wie ein Kind, Sie sagen ›ich will dies nicht‹ und ›ich will jenes nicht‹, anstatt sich auf Menschen zu verlassen, die mehr Lebenserfahrung haben als Sie.«
Sie seufzte.
»Ich würde auch Micky raten, das Sonneneck zu verlassen, Tina arbeitet ja ebenfalls wieder in der Bibliothek. Ich bin sehr froh, daß Hester fort ist. Sie könnte es nicht ertragen, dauernd in dieser Umgebung zu sein und täglich an Dinge erinnert zu werden, die sie lieber vergessen sollte.«
»Was Hester anbetrifft, gebe ich Ihnen recht. Und Sie, Kirsty, sollten Sie nicht auch besser fortgehen?«
»Vielleicht ja«, erwiderte Kirsten nachdenklich.
»Warum tun Sie es dann nicht?«
»Das läßt sich nicht so leicht erklären – für mich ist es zu spät.«
Philip sah sie nachdenklich an und sagte: »Es gibt so viele Variationen über ein einziges Thema. Leo glaubt, Gwenda habe es getan. Gwenda meint, daß es Leo war. Tina weiß irgend etwas und hat jemanden im Verdacht. Und Micky weiß, wer es war, aber es ist ihm egal. Mary ist der Ansicht, daß es Hester war.«
Nach einer kurzen Pause fuhr er fort: »Aber wie gesagt, das sind nur Variationen über ein Thema; wir beide wissen ganz genau, wer es getan hat, nicht wahr?«
Sie sah ihn entsetzt an.
»Ich hatte also recht!« bemerkte Philip.
»Was meinen Sie, was wollen Sie damit sagen?« fragte Kirsten.
»Ich weiß nicht recht«, erwiderte Philip. *»Aber Sie wissen es!*

Sie glauben es nicht nur zu wissen, sondern Sie wissen es wirklich. Stimmt's?«
Kirsten ging mit festen Schritten auf die Tür zu.
Dort drehte sie sich noch einmal um und sagte: »Nehmen Sie es mir nicht übel, Philip, aber Sie sind ein Narr! Begreifen Sie nicht, daß Sie in großer Gefahr schweben, falls es Ihnen gelingt, die Wahrheit zu ergründen?«
»Und Sie, Kirsty? Sind Sie nicht auch in Gefahr, wenn Ihnen die Wahrheit bekannt ist?«
»Um mich brauchen Sie sich keine Sorge zu machen«, antwortete Kirsten grimmig, »aber Sie sind hilflos, vergessen Sie das nicht.«
Nach kurzem Zögern fügte sie hinzu: »Ich selbst mache den Mund nicht unnötig auf; ich halte es für besser, an bestimmte Dinge nicht zu rühren, weil ich davon überzeugt bin, daß das für alle Beteiligten gesünder ist. Nur wenn man mich fragt, bleibe ich bei meiner offiziellen Ansicht – ich bleibe dabei, daß es Clark war.«
»Clark?« fragte Philip überrascht.
»Warum nicht? Clark war schon als Kind äußerst gerissen, es wäre ihm nicht schwergefallen, ein Alibi zu fälschen.«
»Dieses Alibi konnte er nicht fälschen. Dr. Calgary ...«
»Dr. Calgary, Dr. Calgary«, unterbrach Kirsten ihn ungeduldig, »nur weil er ein bekannter, berühmter Mann ist, glauben Sie ihm alles. Aber auf eines können Sie sich verlassen: Wenn jemand eine so schwere Gehirnerschütterung hatte wie er, wird er höchstwahrscheinlich an Gedächtnisstörungen leiden. Es mag sich um einen anderen Tag gehandelt haben, um eine andere Zeit, um einen anderen Ort.«
Philip sah sie von der Seite an.
»Sie haben also vor, bei dieser Version zu bleiben, obwohl Sie selbst nicht daran glauben, Kirsty?«
»Ich habe Sie gewarnt, mehr kann ich nicht tun«, beendete Kirsten das Gespräch und verließ den Raum.
Einen Augenblick später steckte sie den Kopf noch einmal ins Zimmer und sagte ruhig:
»Bitte richten Sie Mary aus, daß ich die saubere Wäsche in die mittlere Schublade gelegt habe.«
Philip lächelte ein wenig über den plötzlichen Umschwung ihrer Stimmung, doch dann verging ihm das Lachen, und er spürte eine große innere Erregung. Er hatte das Gefühl, der Wahrheit

ganz nahe gekommen zu sein Das Experiment mit Kirsten war höchst erfolgreich verlaufen, obwohl er kaum annahm, noch mehr aus ihr herauszubekommen. Ihre Besorgtheit um ihn ärgerte ihn nicht wenig; glaubte sie wirklich, daß er sich nicht zu schützen wüßte, nur weil er im Rollstuhl saß? Wurde er nicht genügend bewacht und behütet? Schließlich wich Mary fast nie von seiner Seite.
Er nahm einen Briefbogen zur Hand und begann zu schreiben... Kurze Notizen, Namen, Fragezeichen...
Plötzlich nickte er und schrieb: Tina...
Er nahm ein weiteres Blatt Papier, und als Mary das Zimmer betrat, blickte er kaum auf.
»Was machst du da, Philip?«
»Ich schreibe einen Brief.«
»An Hester?«
»Hester? Nein, ich weiß nicht mal, wo sie wohnt. Kirsty hat gerade eine Ansichtskarte aus London ohne Absender von ihr bekommen. Bist du etwa eifersüchtig auf Hester, Polly?«
Sie warf ihm einen eiskalten Blick zu.
»Vielleicht.«
Er fühlte sich etwas unbehaglich. Sie kam einen Schritt näher.
»An wen schreibst du?«
»An den Staatsanwalt«, erwiderte Philip lächelnd, obwohl Ärger in ihm aufstieg. Konnte man nicht einmal einen Brief schreiben, ohne ins Kreuzverhör genommen zu werden?
Dann blickte er in ihr besorgtes Gesicht und gab sich zufrieden.
»Es war nur ein Scherz, Polly, ich schreibe an Tina.«
»An Tina, warum?«
»Weil ich mich etwas gründlicher mit ihr beschäftigen will. Wohin willst du, Polly?«
»Ins Badezimmer«, sagte Mary und ging hinaus.
Ins Badezimmer... Wie in der Mordnacht... Philip lachte, als er sich ihrer Unterhaltung über dieses Thema entsann.

»Na, dann leg mal los, mein Junge«, sagte Superintendent Huish aufmunternd.
Cyril Green holte tief Atem, aber bevor er etwas sagen konnte, ergriff seine Mutter das Wort.
»Sie wissen ja selber, wie das ist, Sir, zuerst hab ich gar nicht

richtig hingehört, die Kinder denken doch nur noch an Raumschiffahrt und an Sputniks und so was. Früher waren's meistens diese fliegenden Untertassen... Und ich sage immer, an allem sind die Russen schuld.«
Superintendent Huish seufzte und dachte, wieviel einfacher alles wäre, wenn Mütter nicht immer darauf bestünden, ihre Söhne zu begleiten und für sie zu sprechen.
»Also Cyril, du bist nach Hause gegangen und hast deiner Mutter erzählt, daß du diesen russischen Sputnik gesehen hast, oder was immer es gewesen sein mag.«
»Na ja, damals hab ich's eben noch nicht besser verstanden«, erklärte Cyril. »Ich war ja noch klein und wußte noch nicht so gut Bescheid wie heute.«
»Damals waren diese kleinen Dinger auch noch ganz neu, wie heißen sie doch gleich – Kabinenroller, nicht wahr?« unterbrach seine Mutter. »So was hatte er noch nie gesehen, außerdem war's noch feuerrot, und da hat er's eben nicht für 'n gewöhnliches Auto gehalten. Na, und am nächsten Morgen hörten wir dann, daß sie Mrs. Jackson umgebracht hatten... ›Muttchen‹, sagte Cyril zu mir, ›das waren die Russen, die sind in diesem Sputnik gelandet und haben sie ermordet!‹ – ›Rede keinen Quatsch‹, fuhr ich ihn an, na, und dann später hörten wir plötzlich, daß die Polizei ihren Sohn verhaftet habe.«
Superintendent Huish wandte sich nochmals an Cyril.
»Kannst du dich an die genaue Zeit erinnern, mein Junge?«
Cyril, der angestrengt nachzudenken schien, atmete schwer.
»Also, ich hatte schon Tee getrunken, und Mutti war zum Hausfrauenverein gegangen, und da bin ich noch mal rausgelaufen und hab mit den andern Jungen da unten in der neuen Straße gespielt.«
»Ich möchte nur wissen, was ihr in der neuen Straße zu suchen hattet«, warf seine Mutter ein.
»Lassen Sie man gut sein, Mrs. Green, Kinder wollen sich austoben«, meinte der junge Polizist Good begütigend.
»Und wie wir so in der neuen Straße Räuber und Gendarm spielen, da seh ich doch plötzlich dies komische rote Auto stehen. ›Guck mal, was ist denn das?‹ sagte ich zu Brian.«
»Weißt du, wieviel Uhr es war?« fragte Huish geduldig.
»Ich hab doch gesagt, daß ich vorher schon Tee getrunken hatte.

Warten Sie mal, jetzt fällt mir was ein, es war sieben, denn ich hab die Uhr schlagen hören. Na, und da bekam ich auf einmal einen furchtbaren Schreck, weil ich wußte, daß meine Mutter schon zu Hause ist, und weil sie sich immer so furchtbar anstellt, wenn ich aus bin und sie nicht weiß, wo. Da bin ich schnell nach Hause gerannt und hab zu ihr gesagt: ›Weißt du, was ich gesehen hab, Muttchen, einen russischen Sputnik. Er war rot und hatte so 'ne komische Form...‹ Jetzt weiß ich natürlich, daß es keiner war, aber damals war ich ja noch klein.«
Superintendent Huish nickte freundlich und stellte noch einige Fragen, bevor er Mrs. Green und ihren Sprößling mit Dank entließ. Polizist Good blieb zufrieden zurück; er war mit Recht stolz darauf, den kleinen Cyril Green aufgetrieben und, wie er hoffte, auf diese Weise etwas zur Aufklärung eines Verbrechens beigetragen zu haben.
»Als ich im Dorf das Gerede über den russischen Sputnik hörte, dessen Pilot Mrs. Jackson angeblich umgebracht haben sollte, sagte ich mir plötzlich: Man kann nie wissen, vielleicht hat es doch irgendeine Bedeutung.«
»Es hat bestimmt eine Bedeutung«, erklärte Superintendent Huish mit Nachdruck. »Miss Tina Jackson besitzt nämlich einen roten Kabinenroller, und ich glaube fast, daß wir sie noch einmal verhören müssen.«

»Waren Sie an diesem Abend dort, Miss Jackson?«
Tina blickte zu dem Superintendenten auf. Ihre Hände lagen entspannt im Schoß, ihre dunklen, ruhigen Augen verrieten nichts.
»Ich kann mich wirklich nicht mehr erinnern, es ist schon so lange her«, sagte sie.
»Ihr Auto wurde in der Nähe des Hauses gesehen, Miss Jackson.«
»Wirklich?«
»Ich muß doch sehr bitten, Miss Jackson... Als wir Sie seinerzeit verhörten, gaben Sie an, an jenem Abend zu Hause gewesen zu sein, sich Abendbrot gemacht und Musik gehört zu haben. Jetzt stellt es sich heraus, daß diese Angaben unwahr waren. Ihr Auto wurde kurz vor sieben in einer Straße in unmittelbarer Nähe des Sonnenecks gesehen. Was taten Sie dort?«
Sie antwortete nicht.

Huish wartete einen Augenblick, dann fragte er: »Haben Sie das Haus betreten, Miss Jackson?«
»Nein«, erwiderte Tina.
»Aber Sie waren dort?«
»Sie behaupten, daß ich dort war.«
»Meine Behauptung stützt sich auf Beweise.«
Tina seufzte.
»Ja, ich bin an diesem Abend ausgefahren.«
»Bleiben Sie nach wie vor dabei, daß Sie das Haus nicht betreten haben?«
»Ich habe das Haus nicht betreten.«
»Was haben Sie getan?«
»Ich bin nach Redmyn zurückgefahren, dann habe ich mir Abendbrot gemacht und Musik gehört.«
»Warum sind Sie in die unmittelbare Nähe des Sonnenecks gefahren, wenn Sie nicht die Absicht hatten, Ihre Familie zu besuchen?«
»Ich habe es mir im letzten Augenblick anders überlegt«, erwiderte Tina.
»Aus irgendeinem besonderen Grund? Haben Sie etwas Bestimmtes gesehen oder gehört?«
Sie antwortete nicht.
»So kommen wir nicht weiter, Miss Jackson. Ihre Mutter ist an jenem Abend zwischen sieben und halb acht ermordet worden. Ihr Fahrzeug wurde kurz vor sieben in der Nähe des Hauses gesehen; wie lange es dort stand, wissen wir nicht, möglicherweise ziemlich lange, und es mag sein, daß Sie das Haus betraten... Wenn ich mich nicht irre, besitzen Sie einen Hausschlüssel...«
»Ja, ich habe einen Schlüssel«, bestätigte Tina.
»Vielleicht sind Sie im Haus gewesen, vielleicht sogar im Wohnzimmer Ihrer Mutter... vielleicht haben Sie die Leiche entdeckt...«
Tina hob den Kopf.
»Oder vielleicht habe ich sie ermordet? Wollten Sie das andeuten, Superintendent?«
»Ich gebe zu, daß die Möglichkeit besteht, aber ich halte es für wahrscheinlicher, daß ein anderer den Mord beging. Allerdings habe ich den starken Verdacht, daß Sie wissen, wer der Mörder ist.«

»Ich bin nicht ins Haus gegangen«, wiederholte Tina.
»Zumindest müssen Sie etwas gehört oder gesehen haben, vielleicht sahen Sie jemanden ins Haus gehen oder es verlassen, vielleicht jemanden, dessen Anwesenheit damals nicht bekannt ist... War es Ihr Bruder Michael, Miss Jackson?«
»Ich habe niemanden gesehen«, erwiderte Tina.
»Und was haben Sie gehört?« fragte Huish eindringlich.
»Ich habe nichts gehört und nichts gesehen, ich habe es mir ganz einfach anders überlegt.«
»Nehmen Sie es mir nicht übel, Miss Jackson, das glaube ich Ihnen einfach nicht. Warum sollten Sie von Redmyn zum Sonneneck und wieder zurückfahren, ohne Ihre Familie zu besuchen? Sie müssen es sich aus einem ganz bestimmten Grund anders überlegt haben...
Miss Jackson, ich glaube, Sie wissen, wer Ihre Mutter ermordet hat.«
Tina schüttelte den Kopf.
»Irgend etwas wissen Sie«, beharrte Huish, »aber Sie sind fest entschlossen, es mir nicht zu sagen. Bitte, überlegen Sie sich das alles noch einmal gründlich. Sind Sie sich darüber klar, daß Ihre Familie unendlich leidet, Miss Jackson? Wissen Sie, daß jedes einzelne Familienmitglied weiterhin unter Verdacht stehen wird, wenn es uns nicht gelingt, die Wahrheit zu ergründen? Der Mörder Ihrer Mutter, wer immer es sei, verdient es nicht, von Ihnen gedeckt zu werden.«
Wieder sah Tina ihn mit großen, undurchdringlichen Augen an.
»Ich weiß von nichts. Ich habe nichts gehört und nichts gesehen, ich habe es mir nur anders überlegt.«

20

Calgary und Huish sahen einander an. Der Superintendent machte auf Calgary einen sehr enttäuschten, deprimierten Eindruck. Der hagere, intelligente, vorzeitig ergraute Mann mit den leicht abfallenden Schultern, der ihm an dem breiten Schreibtisch gegenübersaß, zwang sich zu einem liebenswürdigen Lächeln.

»Ich fürchte, Sie wissen nicht, wer ich bin«, begann Calgary.
»Doch, doch, Sie sind der Mann, der den Stein ins Rollen gebracht hat«, erwiderte Huish. »Aufgrund Ihrer Aussage sahen wir uns gezwungen, den Fall wieder neu aufzunehmen.«
»Und daher werden Sie gewiß nicht entzückt sein, meine Bekanntschaft zu machen«, stellte Calgary fest.
»Im Gegenteil, in unserem Beruf muß man mit derartigen Komplikationen rechnen«, erwiderte Huish. »Der Fall schien ganz klar zu liegen, und niemand konnte uns seinerzeit einen Vorwurf machen. Wie gesagt, solche Dinge kommen nun einmal vor, und wir machen Sie bestimmt nicht dafür verantwortlich. Schließlich kämpfen wir alle für die gerechte Sache, für den Sieg der Wahrheit, nicht wahr?«
»Ja – für die gerechte Sache«, sagte Calgary. Dann fügte er leise hinzu: *»Wir wollen einem jeden Gerechtigkeit widerfahren lassen.«*
»Magna Charta«, bemerkte der Superintendent.
»Miss Tina Jackson hat mich an dieses Zitat erinnert«, bemerkte Calgary.
Huish hob die Augenbrauen.
»Tatsächlich? Hochinteressant! Bisher hat diese junge Dame sich nicht sehr bemüht, der gerechten Sache zu helfen.«
»Was wollen Sie damit sagen?« fragte Calgary.
»Wir wissen mit Bestimmtheit, daß sie uns gewisse Informationen vorenthalten hat.«
»Aus welchem Grund?« fragte Calgary.
»Schwer zu sagen, wahrscheinlich aus familiären Rücksichten. Aber kommen wir zur Sache. Weshalb wollten Sie mich sprechen, Dr. Calgary?«
»Ich möchte Sie um eine Auskunft bitten, obwohl ich eigentlich kein Recht habe, Ihnen Fragen zu stellen.«
»Aber bitte, ich kann völlig verstehen, daß Sie sich in gewisser Weise verantwortlich fühlen.«
»Ich danke Ihnen sehr für Ihr Verständnis, Superintendent.
Ich wollte Sie darum bitten, mir Näheres über Clark Jackson mitzuteilen.«
»Clark Jackson! Das ist allerdings eine unerwartete Frage«, sagte Huish.
»Ich weiß, daß er vorbestraft war, aber ich würde gern Genaueres

wissen«, erläuterte Calgary.
»Nichts leichter als das«, erwiderte Huish, »er ist zweimal mit Bewährungsfrist davongekommen; einmal handelte es sich um eine Unterschlagung, und er konnte sich nur dadurch retten, daß er im letzten Augenblick den ganzen Betrag auf den Tisch legte.«
»Mit anderen Worten, der junge Mann war auf dem besten Weg, eine kriminelle Karriere einzuschlagen«, stellte Calgary fest.
»Ich bin ganz Ihrer Meinung, Dr. Calgary, auch wenn wir seit Ihrer Aussage wissen, daß er kein Mörder war. Meiner Ansicht nach war er nicht aus hartem Holz geschnitzt, und ich glaube kaum, daß er jemals Verbrechen im großen Stil beging. Eher hätte ich ihm einen Portokassendiebstahl zugetraut. Außerdem war es seine Spezialität, ältere Frauen um ihre Ersparnisse zu prellen.«
»Auf diesem Gebiet scheint er viel Erfolg gehabt zu haben«, bemerkte Calgary.
»Ja, er hatte überhaupt großen Erfolg beim weiblichen Geschlecht, hauptsächlich bei älteren Frauen. Clark Jackson hatte sich eine ausgezeichnet funktionierende Methode zurechtgelegt: Er redete den armen Frauen ein, daß er leidenschaftlich in sie verliebt sei... Eine alternde Frau glaubt alles, was sie glauben möchte.«
»Und dann?« fragte Calgary.
Huish zuckte die Achseln. »Selbstverständlich wurden die Illusionen dieser Frauen nur zu bald zerstört, aber sie erstatteten niemals Anzeige, weil sie fürchteten, sich lächerlich zu machen.«
»Hat er jemals einen Erpressungsversuch gemacht?« fragte Calgary.
»Uns ist nichts in dieser Richtung bekannt«, erwiderte Huish. »Allerdings hätte ich es ihm zugetraut. Vielleicht ist Erpressung ein etwas zu starker Ausdruck; sagen wir, ich hätte es für möglich gehalten, daß er einer der Damen gelegentlich damit drohte, dem Gatten ein Liebesbriefchen vorzulegen.«
»Ich verstehe«, sagte Calgary.
»Möchten Sie sonst noch etwas wissen?« fragte Huish.
»Es ist mir bisher nicht gelungen, Mrs. Mary Durrant, die älteste Tochter, kennenzulernen. Als ich sie besuchen wollte, fand ich ihr Haus verschlossen, und es wurde mir gesagt, daß sie und ihr Mann fort seien.«
»Sie wohnen zur Zeit im Sonneneck.«

»Sind sie noch immer dort?«
»Ja, Mr. Durrant scheint es sich in den Kopf gesetzt zu haben, den Privatdetektiv zu spielen.«
»Wie ich höre, sitzt er im Rollstuhl?«
»Ein trauriger Fall, er leidet an den Folgen einer Kinderlähmung. Der arme Kerl weiß nicht, was er mit seiner Zeit anfangen soll, deshalb hat er sich mit so viel Begeisterung auf die Aufklärung des Mordes gestürzt. Er glaubt, eine Spur gefunden zu haben.«
»Was halten Sie davon?« fragte Calgary.
»Ich halte es für nicht ganz unmöglich«, erwiderte der Superintendent. »In gewisser Hinsicht hat er bessere Chancen als wir; er kennt die Familie, außerdem ist er ein intelligenter Mensch.«
»Glauben Sie, daß er etwas herausfinden wird?«
»Mag sein«, erwiderte Huish, »aber er wird es uns bestimmt nicht mitteilen. Es bleibt dort alles in der Familie.«
»Wissen Sie, wer der Schuldige ist, Superintendent?«
»So etwas dürfen Sie mich nicht fragen, Dr. Calgary.«
»Bedeutet das, daß Sie es nicht wissen?«
»Was nützt es, etwas zu wissen, wenn man es nicht beweisen kann«, meinte Huish nach kurzem Zögern.
»Ist es nicht möglich, die Beweise zu erbringen?«
»Wir haben viel Geduld, und wir geben die Hoffnung nicht auf«, erwiderte Huish.
»Was soll aus der unglücklichen Familie werden, wenn Sie keinen Erfolg haben sollten?« fragte Calgary eindringlich. »Haben Sie sich das schon mal überlegt?«
»Machen Sie sich deshalb Sorgen, Dr. Calgary?«
»Es ist außerordentlich wichtig, daß sie die Wahrheit erfahren«, sagte Calgary.
»Glauben Sie nicht, daß sie sie bereits kennen?«
Calgary schüttelte den Kopf. »Nein, das ist ja die Tragödie.«

»Ach, Sie sind's!« sagte Maureen Clegg überrascht.
»Hoffentlich störe ich Sie nicht«, erwiderte Calgary.
»Kein bißchen, bitte kommen Sie doch rein! Ich gehe heute nicht zur Arbeit.«
Diese Tatsache war Calgary bereits bekannt, und sie war der Grund seines heutigen Besuches.
»Joe muß jeden Augenblick zurückkommen«, erklärte Maureen.

»Wollen Sie sich nicht setzen? Ich hab übrigens inzwischen nichts mehr in der Zeitung gelesen - über Clark, meine ich. Hat man schon herausgefunden, wer es war?«
»Nein, Sie selbst haben wohl auch keine Ahnung?«
»Vielleicht war es sein Bruder Micky«, meinte Maureen nachdenklich. »So 'n komischer, launischer Mensch! Joe sieht ihn manchmal, wenn er seine Kunden herumfährt. Er sieht ganz gut aus, aber er macht einen unfreundlichen Eindruck. Joe hat gehört, daß er nach Persien gehen will – das läßt tief blicken, finden Sie nicht?«
»Ich verstehe nicht, worauf Sie hinauswollen, Mrs. Clegg?«
»Persien ist weit weg, da kann ihn die Polizei nicht mehr erwischen.«
»Sie glauben also, daß er sich aus dem Staube machen will?«
»Man hört so viele Gerüchte; die Leute sagen auch, daß der alte Mr. Jackson mit seiner Sekretärin ein Verhältnis hat, aber wenn er es war, hätte er sie wohl eher vergiftet. Das tun Ehemänner doch meistens, nicht wahr?«
»Sie sehen mehr Filme als ich, Mrs. Clegg.«
»Eigentlich gucke ich fast nie auf die Leinwand; wenn man im Kino arbeitet, werden einem die Filme bald langweilig«, erklärte Maureen. »Ich ... da ist ja Joe!«
Joe Clegg schien überrascht und nicht allzu erfreut zu sein, Calgary zu sehen. Sie unterhielten sich einige Minuten, bevor Calgary auf den Zweck seines Besuches zu sprechen kam.
»Hätten Sie etwas dagegen, mir einen Namen und eine Adresse zu geben?« sagte er.
Er erhielt die gewünschte Auskunft und schrieb sie in sein Notizbuch.

Sie war eine behäbige, vierschrötige Frau in den Fünfzigern, die niemals hübsch gewesen sein konnte, aber freundliche, gute, braune Augen hatte.
»Ich weiß wirklich nicht, was ich Ihnen noch erzählen könnte, Dr. Calgary«, sagte sie bestürzt.
Er gab sich Mühe, sie zu beruhigen und ihr Mißtrauen zu zerstreuen.
»Es ist schon so lange her, und ich habe nur den einen Wunsch, es zu vergessen«, fuhr sie fort.

»Das verstehe ich sehr gut«, beteuerte Calgary. »Ich gebe Ihnen mein Wort, daß alle diese Dinge unter uns bleiben und unter keinen Umständen an die Öffentlichkeit dringen werden.«
»Aber Sie haben doch gerade gesagt, daß Sie ein Buch schreiben wollen?«
»Dieses Buch wird nur eine Charakterstudie eines gewissen psychologischen Typs sein, ein Fachbuch. Ich werde selbstverständlich keine Namen nennen, sondern nur über Mrs. A oder Mrs. B berichten.«
Zu seinem Erstaunen sagte sie plötzlich und ohne Übergang: »Sie sind am Südpol gewesen, nicht wahr?«
»Ja, das stimmt.«
Ihre Wangen röteten sich, sie wirkte plötzlich jünger und lebhafter.
»Ich habe viel über Polarexpeditionen gelesen, ich kann mir kaum etwas Aufregenderes vorstellen... Wie hieß doch noch dieser Norweger, der als erster den Südpol erreichte? Amundsen, nicht wahr? Mich interessiert das alles viel mehr als die Besteigung des Everest, oder eine Landung auf dem Mond.«
Calgary ging sofort darauf ein und begann ihr von dem Unternehmen zu erzählen.
Schließlich sagte sie mit einem Seufzer:
»Es ist ganz wundervoll, das alles von jemandem zu hören, dei wirklich dort gewesen ist.«
Nach einer kurzen Pause fuhr sie fort: »Also... Sie wollten verschiedenes über Clark erfahren, nicht wahr?«
»Ja.«
»Der arme Clark war – wie heißt es doch gleich? – ein patho – – ein pathologischer Fall; aber bitte verstehen Sie mich nicht falsch, er war reizend, er konnte ganz entzückend sein, er sagte einem die nettesten Sachen, und man glaubte ihm jedes Wort. Ich habe ihn oft daran erinnert, daß ich viel älter sei als er, daß ich seine Mutter sein könnte. Aber er behauptete immer, daß er sich nicht für junge Mädchen interessiere, sondern nur für reife, erfahrene Frauen.«
»War er sehr verliebt in Sie?« fragte Calgary.
»Damals glaubte ich es«, sagte sie mit zitternden Lippen, »jetzt weiß ich leider, daß er nur auf mein Geld aus war.«
»Nicht unbedingt, er mag sich außerdem sehr zu Ihnen hingezo-

gen gefühlt haben«, bemerkte Calgary taktvoll. »Leider war er nun einmal ein kleiner Gauner.«
Das rührende ältliche Gesicht hellte sich etwas auf. »Der arme Clark – was für schöne Pläne wir machten –, wir wollten zusammen nach Italien und Frankreich reisen, aber es ist nie etwas daraus geworden.«
Die alte Tour, dachte Calgary, und immer wieder fallen die Frauen darauf herein.
»Ich weiß wirklich nicht, was damals über mich kam, ich hätte alles für ihn getan«, erinnerte sie sich wehmütig.
»Wahrscheinlich war ich nicht die einzige«, fuhr sie bitter fort
Calgary stand auf.
»Ich bin Ihnen zu großem Dank verpflichtet.«
»Der arme Clark ist tot, aber ich werde ihn nie vergessen. Er war so ein lieber, reizender Junge, er kann wirklich kein Mörder gewesen sein, ich bin ganz sicher, daß er nicht schlecht war...«
Darauf wußte Calgary keine Antwort.

21

Als Philip Durrant erwachte, fühlte er sich besonders wohl. Er war in guter Stimmung. Die bleiche Herbstsonne schien durchs Fenster, und Kirsten überbrachte ihm eine Nachricht, die seine gute Laune noch verbesserte.
»Tina hat angerufen, sie kommt heute nachmittag zum Tee«, teilte er Mary mit, als sie ihm das Frühstück brachte.
»Wirklich? Ach ja, heute ist ihr freier Nachmittag, wenn ich nicht irre«, meinte Mary zerstreut.
»Was ist los, Polly?«
»Gar nichts.« Sie begann, ihm ein Ei abzupellen, und er sagte ärgerlich: »Laß doch, Polly, das kann ich wirklich selbst machen.«
Sie sah ihn leicht verletzt an, dann entgegnete sie: »Hester kommt heute nach Hause.«
»Tatsächlich?« fragte er beiläufig, denn er war in Gedanken bereits bei der Unterhaltung mit Tina.
Er bemerkte Marys sonderbaren Gesichtsausdruck und sagte: »Denkst du etwa noch immer, daß ich heimlich in Hester verliebt

bin, Polly?«
Sie blickte weg. »Du findest sie aber bezaubernd, nicht wahr?«
»Allerdings – sie ist schlank und zart und elfenhaft.«
Er fügte trocken hinzu: »Wie dem auch sei, die Rolle des Verführers kann ich sowieso nicht spielen.«
»Vielleicht würdest du es gern ...«
»Mach dich doch nicht lächerlich, Polly, ich wußte gar nicht, daß du zur Eifersucht neigst.«
»Was weißt du denn überhaupt von mir, Philip?
Ich habe nur einen Wunsch, du sollst mir gehören, mir allein. Ich wünschte, wir beide wären ganz allein auf der Welt – nur du und ich.«
»Dann würde uns der Gesprächsstoff bald ausgehen«, sagte er leichthin, aber er fühlte sich etwas unbehaglich. Über den hellen Morgen schien sich plötzlich ein grauer Schleier zu legen.
»Laß uns nach Hause gehen, Philip, bitte, bitte, laß uns nach Hause gehen«, drang sie auf ihn ein.
»Bald, mein Liebling, gib mir noch etwas Zeit. Gerade jetzt scheinen sich die Dinge zu entwickeln Heute nachmittag kommt Tina, und ich verspreche mir viel von unserer Unterhaltung.«
»Inwiefern?«
»Tina weiß etwas.«
»Über den Mord?«
»Ja.«
»Aber wie ist das möglich? Sie ist in der Mordnacht nicht einmal hier gewesen.«
»Ich glaube, sie war doch hier. Unsere Putzfrau hat mir etwas Merkwürdiges erzählt.«
»Was hat sie dir erzählt?«
»Ein bißchen Dorfklatsch. Ein kleiner Junge namens Cyril ist mit seiner Mutter auf der Polizei gewesen, weil er am Mordabend etwas gesehen haben will.«
»Was will er gesehen haben?«
»Das ist alles nicht so klar, aber man kann es sich zusammenreimen ... Der kleine Cyril war nicht im Haus, also muß er draußen etwas gesehen haben, und somit ergeben sich zwei Möglichkeiten: Entweder handelt es sich um Micky oder um Tina.
Ich vermute, daß Tina an jenem Abend hier war.«
»Das hätte sie uns doch gesagt.«

»Nicht unbedingt. Ich habe nicht den geringsten Zweifel, daß Tina uns etwas verheimlicht. Vielleicht ist sie ins Haus gekommen und hat Mutters Leiche gefunden.«

»Glaubst du wirklich, daß sie in diesem Fall fortgegangen wäre, ohne uns etwas zu sagen? Unsinn!«

»Sie mag ihre Gründe gehabt haben; vielleicht hat sie etwas gesehen oder gehört, das sie auf die Identität des Täters schließen ließ.«

»Sie konnte Clark nicht leiden, ich bin sicher, daß sie nicht die Absicht hatte, ihn zu schützen.«

»Vielleicht glaubte sie einen anderen gesehen zu haben, aber als Clark verhaftet wurde, kam sie zu der Überzeugung, daß sie sich geirrt haben mußte. Nachdem sie einmal behauptet hatte, nicht hier gewesen zu sein, mußte sie bei ihrer Aussage bleiben. Jetzt sieht die Sache natürlich ganz anders aus.«

»Ich glaube, du redest dir das alles nur ein, du hast eine zu lebhafte Phantasie, Philip«, sagte Mary ungeduldig.

»Nun, wir werden ja sehen. Auf jeden Fall will ich versuchen, Tina die Wahrheit zu entlocken.«

»Sie wird dir nur so viel erzählen, wie sie mag.«

»Wahrscheinlich hast du recht, Tina sagt ja nie viel, sie ist ein sehr verschlossener Mensch; andererseits kann sie nicht gut lügen. Ich werde ihr geschickte Fragen stellen, und ich hoffe, auf diese Weise etwas zu erfahren. Ich werde Vermutungen anstellen und diese in Form von Fragen äußern, die mit ja oder nein zu beantworten sind. Weißt du, was dann passiert?

Dreierlei. Entweder sie sagt ja – und es ist die Wahrheit. Oder sie sagt nein – und da sie, wie gesagt, nicht gut lügen kann, werde ich merken, ob ihr Nein stimmt oder nicht. Oder sie sagt gar nichts und setzt ihre Pokermiene auf – und das, Polly, wäre fast soviel wert wie ein Ja.

Komm schon, du mußt doch zugeben, daß meine Technik einiges für sich hat.«

»Ich wünschte, du würdest die Finger davon lassen, Philip, es kann zu nichts Gutem führen.«

»Nein, das ist unmöglich. Diese Angelegenheit muß aufgeklärt werden, sonst wird Hester sich über kurz oder lang aus dem Fenster stürzen und Kirsten einen Nervenzusammenbruch bekommen. Leo ist bereits zu einer Art Salzsäule erstarrt, und die arme Gwenda ist im Begriff, eine Stellung in Rhodesien anzu-

treten.«
»Warum nimmst du dir das Schicksal der anderen so zu Herzen?«
»Dir sind alle anderen gleichgültig, nicht wahr, du interessierst dich nur für unser Wohlergehen?«
Sein harter, ärgerlicher Ausdruck erschreckte Mary. So hatte sie ihren Mann noch nie gesehen.
»Was gehen mich andere Leute an?« fragte sie trotzig.
Philip trommelte mit den Fingern auf der Armlehne, dann stieß er sein Frühstückstablett fort.
»Nimm das weg, ich bin fertig.«
»Aber Philip –«
Er machte eine ungeduldige Bewegung. Mary nahm das Tablett und trug es aus dem Zimmer.
Philip fuhr seinen Rollstuhl zum Schreibtisch. Mit dem Kugelschreiber in der Hand starrte er aus dem Fenster. Er fühlte sich sonderbar bedrückt. Gerade war er noch glänzender Stimmung gewesen, jetzt war er nervös und unsicher. Doch es gelang ihm schnell, seiner Verstimmung Herr zu werden; er nahm einen Briefbogen zur Hand und begann zu schreiben. Nach einer Weile lehnte er sich zurück und überlegte.
Ja, es war ganz plausibel, durchaus nicht unmöglich... Und doch war er nicht recht zufrieden... War er auf der richtigen Spur? Er wußte es nicht. Das Motiv? Leider, leider fehlte das Motiv für die Tat völlig. Sollte er irgend etwas übersehen haben?
Er seufzte ungeduldig. Er konnte Tinas Ankunft kaum erwarten. Wenn es ihm doch nur gelänge, diese Sache aufzuklären – nur innerhalb der Familie –, mehr wollte er gar nicht. Wenn ihnen die Wahrheit erst einmal bekannt wäre, würde die erstickende Atmosphäre mit einem Schlage wie weggewischt sein. Alle würden befreit aufatmen, alle mit Ausnahme von einem. Er und Mary würden in ihr eigenes Heim zurückkehren und...
Er hielt in seinen Überlegungen inne. Plötzlich war ihm klargeworden, daß er gar nicht nach Hause wollte. Er dachte an die bunten Chintz-Vorhänge, an das glänzend geputzte Silber, den geordneten Haushalt, an den ganzen goldenen Käfig, in dem er der übergroßen Liebe und Fürsorge seiner Frau ausgeliefert war. Seine Frau...
Wenn er an Mary dachte, schien er zwei verschiedene Wesen zu sehen: das blonde, blauäugige, ruhige und sanfte Mädchen, das

er geheiratet hatte, seine »eigentliche«, geliebte Polly, und eine andere Mary, eine stahlharte Frau, die zwar leidenschaftlich war, der es jedoch an Wärme und Zärtlichkeit fehlte, die nur an sich dachte. Selbst er spielte nur deshalb eine Rolle, weil er ihr gehörte.

Und diese Mary liebte er nicht. Hinter den kalten blauen Augen dieser Frau verbarg sich eine Fremde.

Plötzlich begann er zu lachen. Auch er war, wie alle anderen, im Begriff, die Nerven zu verlieren. Er entsann sich einer Unterhaltung, die er einmal mit seiner Schwiegermutter über Mary hatte. Sie erzählte ihm von dem süßen, kleinen blonden Mädchen, das Mrs. Jackson plötzlich in New York umarmt und gesagt hatte: »Ich will immer bei dir bleiben, ich will dich nie verlassen!«

Damals war Mary noch zärtlich und warmherzig. War es möglich, daß ein Mensch sich so verändern konnte? Oder sollte dieser Ausdruck von Zärtlichkeit schon damals berechnend gewesen sein? War Mary schon als Kind imstande gewesen, durch Vortäuschung von Gefühlen ihr Ziel zu erreichen?

Er warf seinen Kugelschreiber ärgerlich auf den Schreibtisch und fuhr seinen Rollstuhl vom Wohnzimmer ins benachbarte Schlafzimmer. Beim Frisiertisch machte er halt, nahm eine Bürste und begann, sich das Haar aus der Stirn zu bürsten.

Sein eigenes Spiegelbild erschien ihm fremd.

Ein Geräusch im Nebenzimmer riß ihn aus seinen Träumereien. Er wandte sich zur Verbindungstür.

Gwenda Smith stand am Schreibtisch. Im Schein der Morgensonne sah sie hager und erschöpft aus.

»Guten Morgen, Gwenda.«

»Guten Morgen, Philip. Leo bat mich, Ihnen die neueste Illustrierte zu bringen.«

»Vielen Dank.«

Gwenda blickte sich im Zimmer um. »Ein hübsches Zimmer! Ich glaube, ich bin noch nie hier gewesen.«

»Geradezu fürstlich, nicht wahr? Ideal für Kranke und Hochzeitsreisende.«

Einen Augenblick später wünschte er, das letzte Wort nicht ausgesprochen zu haben.

Gwendas Gesicht zuckte.

»Ich muß wieder gehen, ich hab noch viel zu erledigen«, sagte sie.
»Die perfekte Sekretärin!«
»Leider nicht einmal mehr das, ich mache dauernd Fehler.«
»Tun wir das nicht alle?« Dann fragte er: »Wann werden Sie Leo heiraten?«
»Wahrscheinlich nie«, sagte sie traurig.
»Das wäre ein großer Fehler«, meinte Philip. »Man muß schließlich manchmal ein Risiko eingehen.«
»Ich hätte nichts dagegen, mein Glück in die Waagschale zu legen, aber Leo...«
»Ja? Leo?«
»Leo wird wahrscheinlich als Rachel Jacksons Gatte sterben«, erklärte sie bitter. »Es ist fast, als wäre sie am Leben, als hätte sie dieses Haus nie verlassen.«

22

Nachdem Tina ihren Wagen vor der Friedhofsmauer geparkt hatte, ging sie mit ihren Blumen durch das Tor und über die breite Hauptallee. Sie mochte den neuen Friedhof nicht; sie wünschte, es wäre möglich gewesen, Mrs. Jackson im Schatten der großen Eiben auf dem alten Friedhof zu begraben, der bei der Kirche lag.
Mrs. Jacksons Grab war gepflegt, ein großes Granitkreuz überragte die Marmoreinfassung.
Mit ihren Nelken im Arm beugte sie sich über die Inschrift und las: »In liebendem Gedenken an Rachel Louise Jackson.«
Tina richtete sich auf, als sie hinter sich Schritte hörte.
»Micky!« rief sie erstaunt.
»Ich hab deinen Wagen draußen gesehen, und ich bin dir gefolgt, allerdings wollte ich sowieso auf den Friedhof gehen.«
»Du wolltest auf den Friedhof gehen, warum?«
»Ich weiß es selbst nicht, vielleicht nur, um Adieu zu sagen... weil ich die Stellung bei der Ölgesellschaft angenommen habe, von der ich dir erzählte. Ich werde England in etwa drei Wochen verlassen.«

»Wolltest du dich von Mutter verabschieden?«
»Ja, und vielleicht wollte ich mich auch bei ihr bedanken, sie um Verzeihung bitten.«
»Warum, Micky – oder besser: wofür?«
»Bestimmt nicht, weil ich sie ermordet habe! Denkst du wirklich, daß ich sie umgebracht habe, Tina?«
»Ich bin nicht ganz sicher.«
»Ich wünschte, du würdest mir glauben, Tina!«
»Aber warum möchtest du sie um Verzeihung bitten?«
»Mutter hat viel für mich getan«, sagte Micky langsam. »Ich war stets undankbar, nie habe ich ihr mal ein liebes Wort gesagt. Jetzt tut mir das leid.«
»Wann hast du aufgehört, sie zu hassen? Nach ihrem Tod?«
»Ja, ich glaube.«
»Aber eigentlich hast du nicht Mutter Jackson gehaßt, nicht wahr?«
»Nein, du hattest ganz recht, Tina, mein Haß richtete sich gegen meine eigene Mutter, die ich glühend liebte und die sich nichts aus mir machte.«
»Hast du ihr inzwischen vergeben?«
»Ja, denn jetzt weiß ich, daß sie jung war und vergnügungssüchtig und nur die Männer und den Alkohol liebte. Also gut, sie hat sich nichts aus mir gemacht, jahrelang hat das an mir genagt, aber jetzt habe ich es überwunden.«
Er streckte eine Hand aus.
»Bitte, gib mir eine von deinen Nelken.«
Er nahm die Blume und legte sie auf den Grabstein.
»Das ist für dich, Mutter«, sagte er. »Ich war ein schlechter Sohn ... du magst mich nicht immer ganz richtig behandelt haben, aber du hast es gut gemeint.«
Tina bückte sich und legte ihren Nelkenstrauß auf das Grab. »Bringst du Mutter oft Blumen?«
»Ich besuche sie einmal im Monat«, erwiderte Tina.
»Liebe kleine Tina«, flüsterte Micky.
Sie gingen gemeinsam dem Ausgang zu.
»Ich habe sie nicht ermordet, Tina, ich schwöre es dir.«
»Ich war an jenem Abend da«, sagte Tina.
Er starrte sie überrascht an. »Du warst im Sonneneck?«
»Ja, ich hatte die Absicht, eine neue Stellung anzunehmen, und wollte die Eltern vorher um Rat fragen.«

Sie machte eine Pause.
Micky ergriff sie beim Arm und sagte erregt: »Ja, und dann? Du mußt mir die Wahrheit sagen, Tina!«
»Ich bin nicht bis vors Haus gefahren, sondern nur zu der kleinen Ausbuchtung, wo man leichter wenden kann. Dort parkte ich. Ich wußte nicht recht, was ich den Eltern sagen sollte. Du weißt, wie schwierig es manchmal war, Mutter etwas klarzumachen, und so ging ich zwischen Haus und Wagen auf und ab, um mir noch einmal gründlich zu überlegen, was ich sagen wollte.«
»Um wieviel Uhr war das?« fragte Micky.
»An die genaue Zeit kann ich mich leider nicht mehr erinnern. Ich ging unter den Bäumen hin und her, ging leise und vorsichtig.«
»Mit leisen, vorsichtigen Schritten – wie ein kleines Kätzchen«, sagte Micky zärtlich.
»Plötzlich hörte ich zwei Leute miteinander flüstern.«
»Ja? Was sagten sie?« fragte Micky erregt.
»Einer von ihnen sagte: ›Zwischen sieben und halb acht, vergiß das nicht, mach keinen Fehler! Zwischen sieben und halb acht.‹ Die andere Person flüsterte: ›Du kannst dich auf mich verlassen‹, worauf die erste Stimme antwortete: ›Und danach wird alles wundervoll sein, Liebling.‹«
Nach kurzem Schweigen sagte Micky: »Warum hast du das nicht schon längst gesagt?«
»Weil ich die Stimmen nicht gekannt habe«, erwiderte Tina.
»Aber es handelte sich doch bestimmt um einen Mann und eine Frau, nicht wahr?«
»Ich weiß es nicht«, erwiderte Tina. »Wenn zwei Leute flüstern, kann man die Stimmen nicht recht erkennen. Natürlich glaube ich, daß es ein Mann und eine Frau waren, weil...«
»...weil du es aus ihren Worten schließen mußtest... Glaubst du, daß es Vater und Gwenda waren?«
»Ich halte es nicht für unmöglich«, antwortete Tina. »Vielleicht sollte Gwenda das Haus verlassen und um diese Zeit zurückkehren, oder umgekehrt, vielleicht sollte Vater fortgehen und zwischen sieben und halb acht wiederkommen.«
»Wenn es Vater und Gwenda waren – würdest du sie der Polizei übergeben wollen?«
»Ich weiß es wirklich nicht, außerdem bin ich durchaus nicht

sicher. Es hätte jemand anders sein können, zum Beispiel Hester und – irgendwer.«
»Wer kann dieser andere gewesen sein?«
»Ich weiß es nicht.«
»Du hast den... den Mann nicht gesehen?«
»Nein, ich habe niemanden gesehen.«
»Du lügst, Tina. Es war doch ein Mann, nicht wahr?«
»Ich ging gerade zu meinem Wagen zurück, als jemand auf der anderen Straßenseite sehr schnell vorbeiging – es war nur ein Schatten in der Dunkelheit. Und dann – dann glaubte ich am Ende der Straße ein Auto anfahren zu hören.«
»Du denkst, daß ich es war!« rief Micky.
»Möglich wär's. Er hatte etwa deine Figur.«
Als sie zu Tinas kleinem Wagen kamen sagte Micky: »Steig ein, Tina, ich komme mit. Wir fahren zum Sonneneck.«
»Aber, Micky...«
»Ich weiß, was du denkst, Tina, du glaubst noch immer, daß ich es gewesen sein könnte, nicht wahr?«
»Was hast du vor? Was willst du tun, Micky?«
»Wie kommst du darauf, daß ich etwas vorhabe? Warst du nicht sowieso auf dem Weg zum Sonneneck?«
Tina ließ den Motor an, Micky saß ganz gerade neben ihr.
»Doch, ich habe einen Brief von Philip bekommen, er wünscht mich dringend zu sprechen.«
»Wirklich? Sehr interessant«, sagte Micky.
»Philip schrieb, daß er mir nur ein paar Fragen stellen wollte, und alles, was ich zu tun hätte, wäre ›ja‹ oder ›nein‹ zu sagen. Natürlich sei alles streng vertraulich.«
Als sie wenige Minuten später vor dem Sonneneck hielten, sagte Micky: »Geh nur schon rein, Tina, ich will noch ein bißchen in den Garten gehen und mir alles noch mal durch den Kopf gehen lassen.«
»Wie du willst, Micky«, erwiderte Tina und betrat das Haus.
Micky blickte ihr nach, dann ging er mit vorgeschobenem Kopf, die Hände in den Taschen, um das Haus. Erinnerungen an seine Jugend stürmten auf ihn ein. Dort stand der alte Magnolienbaum. Wie oft war er auf den Baum geklettert und vom Wipfel durch das kleine Fenster gekrochen, das auf den Treppenabsatz führte. Und dort war das Beet, sein eigenes »Gärtchen«! Allerdings hatte

er sich nie viel daraus gemacht, da er sich schon als Kind nur für mechanische Spielsachen interessierte, die man zerlegen konnte. Nun ja, man änderte sich eben nicht sehr.

Tina begegnete Mary in der Diele.
»Ich will eben in die Küche gehen, um zu sehen, ob die Ovomaltine angekommen ist«, sagte Mary. »Ich gebe sie Philip jeden Abend vor dem Schlafengehen. Kirsten bringt ihm gerade Kaffee hinauf; er trinkt lieber Kaffee als Tee, Tee scheint ihm nicht so gut zu bekommen.«
»Warum behandelst du ihn eigentlich noch immer wie einen Kranken, Mary?« fragte Tina.
Marys Augen blitzten ärgerlich.
»Wenn du erst einmal verheiratet bist, wirst du lernen, wie Männer gern behandelt werden.«
»Bitte sei mir nicht böse«, bat Tina leise.
»Wenn wir dieses Haus nur erst verlassen hätten!« sagte Mary.
»Es tut Philip nicht gut, hier zu sein.«
Und nach kurzem Zögern fügte sie hinzu: »Hester wird heute zurückerwartet, ich weiß nicht, mit welchem Zug sie kommt, wahrscheinlich mit dem Schnellzug. Irgend jemand müßte sie in Drymouth abholen.«
Mary verschwand in dem Korridor, der zur Küche führte, Tina ging die Treppe hinauf. Als sie den ersten Stock erreichte, öffnete sich eine Tür, und Hester stand vor ihr. Sie schien sehr erstaunt, Tina zu sehen.
»Hester! Ich hatte keine Ahnung, daß du schon da bist.«
»Dr. Calgary hat mich in seinem Wagen hergebracht. Ich bin sofort in mein Zimmer hinaufgegangen, jetzt weiß niemand, daß ich schon da bin.«
»Ist Dr. Calgary auch hier?«
»Nein, er hat mich nur abgesetzt und ist gleich nach Drymouth weitergefahren, wo er etwas zu erledigen hat. Ich nehme an, daß Vater und Gwenda in der Bibliothek sind. Hier scheint alles beim alten zu sein...«
»Warum auch nicht?«
»Ich weiß nicht recht«, meinte Hester unsicher. »Ich hatte nur so ein Gefühl, daß es irgendwie anders sein müßte.«
Sie ging an Tina vorbei die Treppe hinunter. Tina überquerte den

Korridor, kam an der Tür zur Bibliothek vorbei und ging weiter bis zum Ende des Flurs, zu den Räumen, die das Ehepaar Durrant bewohnte. Kirsten Lindstrom, die mit einem Tablett in der Hand vor Philips Tür stand, wandte sich heftig um.
»Tina! Du hast mir vielleicht einen Schreck eingejagt«, sagte sie. »Ich wollte Philip gerade Kaffee und Kuchen bringen.«
Kirsten klopfte an die Tür und öffnete sie. Sie betrat als erste das Zimmer. Ihre große hagere Gestalt versperrte Tina die Sicht... dann hörte sie Kirstens Aufschrei. Die Arme versagten ihr den Dienst, das Tablett glitt ihr aus der Hand, und Tasse und Teller fielen krachend zu Boden.
»Nein, o nein!« schrie Kirsten.
»Philip?« fragte Tina.
Sie eilte an Kirsten vorbei und sah Philip Durrant in seinem Rollstuhl neben dem Schreibtisch sitzen. Wahrscheinlich hatte er geschrieben, denn neben seiner rechten Hand lag ein Kugelschreiber; sein Kopf hing seltsam verrenkt vornüber. Auf seinem Nacken bemerkte sie einen kreisrunden roten Fleck; auch auf seinem weißen Kragen waren ein paar Tropfen Blut.
»Er ist ermordet worden – ein Stich in den Hinterkopf!« flüsterte Kirsten, dann fuhr sie mit erhobener Stimme fort: »Ich habe ihn gewarnt, ich habe alles getan, was in meiner Macht stand, aber er war wie ein Kind, das nicht hören will.«
»Das alles ist wie ein böser Traum«, sagte Tina, während sie auf Philip niederblickte. Kirsten ergriff seine leblose Hand und fühlte nach dem Puls, der nicht mehr schlug.
Wenn ich nur wüßte, was er mich fragen wollte, dachte Tina, während sie rein mechanisch alle Einzelheiten um sich herum registrierte. Hier lag der Kugelschreiber, er hatte geschrieben, aber wo war das Papier? Wer immer ihn ermordet hatte, mußte es fortgenommen haben.
»Wir müssen es den anderen mitteilen«, meinte Tina.
»Ja, wir müssen hinuntergehen und es deinem Vater sagen.«
Die beiden Frauen gingen zur Tür, Kirsten legte ihren Arm um Tinas Schulter. Tinas Blick fiel auf das Tablett und das Geschirr, das neben dem Kamin auf dem Fußboden lag.
»Das können wir später wegräumen«, stellte Kirsten fest.
Tina wäre fast gestolpert, aber Kirsten stützte sie mit festem Griff. »Vorsicht!« mahnte sie.

Sie gingen durch den Korridor. Die Tür zur Bibliothek wurde geöffnet, Leo und Gwenda kamen heraus.
»Philip ist ermordet worden. Erstochen!« sagte Tina mit klarer, deutlicher Stimme.
Ein Traum, ein böser Traum, dachte Tina. Wie im Traum hörte sie die entsetzten Ausrufe ihres Vaters und Gwendas, während ihre Gedanken zurück zu Philip schweiften – zum toten Philip.
Kirsten eilte zur Treppe. »Ich muß es Mary sagen! Die Arme, es wird ein furchtbarer Schlag für sie sein.«
Tina folgte ihr langsam. Immer mehr hatte sie das Gefühl zu träumen... Ein sonderbarer Schmerz verkrampfte ihr Herz. Wohin ging sie? Sie wußte es nicht. Alles war unwirklich und verschwommen. Sie schritt durch die offene Haustür in den Garten, sie sah Micky um die Ecke biegen... Sie ging wie aufgezogen auf ihn zu...
»Micky«, sagte sie, »oh, Micky«, und fiel in seine Arme.
»Ist ja schon gut, Tina. Ich bin ja da«, sagte er leise.
Tina sank in seinen Armen zusammen.
In diesem Augenblick rannte Hester aus dem Haus.
»Hester! Tina ist ohnmächtig geworden«, rief Micky ihr zu.
»Es ist der Schock«, sagte Hester.
»Schock? Was für ein Schock?«
»Philip ist ermordet worden, weißt du das noch nicht?« fragte Hester.
»Woher soll ich das wissen? Wann? Wie?«
»Gerade eben.«
Er starrte sie entgeistert an, dann hob er Tina auf und trug sie, von Hester begleitet, in Mrs. Jacksons Wohnzimmer, wo er sie auf das Sofa legte.
»Ruf sofort bei Dr. Craig an«, befahl er.
Hester blickte aus dem Fenster. »Sein Wagen fährt gerade vor. Vater hat ihn bereits hergerufen. Ich... ich möchte ihm nicht begegnen.«
Sie verließ das Zimmer und lief die Treppe hinauf.
Donald Craig stieg aus seinem Wagen und betrat kurz darauf das Haus.
Kirsten kam aus der Küche, um ihn zu begrüßen.
»Was ist geschehen, Miss Lindstrom? Mr. Jackson hat mir gesagt, daß Philip Durrant ermordet worden sei...«

»Ja, so ist es«, bestätigte Kirsten.
»Hat Mr. Jackson die Polizei verständigt?«
»Ich weiß nicht.«
»Ist es möglich, daß er nur verletzt ist?« fragte Don.
»Nein, er ist tot«, entgegnete Kirsten mit tonloser, müder Stimme.
»Erstochen – hier...«
Sie legte ihre Hand auf den Nacken.
Jetzt erschien Micky in der Diele. »Tina ist ohnmächtig gewor den«, rief er Dr. Craig zu.
»Wo ist sie?«
»Hier im Wohnzimmer.«
»Ich werde sie schnell untersuchen, ehe ich nach oben gehe.«
Dr. Craig wandte sich an Kirsten und fuhr fort: »Bitte, halten Sie sie warm, und geben Sie ihr heißen Tee oder Kaffee, sobald sie zu sich kommt... aber Sie wissen ja Bescheid.«
Kirsten nickte, und Don begab sich rasch ins Wohnzimmer.
»Kirsty!« Mary Durrant kam von der Küche her langsam in die Diele. Kirsten ging auf sie zu, während Micky sie nur hilflos ansah.
»Es ist nicht wahr, es kann nicht wahr sein!« sagte Mary tonlos. »Vor ein paar Minuten, als ich ihn verließ, war er noch ganz wohl – er hat geschrieben. Ich bat ihn, nichts aufzuschreiben. Warum hat er es doch getan? Warum war er so halsstarrig, warum weigerte er sich, dieses Haus zu verlassen?«
Kirsten streichelte sie und bemühte sich, sie zu beruhigen.
Donald Craig kam mit schnellen Schritten aus dem Wohnzimmer. »Wer sagt, daß das Mädchen in Ohnmacht gefallen ist?« fragte er laut.
Micky sah ihn verständnislos an. »Aber sie ist in Ohnmacht gefallen«, erwiderte er.
»Wo und wann ist das geschehen?«
»Sie kam aus dem Haus und ging auf mich zu, dann... dann ist sie plötzlich zusammengebrochen.«
Dr. Craig ging zum Telefon.
»Ich muß einen Krankenwagen bestellen«, sagte er sehr ernst.
»Einen Krankenwagen?« Kirsten und Micky blickten den Arzt entsetzt an. Mary schien ihn nicht gehört zu haben.
»Das Mädchen ist nicht in Ohnmacht gefallen«, erklärte Dr. Craig, während er die Nummer wählte. »Tina ist schwer verletzt. Haben

Sie verstanden? Verletzt! Ein Dolchstoß in den Rücken! Sie muß sofort ins Krankenhaus.«

23

Wieder und wieder ging Arthur Calgary in seinem Hotelzimmer seine Notizen durch.
Von Zeit zu Zeit nickte er.
Ja, jetzt war er auf der richtigen Spur. Am Anfang hatte er den Fehler gemacht, sich auf Mrs. Jackson zu konzentrieren, und das wäre in den meisten Fällen auch richtig gewesen, aber dieser Fall lag anders.
Er hatte schon lange nach einem unbekannten Faktor gesucht; wenn er diesen Faktor isolieren konnte, war sein Problem gelöst. Er mußte noch einmal von vorn anfangen, und zwar bei Clark.
Er durfte sich nicht nur darauf beschränken, Clark als unschuldig verurteilten jungen Mann zu sehen; er mußte den ganzen Menschen unter die Lupe nehmen.
War Clark ein Stiefkind der Natur?
Dr. MacMaster war jedenfalls der Meinung, daß Clark, der alle Chancen im Leben gehabt hatte, von Anfang an dazu bestimmt gewesen schien, auf die schiefe Bahn zu geraten.
Entsprach das der Wahrheit?
Leo Jackson, der Clark stets mit Milde und Nachsicht behandelt hatte, war der Ansicht, daß Clark zwar ein schwieriger Mensch gewesen sei, aber kein Verbrecher.
Und was hatte Hester gesagt? Ganz einfach, daß Clark unmöglich war.
Und Kirsten Lindstrom? Daß er ein böser Mensch war.
Tina hatte ihn nie gemocht und ihm nie über den Weg getraut.
Eigentlich waren sie sich alle einig gewesen über ihn – nur Maureen Clegg, seine Witwe, betrachtete Clark aus einem anderen Blickwinkel. Sie bedauerte es, daß sie ihre Zeit mit Clark vergeudet hatte und seinem Charme erlegen war. Jetzt, nachdem sie wieder verheiratet war, schloß sie sich der Meinung ihres Mannes an. Sie hatte Calgary ganz offen über Clarks

zweifelhafte Geschäfte und Methoden berichtet, über die Methoden, mit deren Hilfe er sich Geld verschaffte.
GELD!
Das Wort schien vor Calgarys übermüdeten Augen in riesigen Buchstaben über die Wand zu huschen. Geld, Geld, Geld! Wie ein Opernmotiv, dachte er. Mrs. Jacksons Geld! Mit diesem Geld hatte sie Stiftungen eingerichtet, Jahresrenten ausgesetzt, ihren Mann nach ihrem Tod unabhängig gemacht! Geld von der Bank. Geld in der Schreibtischschublade! Hester in Geldnot, Hester, die sich zwei Pfund von Kirsten Lindstrom geben läßt, Geld, das in Clarks Taschen gefunden wird, Geld, das seine Mutter ihm gegeben haben soll...
Allmählich formte sich das Ganze zu einem Muster, das aus den Fäden zahlreicher Einzelheiten gewoben war, die alle in Zusammenhang mit Geld standen.
Hier war der unbekannte Faktor, nach dem er so lange gesucht hatte.
Er blickte auf die Uhr; er hatte versprochen, Hester um eine bestimmte Zeit anzurufen. Er wählte ihre Nummer.
»Hester? Ist alles in Ordnung?«
»In Ordnung? Soweit es mich betrifft, ja, aber...«
»Aber... was ist geschehen?«
»Philip ist ermordet worden.«
»Philip, Philip Durrant?« fragte Calgary ungläubig.
»Ja, und auch Tina, das heißt, sie ist nicht tot, sie ist im Krankenhaus.«
Nachdem sie ihm kurz die Einzelheiten berichtet hatte, sagte er: »Ich komme sofort, Hester, bitte warte auf mich, in spätestens einer Stunde bin ich da. Aber zuerst muß ich noch zu Superintendent Huish gehen.«

»Um was handelt es sich, was möchten Sie wissen, Dr. Calgary?« fragte Superintendent Huish.
Aber noch bevor Calgary antworten konnte, klingelte das Telefon. Huish nahm den Hörer ab. »Ja? Am Apparat. Einen Augenblick, bitte.« Er nahm Papier und Bleistift zur Hand und begann zu schreiben. »Wie bitte? Könnten Sie das letzte Wort buchstabieren? Das ergibt allerdings keinen Sinn... Sonst noch etwas? Ich danke Ihnen.«

Er legte den Hörer auf und sagte: »Das war das Krankenhaus.«
»Tina?« fragte Calgary.
Der Superintendent nickte.
»Sie hat für einige Minuten das Bewußtsein wiedererlangt.«
»Hat sie etwas gesagt?« forschte Calgary.
»Warum fragen Sie, Dr. Calgary?«
»Weil ich glaube, Ihnen helfen zu können«, erwiderte Calgary.
Huish sah ihn nachdenklich an.
»Sie haben sich das alles sehr zu Herzen genommen, nicht wahr?« meinte er.
»Ja. Ich fühle mich für die Wiederaufnahme des Falles verantwortlich und infolgedessen auch für diese beiden Tragödien. Wird das Mädchen überleben?«
»Man hofft es«, antwortete Huish, »aber es ist noch nicht sicher. Der Einstich ging knapp am Herzen vorbei.«
Er schüttelte den Kopf.
»Man kann den Leuten eben nicht klarmachen, daß der Umgang mit einem Mörder gefährlich ist. Das mag sonderbar klingen, aber die Familie Jackson mußte ja wissen, daß unter ihnen ein Mörder war. Sie hätten der Polizei sofort alles sagen sollen, aber leider haben sie gewisse Dinge für sich behalten...
Philip Durrant war ein netter intelligenter Bursche, aber er hat das Ganze wie ein Spiel betrachtet; er versuchte, auf eigene Faust Dinge herauszufinden, anderen Fallen zu stellen. Irgend etwas hat er erreicht, oder sagen wir, er dachte, etwas erreicht zu haben. Und jemand anders dachte dasselbe. Resultat: Er wurde erstochen! Das kommt davon, wenn Laien glauben, mehr zu verstehen als die Polizei.«
Er räusperte sich.
»Und Tina?« fragte Calgary.
»Das Mädchen hat etwas gewußt, aber sie wollte es uns nicht sagen«, erklärte Huish. »Meiner Ansicht nach ist sie in den Burschen verliebt.«
»Sprechen Sie von Micky?«
Huish nickte. »Ja, und ich nehme an, daß auch er sie auf seine Art liebt, aber seine Angst ist stärker. Tina konnte nicht wissen, wie gefährlich die ihr bekannte Tatsache war. Deshalb ergriff Micky die Gelegenheit beim Schopf und zückte das Messer, als sie halb betäubt aus dem Haus auf ihn zugelaufen kam.«

»Das ist doch wohl nur eine Vermutung, Superintendent?«
»Nein, durchaus nicht, man hat das blutige Messer in seiner Tasche gefunden. Natürlich werden wir das Blut noch untersuchen lassen, aber ich glaube, mit Recht annehmen zu dürfen, daß es sich um Tinas und um Philip Durrants Blut handelt.«
»Aber das ist doch nicht möglich!«
»Wer sagt das?«
»Hester! Ich habe eben mit ihr telefoniert... Sie hat mir alles erzählt.«
»Wirklich? Nun, es war ganz einfach so: Um zehn Minuten vor vier verließ Mary Durrant ihren Mann und ging hinunter in die Küche. Um diese Zeit befanden sich Leo Jackson und Gwenda Smith in der Bibliothek, Hester Jackson war in ihrem Schlafzimmer, Kirsten Lindstrom in der Küche.
Kurz nach vier fuhren Micky und Tina vor. Micky blieb im Garten, Tina ging kurz nach Kirsten, die im Begriff war, Philip Kaffee zu bringen, die Treppe hinauf. Tina blieb einen Augenblick stehen, um mit Hester zu sprechen, dann ging sie weiter zum Zimmer der Durrants, und die beiden - Miss Lindstrom und Tina – fanden Philips Leiche.«
»Und während der ganzen Zeit war Micky im Garten, nicht wahr? Das sollte doch als Alibi genügen.«
»Sie wissen nicht, daß vor dem Haus ein großer Magnolienbaum steht, auf dem die Kinder, und vor allem Micky, gern zu klettern pflegten. Von diesem Baum aus konnten sie bequem durch ein Fenster ins Haus gelangen. Micky hat mit Leichtigkeit den Baum hinaufklettern, in Durrants Zimmer gehen und ihn erstechen können, um dann das Haus auf demselben Weg wieder zu verlassen. Natürlich muß er alles auf die Sekunde genau berechnet haben, aber er war der Verzweiflung nahe, und er wollte ein Zusammentreffen von Tina und Durrant um jeden Preis verhindern. Es blieb ihm nichts anderes übrig, als beide zu töten.«
Calgary überlegte einen Augenblick.
»Sie sagten eben, daß Tina einige Minuten bei Bewußtsein war. Hat sie gesagt, wer sie verletzt hat?«
»Ihre Worte waren unzusammenhängend«, erwiderte Huish. »Ich glaube nicht, daß sie voll da war.«

Dann fügte er mit einem müden Lächeln hinzu: »Also gut, Calgary, ich werde es Ihnen sagen. Zuerst erwähnte sie einen Namen, *Micky*!«
»Sie hat Micky angeklagt?« fragte Calgary.
»Es sieht so aus«, meinte Huish. »Alles übrige war sehr verworren.«
»Was hat sie gesagt?«
Huish blickte auf den Notizblock, der vor ihm lag.
»Zuerst sagte sie *›Micky‹* und dann, nach einer Pause. *›Die Tasse war leer‹* dann, nach einer weiteren Pause: *›Sie nicken mit den Köpfchen.‹*«
Er sah Calgary an. »Wissen Sie, was das bedeutet?«
Calgary schüttelte den Kopf und wiederholte: *»Sie nicken mit den Köpfchen* ... das klingt sehr merkwürdig.«
»Es muß irgendeine besondere Bedeutung haben, allerdings braucht es nicht unbedingt mit dem Mord zusammenhängen«, meinte Huish.
»Haben Sie Micky verhaftet?« fragte Calgary.
»Wir haben ihn festgenommen. Die Anklage gegen ihn wird innerhalb von vierundzwanzig Stunden erhoben werden.«
Mit einem Seitenblick auf Calgary fuhr Huish fort: »Auf Micky haben Sie wohl nicht getippt?«
»Nein, und auch jetzt glaube ich noch nicht, daß er der Täter ist«, erwiderte Calgary und stand auf. »Ich glaube noch immer, daß ich auf der richtigen Spur bin, aber ich brauche weitere Beweise, um Sie überzeugen zu können. Ich muß sofort ins Sonneneck fahren, um mit der ganzen Familie zu sprechen.«
»Ich rate Ihnen dringend, vorsichtig zu sein, Dr. Calgary«, sagte Huish. »Würden Sie mir Ihre Theorie verraten?«
Calgary erwiderte nach kurzem Zögern: »Meiner Ansicht nach handelt es sich um ein *crime passionnel.*«
Huish hob die Augenbrauen.
»Es gibt viele Leidenschaften, Dr. Calgary«, sagte er. »Haß und Geiz, Gier und Angst.«
»Ich sprach von einem *crime passionnel*«, wiederholte Calgary, »und ich meine genau das: ein Verbrechen aus Leidenschaft.«
»Auch wir haben selbstverständlich an Gwenda Smith und Leo Jackson gedacht, aber unser Verdacht hat sich in keiner Weise

bestätigt.«
»Es handelt sich um einen viel komplizierteren Fall«, sagte Arthur Calgary.

24

Wieder dämmerte der Abend, als Arthur Calgary zum Sonneneck kam, wie bei seinem ersten Besuch ... Das Schlangennest, dachte er schaudernd, als er auf die Klingel drückte.
Die Ereignisse schienen sich zu wiederholen. Wieder öffnete Hester ihm die Tür, wieder standen Trotz und Verzweiflung in ihr Gesicht geschrieben, und wieder tauchte hinter ihr in der Diele die immer wachsame, mißtrauische Kirsten Lindstrom auf.
Ja, die Geschehnisse wiederholten sich!
Doch plötzlich veränderte sich das Muster. Mißtrauen und Verzweiflung wichen von Hesters Gesicht und machten einem reizenden Lächeln Platz.
»Du bist es! Ich bin ja so froh, daß du gekommen bist!«
Er drückte ihre Hand.
»Ich möchte deinen Vater sprechen, Hester. Ist er oben in der Bibliothek?«
»Ja, Gwenda ist auch da.«
Kirsten Lindstrom näherte sich ihnen.
»Warum kommen Sie wieder zu uns?« fragte sie vorwurfsvoll. »Sie bringen uns nur Unglück! Sie haben Hesters und Mr. Jacksons Leben zerstört. Sie haben zwei Morde auf dem Gewissen – Philip Durrant und die kleine Tina. Sie sind an allem schuld!«
»Tina ist nicht tot«, erwiderte Calgary, »und ich habe hier eine wichtige Aufgabe zu erledigen.«
Kirsten stellte sich ihm in den Weg.
»Was haben Sie vor?«
»Ich muß das Begonnene zu Ende führen«, sagte Calgary.
Er legte ihr die Hand auf die Schulter und schob sie sanft zur Seite. Dann ging er, von Hester gefolgt, die Treppe hinauf.
Auf dem Treppenabsatz wandte er sich noch einmal um und sagte zu Kirsten: »Bitte kommen Sie mit, Miss Lindstrom, ich möchte, daß Sie alle hören, was ich zu sagen habe.«

Leo Jackson saß an seinem Schreibtisch, Gwenda Smith kniete vor dem Kamin und starrte in das verglimmende Feuer.
Sie blickten erstaunt auf.
»Entschuldigen Sie den unangemeldeten Besuch«, sagte Calgary, »ich bin gekommen, um – wie ich Hester und Kirsten eben erklärte – das Begonnene zu vollenden. Ist Mrs. Durrant noch im Haus? Ich lege großen Wert auf ihre Anwesenheit.«
»Ich glaube, sie hat sich gerade hingelegt«, erwiderte Leo. »Sie hat den schweren Schock noch nicht überwunden.«
»Ich würde trotzdem gern mit ihr sprechen.«
Er sah Kirsten an. »Wären Sie wohl so freundlich, sie zu holen?«
»Wahrscheinlich wird sie sich weigern zu kommen«, antwortete Kirsten mürrisch.
»Bitte richten Sie ihr aus, daß es da einiges im Zusammenhang mit dem Tod ihres Mannes gibt, was sie interessieren wird.«
»Wie Sie wünschen«, sagte Kirsten und verließ das Zimmer.
»Bitte setzen Sie sich«, forderte Leo ihn auf und wies auf einen Stuhl neben dem Kamin. »Ich wünschte, Sie hätten dieses Haus nie betreten, Dr. Calgary!«
»Wie kannst du so etwas nur sagen!« rief Hester erregt. »Das ist entsetzlich unfair!«
»Ich kann Sie sehr gut verstehen«, wandte Calgary sich an Leo, »ich hätte an Ihrer Stelle ebenso reagiert. Trotzdem muß ich auch jetzt noch betonen, daß mir keine andere Wahl blieb.«
Kirsten betrat das Zimmer und verkündete: »Mary kommt sofort.«
Sie warteten schweigend, bis Mary Durrant erschien. Calgary, der sie zum ersten Mal sah, betrachtete sie mit Interesse. Sie wirkte ruhig und gefaßt, war sorgfältig gekleidet und frisiert. Aber ihr bleiches Gesicht war ausdruckslos und starr wie eine Maske, und sie bewegte sich wie eine Schlafwandlerin.
Leo machte sie mit Calgary bekannt; sie neigte den Kopf.
»Ich danke Ihnen, daß Sie gekommen sind, Mrs. Durrant, ich halte es für sehr wichtig, daß auch Sie hören, was ich der Familie mitzuteilen habe«, sagte Calgary.
»Nichts, was Sie uns sagen, wird meinen armen Philip wieder zum Leben erwecken«, erwiderte Mary dumpf.
Sie ging zu einem Stuhl am Fenster und setzte sich. Calgary blickte von einem zum andern, dann begann er:
»Ich muß gestehen, daß der Empfang, den Sie mir zuteil werden

ließen, als ich zum ersten Mal hierherkam, um Clarks Namen reinzuwaschen, mich etwas verwirrte. Inzwischen ist mir vieles klargeworden, und so möchte ich Ihnen jetzt erzählen, was mich damals am meisten beeindruckte.«

Er sah Hester an.

»Als ich im Begriff war, das Haus zu verlassen, sagte Hester, es käme nicht so sehr darauf an, der gerechten Sache zum Siege zu verhelfen, als zu verhindern, daß die Unschuldigen leiden. Und die Unschuldigen dürfen nicht leiden, deshalb bin ich hier. Deshalb muß ich sagen, was ich zu sagen habe – um dem Leiden der Unschuldigen ein Ende zu bereiten.«

Er machte eine kurze Pause, dann fuhr er in seiner ruhigen, pedantischen Art fort:

»Als ich Sie kennenlernte, waren Sie alle von Clarks Schuld überzeugt, und Sie empfanden diese Tatsache, wenn ich so sagen darf, nicht als unbefriedigend, sondern geradezu als eine gute Lösung, da nun mal feststand, daß kein Außenstehender den Mord begangen haben konnte. Für Clarks Verbrechen ließ sich manche Entschuldigung finden. Er war von jeher ein schwieriger Mensch gewesen, und wenn man ihn auch nicht unbedingt als psychisch krank bezeichnen konnte, so war er doch nicht voll verantwortlich für seine Handlungen. Selbst Sie sagten, daß Sie ihm keinen Vorwurf machen könnten, Mr. Jackson, und Sie waren der Meinung, daß selbst seine Mutter, sein Opfer, ihm vergeben haben würde. Nur eine Person hat ihn verurteilt...«

Er blickte auf Kirsten Lindstrom.

»*Sie* verurteilten ihn, Sie haben immer wieder gesagt, daß Clark ein böser Mensch war.«

»Ja, das habe ich gesagt, und dabei bleibe ich.«

»Und Sie hatten recht, er war böse – sonst hätte sich die Tragödie nicht ereignet. Aber Sie wissen nur zu gut, daß meine Aussage seine Unschuld an dem eigentlichen Verbrechen bewiesen hat.«

»Man kann sich nicht auf alle Aussagen verlassen«, beharrte Kirsten. »Sie hatten eine Gehirnerschütterung, und ich weiß, was das bedeutet! Es bedeutet, daß man sich oft nur verschwommen an gewisse Ereignisse erinnert.«

»Sie behaupten also noch immer, daß Clark das Verbrechen begangen hat und daß es ihm gelungen ist, ein Alibi zu fälschen?«

»Die Einzelheiten sind mir nicht bekannt, aber ich glaube nach

wie vor, daß er es getan hat Unsere Leiden und die furchtbaren Morde sind einzig und allein seine Schuld. Clark ist an allem schuld!«
»Aber Kirsty, du hast doch Clark so gern gehabt!« rief Hester.
»Schon möglich, trotzdem sage ich, daß er ein böser Mensch war.«
»Ich muß Ihnen recht geben«, bemerkte Calgary. »Dagegen möchte ich betonen, daß mein Erinnerungsvermögen trotz der Gehirnerschütterung vollkommen intakt ist. Ich habe Clark am Abend von Mrs. Jacksons Tod zur angegebenen Zeit mit nach Drymouth genommen. Ich wiederhole nochmals, daß Clark Jackson seine Mutter unmöglich ermordet haben kann. Sein Alibi ist hieb- und stichfest.«
Leo wurde etwas unruhig, während Calgary fortfuhr:
»Ich wiederhole das aus einem ganz bestimmten Grund. Es geht aus Superintendent Huishs Akten hervor, daß Clark sein Alibi mit erstaunlicher Sicherheit und Zungenfertigkeit vorbrachte, fast so als habe er gewußt, daß er es brauchen würde. Das wiederum ließ mich an Dr. MacMasters Urteil über Clark denken: Dr. MacMaster hätte es Clark zugetraut, einen Mord zu *planen*, um jemand anderen ihn ausführen zu lassen.
Und so kam ich zu dem Punkt, an dem ich mich fragte: Wußte Clark, daß das Verbrechen an jenem Abend ausgeführt werden sollte und er ein Alibi brauchen würde? Legte er es deshalb darauf an, sich eines zu verschaffen?
Wenn meine Annahme richtig ist, wenn ein anderer Mrs. Jackson mit seinem Wissen ermordete, kann man Clark mit vollem Recht als den Anstifter des Verbrechens bezeichnen.«
Er wandte sich an Kirsten Lindstrom.
»Das ist doch auch Ihre Ansicht, nicht wahr? Sie versuchen sich selbst einzureden, daß Clark den Mord begangen hat, *nicht* Sie... Sie haben in seinem Auftrag gehandelt, deshalb glauben Sie, ihm die ganze Schuld zuschieben zu können.«
»Ich... was soll das heißen?«
»Das heißt, daß es in diesem Haus nur *einen* Menschen gibt, der Clark Jacksons Helfershelfer sein konnte, und das sind Sie, Miss Lindstrom! Wir wissen, daß Clark es nur allzugut verstand, Frauen in mittleren Jahren um den Finger zu wickeln, ihre Leidenschaft zu entfachen. Er hat diese Gabe skrupellos ausgenützt.«

Calgary beugte sich vor.
»Er versicherte Ihnen, daß er Sie liebe, nicht wahr?« fragte er leise. »Sie glaubten ihm und seinen Versprechungen – Sie waren davon überzeugt, daß er Sie heiraten würde, wenn das alles vorbei wäre, wenn er das Geld seiner Mutter erst hätte ... Stimmt das?«
Kirsten starrte ihn stumm an. Es schien, als könne sie nicht mehr sprechen, als sei ihre Zunge gelähmt.
»Clark befand sich in einer verzweifelten Lage«, fuhr Arthur Calgary fort, »er brauchte dringend Geld; der Schatten der Verhaftung hing über ihm. Nachdem Mrs. Jackson ihm das Geld verweigert hatte, wandte er sich an Sie.«
»Glauben Sie, daß ich ihm Mrs. Jacksons Geld gegeben hätte und nicht mein eigenes?« fragte Kirsten Lindstrom.
»Wenn Sie eigenes Geld gehabt hätten, würden Sie es ihm wahrscheinlich gegeben haben, aber ich nehme an, daß Sie keins mehr besaßen. Mrs. Jackson zahlte Ihnen zwar eine großzügige Jahresrente, aber Clark dürfte schon längst dafür gesorgt haben, daß Ihnen persönlich nicht viel davon übrigblieb ...
Nachdem Mrs. Jackson zu ihrem Mann hinaufgegangen war, eilten Sie vors Haus, wo Clark auf Sie wartete, um Ihnen die notwendigen Anweisungen zu geben. Sie sollten ihm sofort das Geld holen, und dann, bevor der Diebstahl entdeckt werden konnte, mußte Mrs. Jackson ermordet werden, weil sie sonst Lärm geschlagen hätte. Clark erklärte Ihnen, daß Sie Mrs. Jackson nur einen Schlag auf den Hinterkopf zu versetzen und die Schublade zu öffnen brauchten, um einen Einbruch vorzutäuschen. Es würde schnell und schmerzlos sein, versprach er. Er selbst würde sich ein Alibi verschaffen, deshalb müßten Sie sich unbedingt an eine bestimmte Zeit halten – und zwar an die Zeit zwischen sieben und halb acht.«
»Es ist nicht wahr«, versuchte Kirsten mit zitternder Stimme abzuwehren. »Sie müssen verrückt sein, wie können Sie nur so etwas behaupten?«
Sonderbarerweise klang das nicht empört, sondern müde und erschöpft.
»Es ist nicht wahr – aber selbst wenn ein Funken Wahrheit daran wäre –, glauben Sie wirklich, ich hätte es zugelassen, daß man ihn des Mordes beschuldigte?«

»Ja, denn Sie wußten, daß er ein Alibi besaß, und Sie erwarteten, daß er nach seiner Verhaftung seine Unschuld würde beweisen können – denn so war es geplant.«
»Glauben Sie, daß ich ihn nicht gerettet hätte, nachdem sich herausstellte, daß er seine Unschuld nicht beweisen konnte?«
»Sie hätten es getan – wenn nicht Clarks Frau plötzlich im Sonneneck aufgetaucht wäre! Sie wußten nicht, daß er verheiratet war. Maureen mußte es zweimal wiederholen, bevor Sie die Tatsache erfaßten, Clarks Frau gegenüberzustehen. In diesem Augenblick stürzte für Sie eine Welt zusammen. Sie erkannten, daß Clark Sie nur zum Narren gehalten und ausgenützt hatte.«
Plötzlich begann Kirsten Lindstrom zu sprechen, ihre Worte überstürzten sich.
»Ich habe ihn geliebt – von ganzem Herzen. Ich war eine Närrin, eine verliebte Närrin. Ich glaubte ihm, ich glaubte, daß er mich liebte, daß er sich nicht für junge Mädchen interessierte – ich kann Ihnen nicht sagen, was ich ihm alles glaubte. Ich habe ihn heiß und innig geliebt, und dann – und dann erschien dieses ordinäre kleine Ding, und ich sah, daß alles gelogen war, daß er ein böser Mensch war. Böse, böse! Er war böse, nicht ich!«
»An dem Abend, als ich ins Sonneneck kam, fürchteten Sie sich vor den Folgen meines Besuches, nicht wahr? Vielleicht sorgten Sie sich sogar ein wenig um die anderen, um Hester und um Leo, aber hauptsächlich fürchteten Sie für Ihre eigene Sicherheit, und nun sehen Sie, wohin Ihre Furcht geführt hat ... jetzt haben Sie noch zwei weitere Verbrechen auf dem Gewissen!«
»Behaupten Sie etwa, ich hätte auch Philip und Tina ermordet?«
»Sie haben Philip ermordet – Tina ist wieder bei Bewußtsein.«
Kirsten ließ verzweifelt die Schultern sinken.
»Sie hat Ihnen also gesagt, daß ich versucht habe, sie zu erstechen? Ich dachte, sie hätte es nicht bemerkt. Ich war vor Angst wahnsinnig, ich sah keinen anderen Ausweg mehr ...«
»Wollen Sie wissen, was Tina sagte, als sie zu Bewußtsein kam?« fragte Calgary. »Sie sagte: ›Die Tasse war leer.‹ Ich weiß, was sie meinte. Sie gaben vor, Philip eine Tasse Kaffee zu bringen, tatsächlich hatten Sie ihn bereits ermordet, und *verließen* das Zimmer, als Sie Tina kommen hörten. Geistesgegenwärtig behaupteten Sie, im Begriff zu sein, ihm den Kaffee hineinzubringen. Später, obwohl sie beim Anblick der Leiche einen furchtba-

ren Schock erlitten hatte, stellte Tina rein mechanisch fest, daß die zu Boden gefallene Tasse leer war.«
»Kirsten kann Tina nicht angegriffen haben«, widersprach Hester erregt. »Tina ging die Treppe hinunter, sie verließ das Haus und lief auf Micky zu... nein, Tina war ganz in Ordnung!«
»Mein liebes Kind, es kommt vor, daß Leute eine ganze Straße entlanggehen, bevor sie merken, daß sie eine Stichwunde haben. Da Tina einen schweren Schock erlitten hatte, mag sie kaum etwas gefühlt haben, vielleicht einen leichten Schmerz, nicht mehr als einen Nadelstich...«
Er sah Kirsten an.
»Später haben Sie dann in einem unbewachten Augenblick das Messer in Mickys Tasche getan – und das war die größte Niederträchtigkeit, die Sie begingen.«
Kirsten hob flehend die Hände.
»Ich konnte nicht anders... ich konnte nicht anders... es gab kein Entrinnen mehr... alle waren im Begriff, die Wahrheit zu entdecken, Philip und... und Tina, die meine Unterhaltung mit Clark vor der Haustür gehört haben muß... sie alle wußten es... ich wollte mich retten... aber es gibt ja keine Rettung für mich.« Sie ließ die Hände in den Schoß fallen. »Ich wollte Tina nicht töten, und Philip...«
Mary Durrant stand auf und näherte sich Kirsten langsam und drohend.
»Du hast Philip ermordet? Du?« fragte sie leise.
Plötzlich stürzte sie sich wie eine Tigerin auf die Frau. Gwenda sprang geistesgegenwärtig auf und versuchte, Mary zurückzuhalten. Es gelang ihr mit Calgarys Hilfe.
»Du! Du Mörderin!« schrie Mary Durrant.
Kirsten Lindstrom sah Mary von der Seite an.
»Warum mußte er sich auch einmischen?« fragte sie. »Warum mußte er so viele Fragen stellen, was ging es ihn an? Ihn hat niemand bedroht. Er war nie in Lebensgefahr. Für ihn war das alles nur – nur ein Zeitvertreib.«
Sie drehte sich um, ging langsam zur Tür und verließ das Zimmer, ohne sich noch einmal umzuschauen.
»Halt, halt! Wir müssen sie zurückhalten«, rief Hester.
»Laß sie gehen, Hester«, sagte Calgary.
»Sie wird sich das Leben nehmen!«

»Das bezweifle ich«, erwiderte Calgary.
»Glauben Sie, daß sie sich der Polizei stellen will?« fragte Gwenda.
»Ich glaube eher, daß sie zur nächsten Bahnstation geht und in einen Zug nach London steigt. Aber sie kann nicht weit kommen, man wird sie finden und verhaften.«
»Unsere gute Kirsten«, sagte Leo mit zitternder Stimme. »Sie hat uns brav und treu gedient.«
Gwenda ergriff seinen Arm und schüttelte ihn.
»Wie kannst du nur so etwas sagen, Leo? Sie ist an allem schuld, sie ist für all unsere Leiden verantwortlich!«
»Ich weiß«, erwiderte Leo. »Aber sie selbst hat auch gelitten, ihr Leiden hat auf uns allen gelastet.«
»Wenn es nach ihr gegangen wäre, hätten wir ewig weitergelitten! Ich weiß nicht, was ohne Ihren Einsatz aus uns geworden wäre, Dr. Calgary!«
»Lange habe ich vergeblich nach der Wahrheit gesucht – leider habe ich sie erst jetzt erkannt.«
»Zu spät, zu spät!« sagte sie bitter. »Warum sind wir nicht früher darauf gekommen, warum?«
Sie wandte sich an Hester.
»Ich glaubte, du seist es gewesen!«
»*Er* hat das nie geglaubt«, entgegnete Hester mit einem Blick auf Calgary.
»Ich wünschte, ich wäre tot«, flüsterte Mary.
»Mein liebes Kind, wenn ich dir doch nur helfen könnte«, meinte Leo traurig.
»Mir kann niemand helfen«, erwiderte sie. »Es war Philips eigene Schuld – er bestand darauf hierzubleiben – sich einzumischen – sich ermorden zu lassen.«
Sie blickte sich im Kreis um.
»Niemand versteht mich«, beklagte sie und verließ das Zimmer. Calgary und Hester folgten ihr. Bei der Tür drehte Calgary sich noch einmal um und sah, daß Leo den Arm zärtlich um Gwendas Schulter legte.

»Kirsten hat mich von Anfang an gewarnt«, erklärte Hester. »Sie sagte, ich dürfte ihr ebensowenig trauen wie den anderen.«
»Versuch es zu vergessen, Hester! Du mußt vergessen. Jetzt seid

ihr alle frei. Die Unschuldigen stehen nicht mehr im Schatten der Schuld.«

»Und Tina? Wird Tina am Leben bleiben?«

»Ich glaube ja... Sie liebt Micky, nicht wahr?«

»Das ist schon möglich«, erwiderte Hester leicht erstaunt. »Ich habe bisher nie darüber nachgedacht, weil sie wie Bruder und Schwester aufwuchsen, aber eigentlich sind sie ja gar nicht miteinander verwandt.«

»Hast du übrigens eine Ahnung, was Tina meinte mit: ›Sie nicken mit den Köpfchen‹?«

»Sie nicken mit den Köpfchen?« Hester runzelte die Stirn. »Einen Augenblick mal, das kommt mir irgendwie bekannt vor... ja, natürlich...

Die Blümelein, sie schlafen schon längst im Mondenschein.
Sie nicken mit den Köpfchen auf ihren Stengelein.
Schlafe, schlafe, schlaf auch du, mein Kindelein!

Es ist ein Lied, ein Wiegenlied, das Kirsten uns oft vorgesungen hat...«

»Das war es also – ich verstehe«, sagte Calgary.

»Vielleicht werden sie heiraten, wenn Tina wieder gesund ist, und dann zusammen nach Kuwait gehen«, grübelte Hester. »Tina hat sich schon immer nach einem warmen Klima gesehnt. Am Persischen Golf ist es doch warm?«

»Fast zu warm«, bestätigte Calgary.

»Für Tina kann es gar nicht zu warm sein«, versicherte Hester ihm.

»Auch du wirst jetzt glücklich werden«, sagte Calgary und ergriff Hesters Hand. Mit einem Versuch zu lächeln fuhr er fort: »Du wirst deinen jungen Arzt heiraten und nicht mehr von Angstträumen und Depressionen geplagt werden.«

»Ich denke gar nicht daran, Don zu heiraten«, sagte Hester. »Ich habe durchaus nicht die Absicht, seine Frau zu werden.«

»Liebst du ihn nicht?«

»Nein, ich liebe ihn nicht – ich redete es mir nur eine Zeitlang ein. Er hat nicht an mich geglaubt. Er war nicht von meiner Unschuld überzeugt. Er hätte fühlen müssen, daß ich unschuldig bin.«

Sie fuhr mit einem Blick auf Calgary fort: »Du hast es gefühlt – ich glaube, ich möchte *dich* heiraten!«
»Aber ich bin doch soviel älter als du, Hester. Es kann dir nicht ...«
»Natürlich nur, wenn du mich willst«, fügte Hester unsicher hinzu.
»Ja, ich will dich!« sagte Arthur Calgary einfach.